KB270393

할로영산

[소설로 읽는 제주도 신화]

이석범 지음

황금알

할로영산

할로영산

　세상살이에 지친 사람들은 한번쯤 제주도를 찾을 만하다. 수려한 자연풍광은 물론이려니와 무려 일만 팔천이나 되는 신(神)들이 따뜻하게 맞이해줄 테니 말이다. 제주의 바람이 세속 먼지 묻은 몸을 씻어준다면, 이 따뜻한 신들은 사람들의 지친 가슴을 보듬어줄 것이다.

　제주도의 신들은 질투와 음모와 배신, 그리고 처절한 복수로 피를 튀기는 그리스의 신들과 달리 '꽃'과 '평화'를 사랑한다. 이 신들은 대개 사람으로 태어난 후 최고신 천지왕의 선택에 의해 신의 자리에 올랐기에, 자나깨나 사람들의 온갖 걱정거리를 덜어줄 생각만 하고 있는 선량한 신들이다. 그래서 그 신들의 이야기는 '꽃'으로 넘친다. 이승과 저승을 누가 다스릴 것이냐는 엄청난 권력의 향배를 결정할 때도, 사람들한테 잉태를 주는 산육신(産育神)이 누가 될 것이냐 결정할 때도 신들은 다름 아닌 '꽃 가꾸기'로 승부를 가린다. 꽃을 사랑할 수 있다면 모든 것을 사랑할 수 있는 것이다.

　신들의 이야기를 보면, 이승도 저승도 아닌 신비스런 곳에 '서천꽃밭'이 자리하고 있고 이 꽃밭에 각종 알록달록한 꽃들이 자라난다. 산육신이 사람들에게 아이를 점지할 때는 이 꽃밭의 '생불꽃'을 주고, 죽은 사람을 살릴 때는 누군가 이 꽃밭의 '도환생꽃'을 따다가 죽은 이 뼈 위에 올려놓으면 된다. 물론 나쁜 사람들을 단박에 죽어버리게 하는 '수레멜망악심꽃'도 있다. 세상을 평화롭게 하려면 때로 어쩔 수 없는 악한들을 솎아낼 필요도 있는 것이니까. 이

‘서천꽃밭’ 이야말로 신들이 행사하는 힘, 더 정확히 말하자면 우리 선조들이 그렇게 되었으면 하고 바라던 세상의 조화를 상징하고 있는 꽃밭인 셈이다.

제주도 신화라고 하지만, 따지고 보면 이는 오리지널 ‘한국의 신화’이다. 오리지널은 항상 변방에 남아 있는 법이라 하지 않는가. 제주도 사투리에 15세기 조선시대의 표준어가 다수 남아 있는 걸로 보면 충분히 유추가 가능한 일이다. 그러한즉 한국 본토에서 오래 전에 사라져버린 신들이 다행스럽게도 죽지 않고 제주도에만 살아남아 있다고 봐야 할 것이다. 이 각박한 세상, 신들이 살 만한 곳이란 오직 제주도라는 특별한 공간밖에 없기 때문일까. 이 신들은 오랜 세월 제주도 바깥으로 나가고 싶어 하지 않았다. 난해한 제주도 사투리와 심방(무당)들의 운문조 사설을 두터운 옷처럼 걸친 채 뚜렷한 자태를 드러내지 않았던 것이다.

그러나 우리 땅 푸성귀 냄새가 섞인 토종신들의 모습, 그것이 바로 우리 선조들의 모습이요 지금 우리 모습의 원형이기도 하다. 그 원형을 알고 나면 그리스 신들이 얼마나 우리와 거리가 먼가를 새삼 깨닫게 된다. 거울을 잘 닦은 후 자기 얼굴을 비춰보시라. 그러면 거울에는 디카프리오나 브래드 피트가 아닌 최민식이나 송강호, 혹은 오달수의 모습이 나타난다. 그것이 ‘내 얼굴’인 것이다. 그 사실을 깨닫기 위해 우리에겐 제주도 신화라는 거울이 필요하다. 우리가 딛고 선 자리를 명확히 인식할 수 있어야만 진정한, 힘찬 도약도 가능한 것이니까.

신들의 이야기를 따라가다 보면, 사람이 살아가는 곳인 한 어디에서건 그 역사와 풍토와 심성에 걸맞은 이야기를 만들어낸다는 사실을 알 수 있다. 제주도 신화에도 ‘꽃’과 ‘평화’뿐만 아니라 질투하는 ‘구할망’ 음모를 꾸미는 ‘삼천선비’ 악랄한 의붓어미 ‘노일저대’ 간악하고 탐욕스런 여인 ‘과양생이’ 주인을 배신하는 ‘느진덕정하님’ 성적 욕망의 화신 ‘정수남이’ 등등 사람들끼리 얽히

고설키며 엮어내는 온갖 이야기가 다 들어 있다. 그러니 제주도 신화로 이야기 하지 못할 인생의 오의(奧義)란 별로 없다 해도 과언이 아니다.

민속학자들은 신화를 채록하고, 신화학자들은 그 이야기들에서 문화적, 인류학적 상징을 읽어낸다. 명색 소설가인 내가 할 일은 그 이야기들을 보다 이야기답게 만들어내는 일일 것이다. 민속학자들에 의해 채록된 신화들은 각 편이 독립적인 성격을 지니고 있는데다 매 편 동일한 내용의 반복이 많아, 이야기들 간 착종이 일어나기 쉽고 전체를 한 줄에 꿰어내기 힘들게 되어 있다. 그래서 나는 이 채록된 이야기들을 일정 부분 삭제하고, 첨가하고, 이어 붙여 각 편의 변별성과 함께 전체적인 연계성을 강화하는 데 주력했다.

그리스 신화는 진작에 재능있는 작가들에 의해 문자로 기록되고 재생산을 거듭하면서 오늘 보는 바와 같은 정교한 체계와 드라마틱한 이야기를 갖추게 되었지만, 제주도의 신화들은 오직 심방들에 의해서만 구전되었을 뿐이기 때문에 아직 그 비교의 의의는 크지 않다. 내가 한 일은 그 '문자화'의 한걸음인 즉, 관심이 있는 동료나 후배 작가들에 의해 이 신화들이 조금씩 다듬어지고 풍부해졌으면 하는 바람이다.

아무튼 독자들이 이 제주도 신화 『할로영산』을 읽고, 우리 주위에 우리 잘되기만 바라는 따뜻한 신들이 곳곳에 자리하고 있음을 발견함으로써 안도감과 경건감을 느낄 수 있었으면 한다. 우리 일거수일투족을 주시하고 있는 일만 팔천이나 되는 신들은 우리가 부르기만 하면 당장 도와주러 달려올 채비를 갖추고 있는 것이다. 끝으로 이 책을 흔쾌히 맡아준 황금알의 김영탁 주간님과 아름다운 책을 만들어준 편집진에게 감사를 드린다.

2005년 목련 필 무렵

곰달래길, 서울

이 석 범

차 례

할로영산
【소설로 읽는 제주도 신화】

- **천지왕** – 하늘과 땅을 가른 천지창조의 신이며, '하늘궁전'에서 온 세상을 주재한다. 사람들을 위해 여러 신들을 만들고 그들에게 적합한 신직(神職)을 부여했다. 천지왕의 두 아들, 대별왕과 소별왕은 각각 저승과 이승을 맡아 다스린다. 천지왕은 그리스 신화의 제우스와 비슷하면서도 사뭇 다르다.

- **삼승할망** – 산육신(産育神) '산신할미'가 제주도식으로 변한 이름이다. 서천꽃밭의 생불꽃으로 아이 없는 이들에게 아이를 점지해주고 열다섯 살이 되기까지 양육을 돕는다. 그 신업을 방해하는 자가 있으니, 삼승할망 되기 '꽃 가꾸기' 경쟁에서 패배한 동해 용왕 따님아기인 '구할망'이다.

- **꽃감관 할락궁이** – 서천꽃밭 꽃밭지기인 사라도령의 아들인데, 서천꽃밭의 꽃을 가져다 억울하게 죽은 어머니 '원강암이'를 살려내는 무공을 세운 후 아버지 뒤를 이어 꽃감관 자리를 물려받는다.

- **무조(巫祖) 잿부기 삼형제** – 무당이란 어떻게 생겨났을까? 잿부기 삼형제는 그 무당의 원조격인 신들인데 이름은 각각 본맹두, 신맹두, 살아삼축삼맹두이다. 집안이 가난하여 재 위에다 글씨를 쓰며 공부했다 해서 잿부기 삼형제라 불렸다.

- **전상차지 가믄장아기** – 사람의 운명, 즉 잘되고 못되는 모든 것을 '전상'이라 하는데, 이 전상을 '운명의 신'인 가믄장아기가 관장한다. 어린 시절 검은나무바가지에 밥을 담아 먹여 길렀다 해서 가믄장아기란 이름이 붙었다.

- **자청비** – 농경신이며 사랑의 신이기도 하다. 적극적인 여성 자청비가 우여곡절 끝에 사랑을 쟁취하는 과정이 드라마틱하여, 제주도 신화 중에서는 가장 역동적이고 재미있는 이야기로 꼽힌다. 그 재미를 돕는 인물 중 하나가 나중에 목축(牧畜)의 신으로 좌정하는 자청비 집 억센 하인 '정이 어신 정수남이'이다.

- **일문전 녹디셍인** – 집안 곳곳에도 수호신들은 많다. 집의 중앙 현관을 지키는 신이 일문전 녹디셍인. 집 바깥에는 그의 아버지인 흐리멍텅한 남 선비가 주목지신으로 자리하고, 부엌에는 그의 어머니인 여산 부인이 조왕할망으로 버티고 있다. 이 신들의 가호로 집안이 두루 평안해진다.

- **강님차사** – 죽을 때가 된 사람을 저승으로 잡아가는 이승차사이다. 천지왕의 아들이며 저승을 관장하는 대별왕을 오랏줄로 꽁꽁 묶을 정도로 강님은 대단한 힘과 지략의 소유자이다. '정명 삼십(三十)'이라는 저승 장적을 고쳐 삼천 년이나 불법적(?)으로 살고 있던 장수(長壽)의 신 '명감 사마니'도 결국은 강님차사 손에 붙들리고 만다.

- **부신(富神) 칠성아기** – 일문전 녹디셍인이나 조왕할망 등 집 안팎 수호신들의 가호만으로는 뭔가 부족하다. 집안에는 재물이 있어야 하고, 그 재물이 새나가지 않도록 신들이 잘 지켜줘야 한다. 이 신직을 하얀 뱀의 모습을 한 칠성아기가 담당한다.

- **할로영산 궤네깃도** – 할로영산은 그리스 신화의 올림포스 산과 비슷한 영산(靈山)이다. 천지왕은 사람들을 위하여 할로영산 꼭대기에 '땅의 하늘궁전'을 세우고, 일 년에 한번씩 일만 팔천 모든 신을 이 장소에 집결토록 계획한다. 천지왕은 이 많은 신들을 초빙하는 역할을 할로영산 영웅이며 수호신인 궤네깃도에게 맡긴다. 궤네깃도는 천지왕의 후손격인 소천국의 여섯째 아들로서, 강성한 대제국인 강남 천자국의 난리를 평정한 후 할로영산으로 돌아와 할로영산의 수호신이 되었다.

Ⅰ. 천지왕

하늘아, 머리를 들라

옛날에 하늘과 땅은 한 덩어리로 맞붙어 있었다. 세상은 캄캄한 어둠뿐이었다.

너무도 오랜 세월 어둠 속에 지내자니 천지왕은 무척 심심했다. 아름다운 세상을 만들어 신과 인간들이 더불어 살고 싶은 생각이 났다. 그리하여 이 혼돈천지에 개벽의 기운이 돌기 시작했다.

천지왕이 "하늘아, 머리를 들라" 하니, 하늘머리가 북동쪽으로 열렸다. 그러자 땅의 머리도 그 아래로 열리면서 하늘과 땅 사이의 금이 분명하게 나타났다. 이 금은 점점 더 벌어졌다.

하늘과 땅의 경계가 뚜렷해지자, 하늘에서는 청이슬이 내리고 땅에서는 까만 이슬이 솟아났다. 이 이슬들이 합수되어 만물이 생겨나기 시작했다. 땅에서는 산들이 치솟아오르고 물이 흘러내리며 깊은 계곡을 만들었다. 계곡물이 한데 모여 바다를 이루었다.

하늘과 땅 사이의 허공에서 색색의 안개가 피어올랐다. 안개들은 서로 합쳐

지고 나누어지며 오색 구름으로 변했다. 동쪽에는 파란 구름, 서쪽에는 흰 구름, 남쪽에는 붉은 구름, 북쪽에는 검은 구름, 그리고 가운데는 노란 구름이 떠서 오락가락했다.

천지왕은 각각의 구름방향으로 맑은 기운을 뿜어냈다. 그 기운이 구름을 뚫고 나가 하늘의 별들로 박혔다. 동쪽에는 견우성, 서쪽에는 직녀성, 남쪽에는 노인성, 북쪽에는 북두칠성, 중앙에는 삼태성이 자리를 잡았다.

그러나 세상은 아직도 춥고 어두웠다.

천지왕은 해와 달을 두 개씩 만들어 땅 위를 환하고 따뜻하게 비춰주었다. 이리하여 땅에는 풀과 나무와 짐승들과 사람들이 살 수 있게 되었다.

그러나 아직 세상의 질서가 잡힌 것은 아니었다. 해와 달이 두 개씩이어서 낮에는 너무 덥고 밤에는 너무 추웠다. 풀과 나무와 짐승들과 사람들은 더워서 죽고 추워서 죽어갔다. 또한 사람이 말을 하면 나무가 대답하고, 나무가 말을 하면 짐승이 대답했다. 귀신과 사람의 구별도 없어서, 귀신 불러 사람 오고 사람 불러 귀신 오는 형국이었다. 땅 위는 뒤죽박죽 혼돈상태가 계속되었다.

수심에 잠긴 천지왕은 일단 저승세계를 따로 만들어 죽은 사람이 머물게 하였다. 저승 앞에는 안개 자욱한 서천강이 무섭게 소용돌이쳤다. 신들과 죽은 자들만이 드나들 수 있도록 한 것이다.

그러나 이 법도가 잘 지켜지지 않아 세상의 혼잡스러움은 여전했다.

"어찌해야 어지러운 세상의 질서를 잡을 것인가?"

걱정을 거듭하던 천지왕은 어느 날 꿈을 꾸었다. 하늘에 떠 있는 두 개의 해와 달을 하나씩 삼켜먹는 꿈이었다. 꿈에서 깬 천지왕은 곰곰이 생각하다가 무릎을 쳤다.

"이는 길한 태몽이로다."

이 꿈이야말로 혼란한 세상의 질서를 바로잡을 귀동자를 얻을 꿈임에 틀림없었다. 천지왕은 이제 곧 땅 위로 내려가 총명한 부인과 배필을 맺고 귀동자를 얻으리라 생각하며 미소지었다.

수명장자를 벌주다

땅에는 거부행세를 하며 사는 수명장자가 있었다. 욕심많은 수명장자는 사람들을 괴롭혀서 재물을 많이 모았다. 밭은 끝이 보이지 않을 만큼 넓었고, 커다란 창고 속에는 금은보화가 가득 쌓여 있었다. 소가 아흔아홉 마리, 말이 아흔아홉 마리, 개도 아흔아홉 마리였다. 방자해진 수명장자는 종종 큰소리를 쳤다.

"천지왕인들 나를 이길쏘냐!"

가난한 사람들은 끼니가 떨어지면 수명장자한테 가서 쌀을 꾸어야 했다. 쌀 한 되를 꾸면, 수명장자는 쌀에다 흰 모래를 반쯤 섞어 한 되를 채워 주었다. 그 쌀을 아홉 번, 열 번 깨끗이 일어 밥을 지어도 첫숟가락에 당장 돌을 씹을 수밖에 없었다. 좁쌀을 꾸러 가면 검은 모래를 섞어 주고, 작은 말로 꾸어주었다가 돌려받을 때는 큰 말로 되어 받으면서 수명장자는 부자가 된 것이었다.

수명장자는 가난한 사람들을 빌려서 김을 맸는데, 이집 딸들은 점심에 맛좋은 간장은 자기네만 먹고 놉들에겐 고린 간장을 먹였다. 수명장자의 아들들도 고약했다. 마소의 물을 먹여오라 하면, 말발굽에 오줌을 싸서 물통에 들었던 것처럼 보이게 해놓고는 물을 먹여왔다고 속여 마소를 목마르게 했다.

수명장자와 그 아들딸에 대한 사람들의 탄식과 원성은 하늘에까지 울려퍼졌다.

"천지왕께서 우리를 버리셨다!"

지상의 울부짖음을 들은 천지왕은 분개하지 않을 수 없었다.

"괘씸하다, 수명장자! 저 무뢰한을 당장에 처단하리라! 벼락장군은 들라. 우레장군은 들라. 화덕진군은 들라."

천지왕은 벼락장군, 우레장군, 화덕진군을 거느리고 땅 위로 내려왔다.

수명장자의 집에서는 소 아흔아홉 마리, 말 아흔아홉 마리, 개 아흔아홉 마리가 한꺼번에 달려나오며 천지왕 일행을 막아섰다. 개들은 짖고, 말들을 발길질을 하고, 소들은 뿔을 세워 받으려 했다.

천지왕은 우선 흉험을 내려 수명장자를 혼내주기로 했다.

수명장자 집 부엌에 갑자기 개미들이 들끓기 시작했다. 비복들이 놀라서 수명장자한테 달려와 말했다.

"솥 앞으로 개미가 기어다닙니다."

수명장자는 놀라지 않았다.

"그게 무슨 큰 일이냐. 호들갑떨지 말라."

이번에는 집이 폐가가 된 듯 습기가 차고 용달버섯이 무수히 생겨났다.

"집 뒤에 용달버섯이 생겨났습니다."

"허, 반찬이 떨어져가니 초기버섯 대신 용달이 나는구나. 반찬으로 볶아라."

수명장자의 기세는 당당했다. 천지왕은 큰 솥들이 마당으로 나와 들썩거리게 했다.

"큰 솥들이 저 올래에서 엉기덩기 춤추며 다니고 있습니다."

"매일 방에 불을 때놓으니 솥들도 더위먹어 식히러 갔을 터이다."

천지왕은 이번에는 가축들이 미쳐 날뛰게 했다.

"황소가 지붕 위를 넘나들고 있습니다!"

"잘 먹이니 힘이 넘치는 모양이구나."

아무리 흉험을 내려도 수명장자는 끄떡하지 않았다. 천지왕은 우레장군을 시켜 수명장자의 머리에 쇠철망을 씌우도록 했다. 쇠철망이 머리를 옥죄자 수명장자는 아들들한테 말했다.

"내 머리가 너무 아프니 도끼로 깨부수거라!"

아들들이 머뭇거리자 수명장자는 하인들에게 다시 명령했다.

"내 머리를 도끼로 찍어라!"

하인들은 도끼를 든 손을 부들부들 떨며 울상을 지을 뿐이었다.

천지왕은 수명장자의 언행에 마침내 분노가 폭발했다.

"벽력장군은 이놈의 집에 벼락을 때리고, 화덕진군은 큰 불을 질러라."

벽력장군이 두 손을 모으니 하늘에서 우지끈 벼락이 떨어지고, 화덕진군이 양팔을 벌리자 불씨들이 수명장자의 집으로 달려들었다. 천지왕은 바람을 일으켜 수명장자의 궁궐 같은 집을 한순간에 잿더미로 만들어버렸다.

수명장자는 머리에 씌운 쇠철망이 점점 조여드는 고통 속에 오래오래 살도록 했다.

천지왕은 그 아들딸들한테도 벌을 내렸다. 딸들은 가난한 사람들을 고약하게 학대했으니 꺾어진 숟가락을 하나씩 엉덩이에 꽂아 팥벌레의 몸으로 환생시켜버리고, 아들들은 마소의 물을 굶겨 목마르게 했으니 솔개 몸으로 환생시켜 비 온 뒤에 꼬부라진 주둥아리로 날개의 물을 핥아먹도록 했다.

천지왕에 의해 여러 가지 법이 마련되자 땅 위는 오랜만에 평화로웠다.

우리 아버지는 어디 있나요?

천지왕은 벽력장군, 우레장군, 화덕진군을 데리고 지상세계를 돌아다녔다.

땅 위에 사는 여자 중에 가장 슬기롭고 마음이 착한 사람을 찾아 배필로 삼기 위해서였다. 오래지 않아 적당한 여자가 나타났다. 세상에 향기로운 소문이 자자한 총명부인이었다.

천지왕은 길일을 받아 총명부인과 성대한 결혼식을 올렸다. 총명부인은 천지왕을 극진하게 공경하였다. 참으로 달콤한 나날들이었다.

그러나 천지왕은 하늘궁전을 오래 비워둘 수 없었다. 천지왕과 총명부인은 슬픔을 달래며 헤어져야만 했다.

"아들 형제를 낳을 것이니, 이름을 각각 대별왕과 소별왕으로 지으시오."

이렇게 말하고 훌쩍 떠나려는 천지왕을 총명부인이 붙잡았다.

"이대로 헤어지면 언제 다시 만날 수 있겠습니까? 또한 아이들이 태어나면 아버지를 누구라 말하겠습니까?"

총명부인은 나중을 위해 무엇이든 신표를 남겨달라고 울며 애원하였다.

천지왕은 총명부인의 몸에서 잉태될 귀동자들이 혼란한 세상의 질서를 바로잡을 존재임을 새삼 깨닫고,

"아들들이 나를 찾거든 이걸 심으시오. 그러면 알게 되리라."

하고 말하며, 총명부인에게 영롱한 빛이 나는 박씨 두 개를 내주었다. 그리고는 장군들을 거느리고 표표히 하늘궁전으로 떠나갔다.

과연 그 달부터 총명부인 몸에 태기가 있었고, 다시 몇 달이 지나자 쌍둥이 아들 형제를 낳게 되었다. 총명부인은 천지왕의 말대로 첫째는 대별왕, 둘째는 소별왕이라 이름지었다.

쌍둥이 형제는 하루가 다르게 무럭무럭 자랐다. 글공부할 나이가 되자, 쌍둥이는 똑같이 서당에 다녔다. 한번 읽은 글은 잊는 법이 없었고, 하나를 가르치면 백을 알아들었다. 활솜씨 또한 뛰어나서 다들 신동이라 감탄했으나, 친구들은 쌍둥이 형제를 시기했다.

"아비 없는 호로자식들!"

이 말에는 아무리 기세좋던 그들 형제도 풀이 죽을 수밖에 없었다.

"어머니, 우리 아버지는 어떤 분입니까?"

어느 날 밤 쌍둥이 형제는 총명부인에게 자기들 아버지를 찾게 해달라고 졸랐다. 때가 되었음을 깨달은 총명부인은 아들들한테 지난 이야기를 모두 들려주었다.

형제는 그 박씨를 양지바른 곳에 묻었다. 박씨는 곧 싹을 틔웠고, 순식간에 하늘 높은 곳을 향해 쑥쑥 덩굴을 뻗어 나갔다. 뻗어가는 덩굴을 따라 흰꽃들이 무수히 피어나는 것이 하얀 나비들이 떼지어 하늘을 향해 날아오르는 것 같았다. 아버지 천지왕이 박씨를 주고 간 것은 이 덩굴을 타고 하늘로 찾아오라는 뜻임을 알 수 있었다.

쌍둥이 형제 대별왕과 소별왕은 박덩굴을 타고 하늘로 올라갔다. 덩굴은 웅장한 하늘궁전의 깊은 곳까지 곧장 이어져 있었다.

천지왕이 벽력장군, 우레장군, 화덕진군을 거느린 채 형제가 덩굴을 타고 올라오는 것을 바라보고 있었다.

"너희들은 누구인가?"

대별왕과 소별왕은 천지왕 앞에 무릎을 꿇었다.

"저희는 총명부인의 아들로서, 이 세상을 관장하시는 아버지 천지왕을 찾아왔습니다."

천지왕은 늠름하게 자란 아들들을 보니 흐뭇했으나, 짐짓 모르는 체하며 말했다.

"너희가 진정 이 천지왕의 아들이라면 특별한 능력을 지니고 있을 터인즉, 그것을 증명해 보이거라."

천지왕은 무게가 천 근인 활과 화살을 가져오게 했다.

"이것으로 해와 달을 하나씩 쏘아 없애라."

아직도 한 하늘에 해가 둘이요 달도 두 개여서, 사람들은 낮에는 햇볕에 말라 죽고 밤에는 달빛에 시려 죽어가고 있었다.

해와 달을 쏘다

대별왕과 소별왕은 우레장군의 호위를 받으며 지상의 동쪽 끝으로 날아갔다. 그들이 날아가는 동안 하늘에는 천둥소리가 요란하였다.

천 근 활에 천 근 살을 매긴 대별왕은 처음 떠오르는 해를 놔두고 뒤에 떠오르는 해를 향해 힘껏 시위를 당겼다. 화살은 하늘을 가로질러 해의 가운데를 정확히 꿰뚫었다. 해는 산산조각이 나면서 동쪽 하늘의 별들로 박혔다.

다시 대별왕과 소별왕은 우레장군을 따라 서쪽 끝으로 날아갔다. 이번에는 소별왕이 천 근 활에 천 근 살을 매기고 두 번째 떠오르는 달을 향해 시위를 당겼다. 화살이 둥근 달의 복판을 꿰뚫는 순간, 잘게 부서진 달은 서쪽 하늘의 수많은 별들로 박혔다.

해와 달이 하나씩 없어지자 세상은 훨씬 살기가 좋아졌다.

천지왕은 하늘궁전으로 돌아온 대별왕과 소별왕을 껴안으며 기뻐했다.

"너희들은 진정 내 아들이다. 이제 이승과 저승을 각각 맡아 다스리거라."

이승은 누구나 욕심을 낼 만한 곳이었다. 소별왕은 어떻게든 이승을 차지하고 싶었다. 소별왕은 형인 대별왕에게 제의했다.

"형님, 우리 수수께끼 해서 이기는 쪽이 이승을 맡아 다스리는 게 어떻겠습니까?"

동생의 말에 형은 선선히 따랐다.

"그러면 그리 해라."

수수께끼는 형이 먼저 시작했다.

"사랑하는 아우야, 어떤 나무는 주야평생 잎이 안 지고 어떤 나무는 잎이 지느냐?"

"마디가 짧은 나무는 잎이 안 지고, 속이 빈 나무는 잎이 집니다."

"아니다. 청대 갈대는 마디마디 속이 비어 있어도 잎이 안 진다."

첫 문제에 소별왕이 졌다. 형이 다시 수수께끼를 냈다.

"사랑하는 아우야, 어찌하여 동산 위의 풀은 짧은데 구렁의 풀은 무성하게 잘 자라느냐?"

"삼사월 봄비에 동산의 흙이 씻겨 낮은 쪽으로 흘러내려가는 바람에 구렁의 풀이 긴 것입니다."

"그렇다면, 왜 사람의 머리털은 높은데 길고 발등의 털은 낮은데도 짧은 것이냐?"

아우는 말문이 막혔다. 대별왕의 지혜를 따를 수 없겠다고 판단한 소별왕은 다른 꾀를 내었다.

"형님, 그러지 말고 서로 꽃을 심어 잘 키운 사람이 이승을 맡아 다스리는 게 어떻겠습니까?"

대별왕은 역시 선선히 응했다.

"그러면 그리 하자."

그들은 화덕진군이 땅속 깊숙한 데서 가져온 꽃씨들을 하늘궁전의 화단에 정성껏 심었다. 화단은 이 세상처럼 둥근 모양인데 검은색, 붉은색, 회색 흙들이 고루 섞인 채 깔려 있었고 테두리에는 은빛 돌들이 촘촘히 박혀 있었다.

꽃씨들은 곧 싹이 트고, 줄기가 뻗고, 꽃을 피우며, 한시가 다르게 자라났다. 그러나 이번에도 소별왕의 꽃은 형의 것보다 아름답지 않았다. 이 내기에도 질 것이 뻔하자, 소별왕은 다시 꾀를 냈다.

"형님, 꽃이 다 피려면 한참 걸릴 터이니 그동안 한잠 자고 일어납시다."

관후한 대별왕은 미소를 띠며 아우의 제의를 받아들였다.

"그럼 그렇게 하자꾸나."

대별왕이 깊이 잠든 사이 소별왕은 슬쩍 꽃을 바꿔 심어버렸다. 잠이 깨었을 때, 대별왕은 꽃이 서로 바뀐 것을 알았으나 그대로 두었다. 약속대로 이승은 아우인 소별왕이 차지하게 되었다.

"사랑하는 아우야, 이승을 차지하여 다스려라. 하지만 이승에는 어려운 일이 많을 것이다. 살인과 도둑질이 그칠 날 없고, 사람들은 서로 미워하고 시기하며 삶을 탕진할 것이다. 이들을 잘 다스려 사랑이 가득찬 곳으로 만들어보아라."

대별왕은 아우에게 이렇게 당부했다. 그리고 형제는 헤어져 각각 자기가 다스릴 곳으로 떠났다.

대별왕은 저승을 잘 다스려 저승법은 맑고 공정했다. 그러나 영악한 소별왕이 다스리는 이승은 여전히 살인과 도둑질이 그치지 않고, 사람들은 서로 미워하고 시기하며 소란한 삶을 살게 되었다.

2. 삼승할망

바다의 주인은

소별왕이 이승을 차지하고 대별왕은 저승을 차지하게 되었지만, 아직 바다에는 주인이 없었다.

동쪽 바다에는 동해 용왕, 서쪽 바다에는 서해 용왕, 남쪽 바다에는 남해 용왕이 각각 살고 있었다. 이들은 서로 바다를 송두리째 장악하기 위해 늘상 싸움을 벌였고, 이 때문에 바다는 한시도 평온한 날이 없었다.

가장 힘이 센 것은 서해 용왕이었다. 한 차례의 싸움이 끝나면 동해 용왕과 남해 용왕은 번번이 서해 용왕에게 눌려 깊은 바다 속으로 도망치기 바빴다. 남해 용왕은 진작에 역부족을 시인했으나, 동해 용왕만은 서해 용왕을 이길 방법을 찾느라 날마다 고민을 했다.

이때 지상에는 거인 왕장군이 살고 있었다. 왕장군은 우람한 나무들이 들어찬 숲 속에서 나무를 베어다 팔면서 살아가고 있었다.

왕장군이 나무를 베면, 나무 쓰러지는 소리로 용궁이 흔들릴 정도였다. 용궁은 땅에서는 매우 먼 거리에 있었다. 용궁물은 바다 밑에서 3년, 바다 위에서 3년, 그리고 물가에서 3년을 더 흘러가야 비로소 육지에 닿을 수 있는 것이다. 이러하니 용궁이 울릴 정도면 왕장군이 얼마나 큰 나무들을 쓰러뜨리는지 짐작할 수 있었다.

"이게 웬 소리냐?"

어느 날 용궁이 몹시 흔들리자, 동해 용왕이 신하들에게 물었다.

"땅 위에서 왕장군이 나무를 베어 쓰러뜨리는 소리입니다."

"그래?"

동해 용왕은 왕장군의 놀라운 힘이 부러웠다. 그리고는 퍼뜩 이 왕장군을 잘 설득하면 서해 용왕과의 싸움에 활용할 수 있지 않을까 하는 생각이 들었다.

"어서 땅 위로 가서 왕장군을 모셔오도록 하라."

왕장군이 숲속에서 나무를 베는데 한 초립동이 나타났다.

"저는 동해 용왕의 사신입니다. 동해 용왕과 서해 용왕이 싸움을 하는데 매양 우리가 싸움에서 지니 왕장군께 도움을 청하러 왔소이다."

왕장군이 답하기를,

"나는 세상에 무서운 것이 없는데, 단지 바닷물만은 무섭네. 그러니 어찌 바다 속으로 들어갈 수 있겠는가?"

"저하고 같이 간다면 아무 문제가 없을 것입니다."

왕장군은 자기가 지닌 엄청난 힘으로 고작 숲속에서 매일처럼 나무나 해야 하는 신세가 못마땅하기도 했다.

"정말인가? 그러면 대체 나를 어떻게 동해 용궁까지 데려갈 생각이냐?"

"그거야 걱정 마십시오."

초립동은 왕장군을 업고 바다 속으로 들어갔다. 초립동이 들어서자, 바다가 쩌억 갈라지며 물길이 활짝 열렸다. 왕장군을 업은 초립동은 물길을 따라 나는 듯이 용궁으로 달렸다.

왕장군을 맞이한 동해 용왕이 기뻐하며 말했다.

"잘 왔소, 왕장군! 내일 서해 용왕과 싸움을 할 것인데, 내가 짐짓 지는 체하며 물 속으로 들어가면 서해 용왕이 물 위에서 이긴 것을 뽐낼 것이니, 그때 화살을 쏘아 죽이시오."

다음날 동해 용왕은 서해 용왕에게 싸움을 걸었다. 두 용왕은 바다 속과 바다 위를 숨가쁘게 오가며 대접전을 벌였다. 온 바다가 용광로처럼 부글부글 끓었다.

이날도 서해 용왕이 우세했다. 동해 용왕은 싸우다가 힘이 다한 듯 물 속으로 숨어들어갔다. 물 위에 혼자 남은 서해 용왕은 우렁차게 울부짖으며 위세를 뽐내었다. 이때, 천 근 활에·천 근 살을 매긴 왕장군이 힘껏 시위를 당겼다. 번개처럼 날아간 화살은 서해 용왕이 포효를 내뿜고 있는 입 안에 정통으로 박혔다. 순간 숨이 막힌 서해 용왕은 바다 속으로 맥없이 곤두박질쳤다.

큰 상처를 입은 서해 용왕이 패배를 인정하자, 이때부터 세상의 모든 바다는 동해 용왕이 다스리게 됐다.

동해 용왕은 왕장군을 위해 큰 잔치를 베풀고 승리를 자축했다. 그리고 왕장군과 그 자식들을 병사와 벼슬의 신인 군웅(軍雄)이 되어 살게 했다.

동해 용왕이 딸을 얻다

바다를 차지한 동해 용왕은 서해 용왕의 딸을 취해 배필로 삼았다. 그러나 아무리 세월이 흘러도 아이가 태어나질 않았다. 후사를 걱정한 부부는 매일 동관음사에 가서 석 달 열흘 백일기도를 정성껏 올렸다.

얼마 안 있어 용궁부인에게 태기가 있었다. 아홉 달 구일만에 태어난 것은 귀여운 딸아기였다.

그러나 이 아기는 태어난 날부터 아홉 살이 되도록 날마다 울기만 하고 말썽만 부렸다.

한 살 때는 어머니 젖가슴을 때렸고, 두 살 때는 아버지 수염을 뽑았다. 세 살 때는 곡식을 흩어 먹지 못하게 했다. 네 살 때는 애써서 심어놓은 모종을 뽑아버렸다. 다섯 살부터는 말을 익히니 노상 거짓말만 하여 사람들을 괴롭히는 걸 즐거움으로 삼았다. 나쁜 말을 동네방네 옮겨 불목하게 하고, 근거없는 모함으로 사람들을 못살게 굴었다. 여섯 살에는 부모한테 말대꾸를 하기 일쑤였고, 일곱 살에는 웃어른에게 욕을 해댔다. 여덟 살에는 곡식을 심어놓은 밭담을 무너뜨렸으며, 아홉 살에는 말 모르는 짐승을 때리는 죄를 지었다.

이렇게 죄목이 많아지니 용궁 사람들의 원성이 높아만 갔다. 아버지 동해 용왕은 이 딸을 죽이기로 작정했다.

딸의 목숨이 위태로워지자, 용궁부인이 눈물을 흘리며 남편을 말렸다.

"내 속으로 난 자식, 어찌 내 손으로 죽일 수 있으오리까. 차라리 무쇠함에 태워서 바다에 띄워버리는 게 어떻겠습니까?"

딸아이를 어떻게든 인간세상으로 보내어 살리려는 심산이었다. 차마 자기 자식을 제 손으로 죽일 수는 없었던 터라, 동해 용왕도 선선히 부인의 뜻에 따랐다.

"그럼, 그건 그리 하오."

용궁을 쫓겨나게 된 따님아기는 눈앞이 캄캄했다. 자기가 들어갈 무쇠함 앞에 서자, 따님아기는 절로 목이 메어 울부짖듯 물었다.

"어머님아, 난 인간에 가서 무슨 일을 하며 살아갑니까?"

"인생세간에 아직 생불왕(生佛王)이 없으니, 생불왕으로 들어서서 얻어먹고 살 길을 마련하거라."

생불이란 곧 잉태를 말함이니, 용궁부인은 딸아이한테 산신(産神)인 삼승할망이 되라는 것이었다. 천지개벽은 되었으나 사람들이 많지 않은 때라 집안마다 자손을 내려 인간을 번성시킬 신이 필요했다.

"생불은 어떻게 주며, 환생은 또 어떻게 시킵니까?"

"아버지 몸에 흰 피 석 달 열흘, 어머니 몸에 검은 피 석 달 열흘······아홉 달 열 달 준삭(準朔)하면 해복시키거라."

"해복은 어디로 시킵니까?"

"해복은······."

부인이 어디로 해산시키는지를 말하려는 찰나, 동해 용왕의 벼락 같은 호령이 떨어졌다.

"무슨 말들이 그리 많으냐? 어서 띄워보내거라!"

따님아기가 무쇠함 안에 담겨지자, 뚜껑이 철커덕 닫히고 말았다.

생불왕이 되러 왔소

무쇠함이 동해 바다에 띄워지니 물 속에서 3년, 물 위로 올라와서도 3년, 물가에 닿아서도 3년, 꼬박 아홉 해 동안을 헤매었다. 따님아기는 어느덧 열여덟 살 처녀가 되었다.

작은 너울 큰 너울에 휩쓸려 하염없이 떠다니던 상자는 금백산 앞바다에 이르렀을 때 큰 파도에 떠밀려 비로소 육지로 올려졌다.

어부들이 골려들어 용궁에서 온 보물상자라며 좋아했다. 모두 힘을 합쳐 육중한 무쇠함을 여니, 웬걸 생전 처음 보는 아리따운 아가씨가 그 안에 앉아 있는 것이었다. 앞이마는 해님이요 뒤통수는 달님 같았고, 두 어깨에는 은하수 별빛들이 오송송이 박혀 있는 듯했다.

"너는 귀신이냐, 사람이냐?"

"나는 동해 용왕의 딸로서, 인생세간에 생불왕이 없다 하니 생불왕이 되러 왔습니다."

그 말을 듣고 한 늙은 어부가 나섰다.

"오, 그러거든 우리 부부간에 오십이 넘도록 아이가 없으니 어디 한번 생불을 주어보겠느냐?"

"어서 그리 하십시다."

선선히 대답한 동해 용왕 따님아기는 곧 늙은 어부의 집으로 안내되었고, 그 부인에게 어머니가 가르쳐준 대로 생불을 주었다. 생불을 줘보니 그리 어려운 일도 아니었다.

이때부터 따님아기는 동서남북 사해팔방 이십사방 산천을 돌아다니며, 집에서건 뭍에서건 산중에서건 들판에서건 아무 데서나 생불을 주었다.

그러나 아버지 동해 용왕의 호령 때문에 잉태시키는 법만 배우다 만 따님아기는 그 다음을 어떻게 해야 할지 몰랐다. 시간이 흘러 늙은 어부의 부인은 아홉 달 열 달 만삭이 되었으나, 딱하게도 따님아기는 어디로 해산을 시켜야 하는지 알 수 없었다.

열한 달이 지나고, 열두 달이 넘어갔다. 이젠 뱃속의 아이보다 산모가 사경에 이르렀다. 늙은 어부의 부인은 물론 들판에서 노닐다가 느닷없이 생불을 받고 잉태한 젊은 아가씨, 죽을 날이 낼모레인 칠십 노파들이 풍선처럼 부풀어오른 배를 감싸쥐고 "나 죽는다" 비명을 질러댔다. 동해 용왕 따님아기는 덜컥 겁이 났다. 어떻게든 해산을 시켜야 한다.

따님아기는 은가위를 가져다가 늙은 어부의 부인 오른쪽 겨드랑이를 솜솜 뜯어 아이를 꺼내려 했다. 겨드랑이를 뜯고 나니 그야말로 큰일이었다. 아이는커녕 피만 콸콸 쏟아지고 부인도 아이도 다 죽을 판이었다.

벌여놓은 일을 감당할 수 없어지자, 동해 용왕 따님아기는 어부의 집을 빠져나와 무작정 연못가로 달렸다. 연못가 수양버들 밑에 털석 주저앉은 따님아기는 하염없이 눈물만 흘릴 뿐이었다.

"어머님아, 난 이제 어찌합니까?"

비새들이 서너 마리 날아와 따님아기 주위를 맴돌며 따라 울었다.

그 사이에도 열 달을 채우지 못하고 댓 달만에 저절로 나와버린 아기, 여섯 달쯤 돼 겉모양만 겨우 갖춘 채 핏덩이로 떨구어지는 아기들 때문에, 어미 살면 아기 죽고 아기 살면 어미들이 죽어갔다. 사람을 번성시키려다가 되레 있는 사람마저 다 죽여갈 판이었다.

어부를 비롯한 마을 사람들은 이 원통하고 다급한 사정을 호소하기 위해 금백산에 올랐다. 요령을 흔들어 천지왕한테 신원하려는 것이었다. 요령 소리는 곧 천지왕의 귀에 들렸다.

천지왕은 지부사천왕을 불러 이유를 알아올리도록 했다.

그간의 사정이 낱낱이 보고되자, 천지왕은 탄식하며 말했다.

"어허, 딱한지고! 어느 누구 인간에 생불왕으로 들어설 만한 이가 없겠느냐?"

즉시 지부사천왕의 추천이 올라왔다.

"인간에 명진국 따님아기가 있사온데, 탄생일이 병인년 병인월 병인일 병인시 정월 초사흗날입니다. 부모에 효도하고 일가 화목하니, 이 아기씨를 생불왕으로 들여세움이 어떻겠습니까?”

“그럼, 그리 하도록 하라.”

천지왕은 화덕진군을 사자로 보내 명진국 따님아기를 데려오게 했다.

명진국 따님아기

명진국 따님아기가 노각성자부줄을 타고 하늘로 올라 천지왕 앞에 엎디었다. 천지왕은 명진국 따님아기가 머리를 땋아 등뒤로 늘어뜨린 양을 보고는 마음을 떠보느라 짐짓 야단을 쳤다.

“총각머리 등에 진 처녀가 어찌 감히 대청 한가운데로 들어오느냐!”

“소녀도 아뢸 말씀이 있사옵니다. 남녀가 유별한데 어인 일로 총각찬 처녀를 일부러 부르셨습니까?”

“호오, 과연 당차고 영특하구나. 그만하면 생불왕으로 들어설 만하다.”

천지왕은 전후사정을 애기한 후, 즉시 인간에 생불왕으로 내려가라고 말했다.

“천지왕께서 절보고 생불왕이 되라 하시나, 철없고 미욱한 소녀가 어찌 생불을 주고 환생 주는 법을 알 수 있겠습니까?”

그러자 천지왕이 말한다.

“아비 몸에 흰 피 석 달 열흘, 어미 몸에 검은 피 석 달 열흘, 살 살려 석 달, 뼈 살려 석 달, 아홉 달 열 달 준삭하면 아기엄마 느슨한 뼈 빳빳하게 하고 빳빳한 뼈는 늦추어 열두 궁문(宮門)으로 해복시키라.”

명진국 따님아기는 천지왕의 분부대로 생불왕이 되어 내려서게 되었다. 하얀 몸을 우선 물색 명주속곳으로 가리고, 흰색 바지에 자주색 홑단치마, 남색 저고리를 차례차례 갖춰입은 후 한 손에는 번성꽃, 한 손에는 환생꽃을 드니 영락없는 생불왕이었다. 사월 초파일, 눈부시게 차린 명진국 따님아기는 흰 구름이 안내하고 파란 구름이 옹위하는 가운데 노각성자부다리를 타고 인간 세상으로 내려왔다.

인간에 내려서자마자 명진국 따님아기는 여기저기서 사람 살리라는 비명을 들었다. 배가 항아리만한 여인네들이 가쁜 숨을 몰아쉬고 진땀을 흘리며 내지르는 소리였다.

따님아기는 즉시 여인네들의 느슨한 뼈는 빳빳하게 하고 빳빳한 뼈는 늦추어서 열두 궁문으로 해복시켰다. 은가위로 탯줄을 자르고 명(命)실로 잘 맨 후, 아이를 따뜻한 물에 목욕시켰다. 유모를 불러 젖을 먹이게 하고 산모에게는 미역국을 먹였다. 삼일 후에 태를 불사르고 산모를 쑥물에 목욕시켰으며, 아기에겐 배내옷을 입혔다. 명진국 따님아기의 도움으로 태어난 아이들은 칠일만에 앉고 백일만에 엎드리며 방긋방긋 웃었다.

이때, 갑자기 동해 용왕 따님아기가 달려와 불같이 화를 내며 삿대질을 해댔다.

"내가 생불한 아기를 어느 년이 와서 함부로 거둬들이느냐!"

동해 용왕 따님아기는 명진국 따님아기의 머리채를 감아쥐고 마구 때리며 난리를 피웠다.

명진국 따님아기는 너무도 억울하여 금백산에 올라 천지왕에게 하소연했다.

"인간에 이미 생불왕이 있는데, 어이하여 저를 다시 보내셨습니까?"

난처해진 천지왕은 두 따님아기 중 누가 생불왕에 합당한지 시험을 통해 가리기로 했다. 노각성자부줄을 내리고 그들을 하늘궁전에 올라오도록 했다.

"여기 꽃씨 두 개를 나누어줄 터인즉, 하늘궁전 모래밭에 각각 꽃씨를 심어

라. 누구의 꽃이 더 번성하는가를 가려 생불왕으로 삼도록 하리라.”

두 따님아기는 모래밭에 꽃씨를 심었다. 곧 움이 돋고 가지가 뻗어갔다. 꽃을 먼저 피운 이는 동해용왕 따님아기였다. 그러나 이윽고 벌레가 꾀어 시들기 시작했다. 명진국 따님아기의 것은 처음에는 연약했으나, 나중에 사만오천육백 개로 뻗어나간 가지로부터 아름다운 꽃들이 피어나 번성했다.

이를 보고 위기를 느낀 동해용왕 따님아기가 거세게 항의했다.

“제가 먼저 인간세상에 와 많은 고생을 했는데, 손가락에 피 한 방울 묻히지 않은 이가 어찌 공을 가로챌 수 있겠습니까?”

천지왕은 이번에는 두 따님아기의 지혜를 시험하기로 했다. 동해 용왕 따님아기한테 먼저 물었다.

“동으로 뻗은 가지를 무엇이라 하느냐?”

“동가지 서가지 남가지 북가지입니다.”

그 대답에 천지왕은 어이없는 표정을 지었다.

“그러면 아기의 씨를 놓을 적엔 어디서 놓겠느냐?”

“사람들이야 남녀 불문하고 나이 불문하고 그저 동하기만 하면 그만이니, 산에서든 들에서든 아무 데서나 씨를 놓아주겠습니다.”

“몇 개월을 잉태시키겠느냐?”

“바쁘면 서너 달, 늦으면 열두 달입니다.”

“아이를 해산시키려면 어떻게 하겠느냐?”

“그야, 잘 드는 가위로 겨드랑이를 솜솜 뜯거나, 아니면 배꼽줄을 따라 북 찢어서⋯⋯.”

“그만두어라!”

천지왕은 동해 용왕 따님아기의 무지에 역정이 났다.

명진국 따님아기한테 묻기 위해 고개를 돌려보니, 사만오천육백의 가지들에는 벌써 탐스러운 열매가 주렁주렁 매달리고 있었다.

"동으로 뻗은 가지를 무엇이라 하느냐?"

"동청목이라 합니다."

"자식을 놓을 땐 어떤 데서 놓겠느냐?"

"반드시 집 안에서 남 모르게 놓겠습니다."

"몇 개월을 잉태시키겠느냐?"

"보통은 아홉 달하고도 칠일, 늦어도 열 달만에는 해산시키겠습니다."

"해산할 땐 어떻게 하겠느냐?"

"아기낳는 어멍의 열두 몸뼈를 골고루 주물러주고, 아기낳는 어멍보다 제가 더 땀을 흘리며 궁문을 열겠습니다."

"궁문을 나올 때, 아기 머리는 어느 방향을 향하게 하겠느냐?"

"아기 머리는 천지중앙을 향하면 만과출신하고, 동쪽으로 향하면 부자가 되며, 서쪽이면 가난하고, 남쪽으로 돌면 장수하고, 북쪽이면 단명한다 하옵니다. 소녀, 가능한 한 천지중앙이나 동쪽 남쪽으로 아기 머리를 돌리도록 애쓸 터이나, 얼굴이 그렇듯 궁문도 사람마다 제각각이라 그것만큼은 태어나는 아기의 운명에도 절반을 맡기도록 하겠습니다."

"아기를 낳으면 어떻게 처리하겠느냐?"

"우선 은가위로 탯줄을 세치 반으로 끊어 명실로 매고, 아기를 목욕시킨 후 젖을 내려주면 좋을 것입니다. 탯줄은 사흘을 두었다가, 아기가 태어난 땅에 불사르도록 하겠습니다."

"그럼, 태를 사른 땅이 곧 아기가 태어난 땅을 일컫겠구나."

"그러하옵니다."

"그 일들을 과연 혼자서 할 수 있겠느냐?"

"황송하오나, 혼자서 하기 버겁습니다. 그리하니 구덕할망, 업저지, 넋할망,

침하르방 등등 골고루 갖추어서 인간에 내려보내야 옳을 듯하옵니다.”

명진국 따님아기의 막힘없는 대답에 천지왕은 대단히 흡족했다.

“명진국 따님아기는 인간세상에 생불왕으로 가라. 동해 용왕 따님아기는 서천꽃밭으로 보내라.”

그러자, 동해 용왕 따님아기가 화를 벌컥 내며 대들었다.

“저는 싫습니다! 그동안 인간세상에 정들었습니다. 귀신들이나 사는 서천꽃밭으로는 가기 싫습니다.”

그러면서 동해 용왕 따님아기는 명진국 따님아기의 꽃들을 마구 꺾어버리는 것이었다.

“네년이 해산시킨 아기가 태어나서 백일이 지나면 경풍, 경세, 홍살, 늦은마(魔) 빠른마, 위로 구토, 아래로 설사 등등 온갖 병이 들게 하겠노라!”

동해 용왕 따님아기의 눈에 핏발이 선다.

“그뿐인 줄 알아? 아기가 앉을 만하게 되면 밀어버리고, 문지방이라도 넘을 만하면 뒤집어버리고, 마당에서 놀 만하면 높은 나무에 올라가라 올라가라 한 다음 떨어지게 하고 말 것이다!”

명진국 따님아기는 어떻게든 동해용왕 따님아기를 달래지 않으면 안되겠다고 생각했다. 그동안 정든 땅이니, 동해 용왕 따님아기도 틈틈이 세상을 돌아보며 상을 받도록 해 배고픔은 면하게 하려는 것이다.

“아기가 나오면 너를 위해 폐백과 좋은 음식을 차려줄 터이니, 우리 서로 도우면서 살자꾸나.”

사정조로 끈질기게 타이르자, 마침내 두 따님아기 사이에 합의가 이루어졌다. 그후 새로 태어난 아기가 앓으면, 사람들은 동해 용왕 따님아기를 위해 닭이며 쌀이며 옷이며 돈이며 놓인 상을 차려 올리게 되었다.

이로써 명진국 따님아기는 삼승할망으로 인간세상 아기들의 산육신이 되었고, 동해 용왕 따님아기는 병을 앓다 죽어 저승에 간 아기들의 영혼을 차지하는 저승할망이 되었다. 저승할망은 명진국 따님아기보다 먼저 생불왕 노릇을 했다 해서 구할망이라 불리는 걸 더 좋아했다.

오만한 대별상

이승을 동생 소별왕에게 넘겨주고 저승을 다스리는 대별왕에게는 여러 신하가 있었다. 그중 대별상이라는 신하는 마마를 불러 아기들의 영혼을 잡아가거나, 심한 열병을 앓다가 곰보가 되게 하는 직을 맡고 있었다. 대별상은 사방팔방으로 돌아다니며 아무에게나 마마를 주기 일쑤였는데, 말릴 자가 없으니 날로 기세가 등등했다. 대별상만 나타나면 사람들은 꼼짝못하고 푸짐하니 한 상 차려 대접해야 했다.

삼승할망은 이때 하루에 천 명씩 생명을 주고, 만 명씩 환생을 시킬 때였다. 그러나 구할망이나 대별상의 횡포로 자손과 인간의 번성 속도가 몹시 느려지는 바람에 근심이 컸다. 어느 날 서천강 다리를 건너 인간세상으로 내려오는데, 큰 길에서 영기를 앞세우고 고부랑나팔, 쌍나팔에 비비둥당우둥당 피리 불고 북을 치며 몰려오는 요란한 행렬을 만났다. 아리따운 첩들, 기생들을 대동하고 수백 군졸을 거느려 한길 그들먹하게 다니는 모양새를 보니 대별상 행차가 분명했다.

삼승할망이 두 손을 모으고 빌었다.

"대별상님아, 내가 내운 자손들은 은진주, 아랑진주 자국만 살짝살짝 내고 고운 얼굴로 호명하여 주십서."

그러자 대별상이 오만하게 눈을 부릅뜨더니 야단을 친다.

"허, 여자란 게 꿈에만 실려도 재수가 없는데 대장부 행차에 웬 날내 나는 여자냐? 물 아래로 비켜서라!"

대별상은 거들떠보지도 않고 소매를 휘날리며 지나쳤다. 대별상은 그후 더욱 기승을 부려, 삼승할망이 잉태를 준 아기들 고운 얼굴을 박박 얽어 찌그러진 뒤웅박으로 만들어버렸다. 아기들마다 곰보딱지가 앉아 흉하게 변해가니 삼승할망은 눈물을 흘리며 슬퍼했다.

'대별상 하는 짓이 괘씸하구나! 어디, 네놈도 내게 사정할 날이 있으리라.'

서천꽃밭에서 생불꽃을 가져온 삼승할망은 대별상의 부인인 서신국 마누라에게 잉태를 시켰다.

그러나 서신국 마누라는 열 달이 지나고 열두 달이 지나도 해복을 못해 죽을 지경에 이르렀다. 눈치 빠른 서신국 마누라는 이거 보통 일이 아니로구나 여기고, 조심스레 대별상에게 물었다.

"대감, 일전에 혹시 삼승할망한테 애닯게 한 일이 없으십니까?"

"삼승할망? 오호, 사실 얼마 전 여차저차한 일이 있기는 있었소만."

그 말을 듣고, 서신국 마누라가 한숨을 쉬며 말한다.

"대감, 하나만 알고 둘은 모르시는구려. 제가 대감 대신 삼승할망한테 들린 것입니다. 할망이 아기를 안 내우면, 아무리 대별상 대감인들 무슨 소용이 있겠습니까? 어서 가서 사죄하고 용서를 비셔야 합니다."

대별상은 썩 내키지 않은 일이었으나, 마누라가 죽을둥 살둥 하는 마당이니 어쩔 도리가 없었다.

천양망건에 천양갓 쓰고 천양도포를 입고 저승법대로 의관정제한 대별상은 삼승할망을 찾아갔다. 그리고는 체면불고하고 댓돌 밑에 무릎 꿇어 빌었다.

"네 자손은 아깝고 남의 자손은 아깝지 않더냐?"

삼승할망은 얼굴을 내밀지도 않은 채 대별상을 내쳤다.

대별상은 하릴없이 먼 올래 바깥에 돗자리를 펴고 엎드려 하루, 이틀, 이레, 두 이레 열나흘 동안을 보냈다. 밤낮으로 모진 광풍이 불어도 그대로 엎드려 있고, 비가 내려 석 자 닷 치나 물에 잠겨도 그대로 엎드려 있었다. 눈발이 몰아치니 얼굴도 몸도 시렵고 수염엔 고드름이 매달렸지만, 대별상은 꿈쩍도 못하고 엎드려 있었다.

그 모양을 본 삼승할망은 한켠으로 괘씸하나 그 정성도 갸륵하다 여겨, 가까이 들라고 말했다.

"그만하면, 하늘 높고 땅 낮은 줄 알겠느냐?"

"알다뿐이겠습니까?"

"네 교만한 행실로 애닯더라마는, 그간 정성을 봐서 부인 해복 해산시켜 주마."

"황공하여 몸둘 바를 모르겠습니다."

대별상은 몇 번이고 고개를 숙여 삼승할망한테 감사를 표했다.

"그런데 나를 청해들이려면 몇 가지 준비가 필요한데, 시키는 대로 하겠느냐?"

"분부만 하십시오."

"우선 길가에 수북이 자란 풀들을 언월도로 베고, 튀어나온 돌들은 은따비로 파서 모두 제거하도록 하라."

"예, 예."

"길이 파여 엉망이 될 것이니, 골라낸 돌들과 흙들을 삼태기로 치우고 발로 밟아 평평하게 다진 다음 술을 뿌려 청이슬다리를 놓아라"

"예, 예."

"행여 진흙이 튀어오를지도 모르니 길에 다시 띠를 뿌려 마른다리를 놓은 후, 잘게 자른 종이를 뿌려 나비다리를 놓아야 할 것이야."

"예, 그저 분부대로 이행하옵지요."

삼승할망을 맞이하는 대별상의 집 치장이 요란했다. 문어귀에는 검은 줄, 빨간 줄을 매고 마당에는 물명주 천으로 다리를 놓고, 방 안에는 족자병풍을 치고 안자리에는 능화자리, 바깥자리에는 화문석을 깔았다.

은주랑 철죽대를 짚고 코제비 백능버선에 꽃당혜를 신은 삼승할망이 마당으로 들어서는데, 쉰다섯 자 건지머리가 줄에 걸려 벗어지고 명주다리 위에선 미끄러져 넘어졌다. 화가 난 할망은 명주다리, 족자병풍, 능화자리, 화문석을 모두 걷어치우고 무명 천에 보리짚을 깔게 했다. 그후, 해산하는 방에는 병풍도 치지 않고 자리도 깔지 않게 되었다.

삼승할망이 비단 같은 손길로 대별상 마누라의 살끝 뼈끝 마디마디를 조근조근 주무르고 배를 세 번 쓸어내리자 이내 궁문이 열렸다. 아기가 쑥 나오는 것 같았는데, 눈도 없고 귀도 없고 코도 없는 이상한 아기였다.

"아이고, 내 팔자야."

대별상이 한숨을 쉬었다.

"아기 낳은 게 어려운 줄 알겠느냐? 공들여 낳은 내 자손들을 네가 박박 얽게 만들었는데, 이제부터는 얼굴을 곱게 만들겠느냐?"

"예, 예, 여부가 있겠습니까."

삼승할망이 가위로 아기봇을 찢자 앞이마는 해를 그린 듯, 눈은 붓으로 그린 듯, 코는 나무집게로 집은 듯, 입은 은가위로 자른 듯, 샛별 같은 옥동자가 태어났다.

감격한 대별상이 삼승할망한테 말했다.

"앞으로는 길을 갈 때도 할망이 웃길로 가고, 상을 받을 때도 할망이 위로 받으십서."

그래서 아기들이 앓아 굿을 치를 때면, 삼승할망을 위로 모시고 대별상은 아래쪽에 상을 차리게 했다.

서천꽃밭에는 오색꽃들이

억조창생 만민자손을 번성시키려 하니 꽃밭이 나날이 좁아갔다. 삼승할망은 사계절 따뜻한 극락땅을 찾아 서천꽃밭을 새로 넓게 만들었다. 하늘궁전 천지왕에게 수많은 꽃씨를 다시 얻어 삼짇날에 파종했다.

오색꽃을 다섯 방위에 나누어 동쪽에 청색, 서쪽에 백색, 남쪽에 적색, 북쪽에 흑색, 중앙에 황색꽃을 가득 심으니 동에는 청재목이 나고 서에는 백재목, 남에는 적재목, 북에는 흑재목, 중앙에는 황재목이 났다.

동청목 푸른 꽃으로는 남자아기를 잉태시키고, 서백금 하얀 꽃으로는 여자아기의 생명을 줬다. 남쪽의 붉은 꽃은 오래 살게 하는 장명꽃이고, 북하수 검은 꽃으로 난 아기는 오래 살지 못했다. 중앙에 노란 꽃은 만과출신이라 이 꽃을 받아 출생한 아기는 입신출세했다.

삼승할망이 기거할 집도 새로 지었다. 비자나무로 기둥을 삼고, 정자나무로 도리를 걸고, 대추나무로 서까래를 걸어 으리으리한 누각을 지었다. 처마 네 귀엔 풍경을 달아놓고, 널찍하게 내성 외성을 둘러놓았다.

삼승할망은 이 안에서 문 안에 육십 업저지, 문 밖에도 육십 업저지를 거느려 좌정하였다.

삼승할망 밑으로 대별상과 서신국 마누라, 구덕할망, 넋할망, 침하르방 등이 있었다. 사람들은 삼승할망을 기려 초사흘 초이레, 열사흘 열이레, 스무사흘 스무이렛날에 상을 올렸다. 이 때문에 초사흘 초덕부인, 열사흘 이덕부인,

스무사흘 삼덕부인 등이 생겨나 새로 태어난 아기들을 돌보게 되었다.

한편, 구할망은 죽으나 사나 삼승할망이 낸 아기들에 달려들어 심술을 피웠다. 사람들은 초사흘 초이레, 열사흘 열이레, 스무사흘 스무이렛날에 따로 상을 올려 두 할망 간에 굽갈라놓아야 했다. 이 일에 자칫 소홀하면 구할망은 부엌 솥뚜껑에 올라가 당당당당 막대를 두드리며 여기 드러누워 안 가겠다, 이 솥 앞에 똥을 싸지르리라, 집에 불 붙여버리겠다 등등 갖은 패악을 저지르며 아기가 열다섯 살이 되기까지 주위사람들을 달달 볶아댔다.

3. 꽃감관 할락궁이

꽃감관을 보내주소서

아름다운 서천꽃밭에는 하루에도 수만 가지 꽃들이 피어났다. 삼승할망은 서천꽃밭에 꽃이 자라는 대로 인간에 보내 생명을 주었다. 또한 생명을 주는 이상으로 죽은 사람을 환생시키기도 했다. 땅 위에는 날로날로 사람들이 늘어갔다.

삼승할망의 일이 이처럼 바쁘니 넓은 꽃밭을 관리할 자가 필요했다. 하늘궁 전의 몇몇 신들이 허락없이 꽃을 꺾어가는 일이 종종 생겼기 때문이다.

삼승할망은 천지왕한테 달려가 청했다.

"서천꽃밭을 관리할 꽃감관을 보내주옵소서."

"그리 하자꾸나. 곧 청렴한 선비의 아들을 골라 보낼 터이니 기다리라."

천지왕은 세상을 내려다보았다. 한 마을에 김진국과 원진국이 살고 있었다. 윗녘에 사는 김진국은 가난하고 아랫녘에 사는 원진국은 살림이 풍족했음에 도 두 사람은 사이좋게 지냈다. 다만 둘 다 마흔이 넘도록 슬하에 자식이 없어

수심이 깊었다.

"옳거니. 빈부에 상관없이 아름다운 사귐이 있으니 얼마나 갸륵하냐."

천지왕은 미소를 띠며 이승을 다스리는 소별왕을 불러들였다.

"인간에 김진국, 원진국 두 대감의 사람됨이 가상하다. 아직 슬하에 자식이 없다 하니, 이들에게 생불을 주어 사내아이가 나면 서천꽃밭 꽃감관으로 쓰리라."

꽃감관으로 쓴다면 곧 이승을 떠나보내 저승으로 데려가는 것이니 이승을 다스리는 소별왕으로서야 서운한 노릇이었다. 그러나 천지왕의 분부를 어찌하랴.

"그건 그리 하옵소서."

소별왕은 그 길로 동개남 상주절 주지승을 불러 여차저차 지시했다.

김진국과 원진국의 구덕혼사

하루는 김진국 원진국 두 대감이 바둑을 두는데 웬 중이 나타났다.

"소승이 상을 보니, 김진국 대감은 하루 한 끼밖에 못 먹겠으나 원진국 대감은 천하 거부올시다그려."

느닷없이 나타난 중이 한눈에 신분을 알아맞히자 두 대감은 눈이 휘둥그레졌다. 그러나, 곧 원진국 대감이 바둑돌을 놓으며 깊은 한숨을 쉬었다.

"천하 거부면 어떻고 하루 한 끼인들 무슨 상관이겠소. 이 나이토록 자식이 없는 마당에……. 밥 없으면 빌어먹고 옷 없으면 얻어 입을 수 있지만, 자식은 빌어 길러봐도 부모 공을 알지 못하는 게 양자(養子)라 하지 않소."

　두 대감은 다시금 설움이 복받쳐 서로 손을 붙잡고 대성통곡했다. 이 모습을 측은하게 바라보던 중이 말했다.

　"대감님들, 울지 말고 저 영험한 동개남 상주절로 수륙이나 드리러 가소서. 지극정성이면 명 없는 자 명 주고, 생불 없는 자 생불을 준다 하옵니다."

　"원진국 대감이야 돈이 많으니 걱정없겠지만, 나는 하루 한 끼밖에 못 먹는 처지에 수륙드릴 제물이 어디 있소?"

　김진국이 다시 한탄을 한다. 곁에 있던 원진국이 곰곰이 생각하다가,

　"여보 김대감, 그리 한탄하지 마소. 수륙채는 내가 당할 테니 김대감은 그 동안의 양식이나 마련하시구려."

　"허어! 이런 고마울 데가……. 이런 황송할 데가……."

　김진국이 감격에 겨워 말을 잇지 못하는 사이, 소별왕이 보낸 중은 슬쩍 미소를 띠고는 어디론지 사라졌다.

　그날부터 김진국의 부인네가 바빠졌다. 밥 한 끼 할 때마다 쌀 한 술씩 덜어 모으고, 앞집에는 장리빚을 지고 뒷집에는 월리빚을 지며 백일 불공 드릴 동안의 양식 마련에 나선 것이다.

　양식이 겨우 마련되자, 김진국과 원진국은 동개남 상주절 금법당에 같이 가서 제물을 올리고 기원했다. 석 달 열흘간 정성스런 수륙불공을 마치고 돌아올 때 원진국이 말했다.

　"우리가 같이 수륙을 드렸으니, 내가 딸을 낳건 아들을 낳건, 혹은 김대감이 딸을 낳건 아들을 낳건 서로 낯 바꾸어 아이를 낳으면 구덕혼사를 합시다."

　구덕혼사란 아기구덕에 눕혀 키우는 어린아이 때 부모의 의사에 따라 결혼시키는 일을 말함이니, 원진국은 수륙불공을 드린 기념으로 아예 김진국과 사돈을 맺어버리자는 것이었다. 김진국으로서야 딸이든 아들이든 무조건 부잣집에 시집장가를 보내는 셈인데 싫을 턱이 없었다.

“허허, 대감 뜻이 정 그렇다면, 그리 하십시다.”

곧 두 대감댁 부인들에게 태기가 있어 달이 차자 아이를 낳는데, 남의 수륙채까지 대어준 원진국은 딸을 낳고 남의 수륙채로 불공드린 김진국은 아들을 낳았다. 원진국 딸은 원강암이라 하고 김진국 아들은 사라도령이라 이름지었다.

김진국과 원진국은 예전처럼 늘 바둑, 장기를 두며 지냈다. 사라도령과 원강암이도 어린 시절부터 두 집을 오가며 무람없이 어울려 놀아 정이 깊었다. 그 아이들이 무럭무럭 자라 열다섯이 되자, 김진국의 고민이 시작되었다. 진작에 해둔 약속이 있으니 ‘이제 혼사를 합시다’ 말하고 싶어도, 원진국이 워낙 부자라 제 죄가 깊게 여겨지는 것이다.

“저, 우리 아이들 혼사는 어떻게…….”

어느 날 불끈 용기를 낸 김진국이 운을 떼자,

“무슨 혼사 말씀이오?”

원진국이 짐짓 딴전을 부렸다.

“우리가 불공드릴 적에 한 구덕혼사 약속…….”

“허어, 김대감. 구덕은 구덕이고 혼사는 혼사지. 땅 한 뙈기 없는 대감이 우리 딸을 데려다가 대체 무얼로 먹여살릴 작정이시오?”

김진국은 말문이 막혔다. 터벅터벅 집으로 돌아온 김진국은 곧 자리에 드러누워 끙끙 앓게 되었다.

사라도령이 눈치를 채고, 그날 밤으로 급히 원강암이를 찾아가 만났다. 두 사람은 어릴 적부터 주위 사람들 말로 그들의 구덕혼사 사실을 알고 있었다.

“낭자, 가난한 사람은 장가도 들 수 없습니까?”

“무슨 말씀입니까?”

사라도령이 자초지종을 말하자, 원강암이는 총명스런 눈을 반짝였다.

“도령님, 제게 수가 있으니 아버님을 내일 한번 더 저희 집으로 오게 하십시오.”

사라도령을 집으로 보낸 후, 원강암이는 부친 방으로 들어가 문안을 올렸다.

“아버지, 제가 몹시 흉한 꿈을 꾸었습니다.”

“흉한 꿈이라니?”

“꿈에 백발이 성성한 한 노인이 나타나, ‘너의 부모가 부처님 전에 한 약속을 어겼으니 그 벌로 모레 삼차사를 보내 너를 잡아가야겠다’라고 말하지 않겠습니까. 대체 무슨 일이길래 그러십니까 물어보려는 순간 백발노인은 사라져버렸습니다. 아버지는 누구와 무슨 약속을 하셨기에 이런 흉한 꿈이…….”

원강암이가 고개를 숙이며 흑흑 흐느끼자, 원진국은 얼굴이 벌개졌다.

“아, 그건 아마 너를 얻으려고 동개남절에 가서 수륙드릴 적에 김대감과 한 약속을 말하는 듯하다만.”

“이 한몸 죽는 거야 애석치 않사오나, 부모님 은공도 갚지 못한 채 가게 되면 이런 원통할 데가 어디 있겠습니까?”

원강암이는 더욱 소리를 높여 흐느꼈다.

“아가 아가, 우지 마라. 하지만 그 가난뱅이 사라도령한테 꼭 시집을 가야겠느냐?”

“부처님 전 약속인데 어쩔 도리가 있겠습니까. 저를 살리려거든 부디 사라도령한테 보내주십시오. 잘살아도 내 팔자, 못살아도 내 사주 아닙니까?”

“알았다, 알았어. 우지 마라, 아가. 가만있자, 모레라……. 그 백발 노인이 분명 모레라 했으렷다?”

원강암이는 고개를 숙인 채 끄덕였다.

다음날 원진국은 김진국을 집으로 청했다. 김진국은 원진국 집 앞까지 다시

가기는 갔으나 선뜻 들어가지 못해 어정거리기만 했다. 그때 집 안에서,

"사돈님, 어서 오시오."

하는 소리가 들렸다. 김진국은 '어제는 그리 매정하더니 오늘은 웬일로 반갑게 맞는고' 괴이쩍게 생각했다.

원진국이 먼저 말했다.

"오래 전에 한 약속인데, 번거롭게 택일할 거 없이 내일 혼사합시다."

'아니 당장 내일?'

김진국은 속으로 급히 날을 짚어보았다. 다음날은 멸망일이자 사일(死日)이었다. 수사일(受死日)에 결혼이라……. 김진국이 망설이는 듯하자, 오히려 원진국이 조바심을 냈다.

"어제는 참으로 결례했소이다. 내가 안팎 잔치를 다 차리겠으니, 내일 당장 식을 행하기로 합시다."

원진국이 서둘러대니 가난한 김진국으로서는 어쩔 도리가 없었다.

서천꽃밭에 와서 꽃을 지키라

원진국이 두 사람을 위해 재산을 분배해 줘 사라도령과 원강암이는 별 어려움없이 살아갈 수 있었다. 원강암이는 곧 아이를 가졌다. 한 달 두 달 지나 원강암이 몸은 항아리처럼 무거워지기 시작했다.

다른 일에 바쁜 소별왕이 퍼뜩 정신을 차리고 살피니, 사라도령은 이미 결혼했고 아이까지 어미 뱃속에 있었다.

'아차, 좀 늦어버렸구나.'

부인과 자식이 딸린 사람을 저승으로 불러들이려면 아무래도 성가신 일들이 많이 생길 터였다. 하지만 천지왕의 분부니 어김없이 이행해야만 했다. 소별왕은 백발 노인의 모습으로 사라도령과 원강암이의 꿈에 들어 '서천꽃밭에 와서 꽃을 지키라'고 명령했다. 한 번, 두 번, 세 번……. 그러나 신혼의 달콤함에 젖은 사라도령은 좀처럼 서천꽃밭으로 갈 생각을 하지 않았다.

하루는 원강암이가 허벅 지고 물 길러 삼도전 거리에 나갔는데, 아득한 서천꽃밭으로부터 온 삼차사가 내려서고 있었다. 죽음의 차사들을 보자 원강암이는 가슴이 철렁했다.

땅에 내려선 삼차사가 원강암이한테 물었다.

"이 마을 사라도령이 어디에 살고 있습니까?"

"어이구, 그곳에 가자면 몹시 먼데, 저 재 넘고 다시 물을 건너 가야 합니다."

삼차사를 멀찍이 보낸 원강암이는 물도 안 긷고 황급히 돌아와 사라도령한테 말했다.

"어서 빨리 도망가세요!"

사라도령은 깊은 한숨을 내쉬었다. 꿈속의 명령이 끝내 현실로 나타나고야 만 것이다.

"아무려면 가지 않을 수 있는 길이겠소? 내 가서 차사들을 다시 모시고 오리다. 먼 데서 오신 분들이니, 우선 진지상이나 잘 차려 대접해야 할 것이오."

사라도령은 아직 멀리 가지 않은 삼차사를 집에 모셔다가 후히 대접했다. 식사를 끝낸 차사들이 재촉했다.

"사라도령, 이제 어서 길을 떠나시게."

사라도령은 원강암이한테 말했다.

"여보, 내가 저승 가서 꽃감관으로 자리를 잡게 되면 즉시 청할 것이니, 그간 부디 잘 살고 있으오."

"아이고, 이게 무슨 말입니까! 나도 함께 가겠습니다!"

원강암이는 울음을 터뜨렸다.

"가지 못하오. 여기서 잠시 살고 있으면 내 곧 청하겠소."

"아니 되옵니다! 당신 없이 이 세상을 어찌 살란 말입니까! 살아도 같이 살고 죽어도 같이 죽을 것이니, 난 함께 갈 것입니다!"

원강암이는 사라도령의 옷자락을 움켜쥐며 울부짖었다.

두 사람을 이윽히 바라보던 삼차사가 말했다.

"그럼 사라도령, 부인을 잘 달래서 천천히 따라오시오."

그러고는 집을 나서 먼저 걸어나가는 것이었다. 한참 걸어가던 삼차사는 길 끝 어둠 속에 젖어들면서 서서히 공중으로 떠오르는 듯하더니 가뭇없이 사라졌다.

종 사십시오

'모든 게 내 어리석은 탓이다. 수사일에 부득부득 결혼을 했으니 결국 이런 꼴이 나지 않았는가.'

사라도령은 장탄식을 했지만 소용없는 일이었다.

부부는 함께 서천꽃밭을 향해 출발했다. 서천꽃밭이 어디인가. 저승으로 가는 길은 멀고도 험난했다. 가다가 날이 저물면 억새 포기 속에 밤을 새고, 날이 밝으면 다시 아픈 다리를 이끌며 끝없이 험한 길을 걸어갔다. 원강암이는 산처럼 부른 배를 안고 뒤뚱뒤뚱, 발은 콩구슬같이 부풀어 길을 잘 걸을 수 없었다.

며칠이나 걸었을까. 하루는 어떤 언덕 밑에 팽나무를 의지하여 밤을 샐 요량을 하는데 닭 울음소리가 간간 들려왔다.

"저 닭은 어디서 우는 닭입니까?"

"이 근처 만년장자(萬年長者) 집 닭 우는 소릴 게요."

한참 있으려니 또 어디서 컹컹 소리가 났다.

"저건 무슨 소리입니까?"

"만년장자 집의 개 짖는 소리겠지."

닭 울음소리나 개 짖는 소리는 두 사람의 처량한 심사를 더욱 처량하게 했다.

원강암이는 피 같은 눈물을 흘리며 남편에게 애원했다.

"배는 무겁고, 다리도 아프고, 발바닥은 온통 부풀어 이제 더는 걸을 수가 없습니다. 저 장자집에 이 몸을 종으로 팔아 두고 가면 어떻겠습니까? 닭 울음 소리 개, 짖는 소리가 실한 것으로 보건대 부잣집인 듯합니다."

사라도령은 기가 막혔다. 부부는 서로 손을 붙들고 한참을 울었다. 그러나 어쩔 도리가 없었다. 종으로 팔아두고 가기로 하는데, 어머니는 얼마를 받고, 뱃속에 들어있는 아이는 얼마를 받으면 좋을까를 우선 상의했다. 어머니는 삼백 냥, 뱃속의 아이는 백 냥만 받자고 합의가 되었다.

부부는 눈물을 거두고 만년장자 집으로 갔다.

"종 사십시오."

문 밖에서 소리 지르니, 장자가 알아듣고 딸들을 불렀다.

"큰애가 나가 보아라. 네 마음에 들면 사줄 것이니라."

장자집 첫째딸이 나와 보니 원강암이의 미모가 마음에 걸렸다. 그래서 장자에게 말했다.

"난 싫어요. 어떤 길간나희인지 사놓으면 집안 망할 듯합니다."

만년장자는 둘째딸한테 나가보라 했으나, 둘째딸 역시 원강암이의 미모를 시샘했다.

"그 종을 샀다간 우리 집안 수레악심 들 듯합니다. 사지 마십시오."

장자는 딸들의 반응이 재미있는지 셋째딸한테도 가보라 했다. 마음씨 좋은 셋째딸이 나와보고는 장자를 설득했다.

"아버지, 저 종 사주세요. 우리 집안 이(利)할 종인지 해(害)할 종인지는 아무도 모를 일인데다, 비록 종이지만 용모가 수려한 것이 가내를 잘 다스렴직합니다."

셋째딸의 제언으로 흥정이 되었다. 어머니는 삼백 냥, 뱃속의 아이는 백 냥을 받았다.

만년장자는 사라도령을 사랑방으로 불러들여 밥상을 차려 내어오고, 원강암이는 부엌으로 들여보내 식은밥에 물을 말아주게 했다.

사라도령은 수저를 들고 눈물을 잠시 흘리다가 장자에게 말했다.

"이 마을 풍습은 어떤지 모르지만, 우리 마을 풍습은 서로 이별할 땐 맞상을 차려주는 법이외다."

그제야 맞상이 차려져 나왔다. 부부는 마주 밥상을 받아 앉았다. 원강암이는 우선 뱃속에 있는 아이의 이름이라도 지어주고 가시라 했다. 사라도령은 만일 아들을 낳으면 '신산만산할락궁이'라 하고, 딸을 낳거든 '할락댁이'라 이름지으라 했다. 그러고는 가지고 있던 얼레빗을 반으로 꺾어, 한쪽을 부인에게 증거물로 넘겼다. 다시 만날 날을 굳게 기약하고, 사라도령은 서천꽃밭으로 훌훌히 떠났다.

신산만산할락궁이

　그날부터 원강암이의 종살이가 시작됐다. 서글프고 초조한 하루가 지나갔
다. 날이 저물어 이경쯤에 원강암이의 방문을 두들기는 자가 있었다.
　"이 문 열라, 이 문 열라."
　만년장자의 흑심을 안 원강암이는 꾀를 냈다.
　"이 고을 풍습은 어떤지 모르나, 우리 마을 풍습은 낳은 아이가 걸음마를 하
고 마당에서 놀음놀이를 해야 몸 허락을 하는 법입니다."
　원강암이의 단호한 말에 만년장자는 하릴없이 발길을 돌렸다.
　얼마 안 되어 원강암이는 아이를 낳았다. 아들이었다. '신산만산할락궁이'
로 이름을 지었다. 할락궁이는 제법 자라서, 막대기로 말타기를 하며 마당에
서 놀게 되었다.
　어느 날 밤이 깊자, 다시 만년장자가 와서 문을 두들겼다.
　"이 고을 풍습은 어떠한지 모르나 우리 마을 풍습은 낳은 아기가 열다섯, 십
오 세가 되어야 몸 허락을 하는 법입니다."
　그러나 할락궁이가 열다섯 살이 되니 더 변명할 말이 없어졌다. 할락궁이가
쟁기를 지고 밭 갈러 간 사이 만년장자는 원강암이 방을 찾았다.
　"들어가도 좋으냐?"
　"……."
　대답이 없자 허락하는 줄 여긴 만년장자는 원강암이 방으로 성큼 들어갔다.
원강암이는 빨랫방망이를 들고 섰다가 눈을 붉히며 장자를 노려본다.
　'고년, 노려보는 모습도 참말 곱구나.'
　장자가 손을 내밀어 원강암이를 잡으려 하자, 빨랫방망이가 장자의 발등을

팍삭 내리찍었다.

"아이고, 나 죽네!"

만년장자의 비명을 듣고, 식구들이 모두 달려와 원강암이를 마구 때리기 시작했다. 보다 못한 셋째딸이 말했다.

"아버지, 지금까지 큰 농사를 저 종이 다 건사하고 집안살림도 살뜰히 잘했는데 지금 죽이면 누가 일을 합니까? 죽이는 대신 벌역을 시키십시오."

이튿날부터 모자에겐 고역이 떨어졌다. 할락궁이에게는 낮에는 소 쉰 마리를 몰고 심심산중에 들어가 나무 쉰 바리를 해 오고, 밤에는 새끼를 천 발 꼬아놓게 하고, 원강암이더러는 낮에 명주 다섯 동, 밤엔 명주 석 동을 짜올리도록 하는 것이었다.

매일매일 계속되는 이 고역은 참으로 힘겨운 것이었다. 원강암이와 할락궁이는 하루하루 눈물로 세수하며 지냈다.

봄이 되자 만년장자는 할락궁이에게 씨 뿌릴 밭을 하루에 한 섬지기씩 개간하도록 했다. 거친 나무 숲을 일구어 밭을 만들면 다시 그 밭에 좁씨를 뿌려 심도록 했다. 좁씨를 뿌려 심으면, 이번에는 '멸망일에 좁씨를 뿌렸으니 곡식이 잘될 리 없다' 며 뿌린 좁씨를 주워오도록 했다. 넓은 밭에서 좁씨를 한 알 한 알 줍고 있는데, 난데없는 개미들이 밭으로 모여들어 삽시간에 좁씨를 모아줬다. 모두 주워오니 만년장자는 한 알이 모자라다고 강짜를 부렸다. 한 알을 주우러 다시 밭에 가니 말개미가 좁씨 하나를 물고 있었다.

할락궁이도 이젠 자랄 만큼 자랐으니 집안의 눈치를 알게 되었다. 좁씨를 뿌렸다 주웠다 한 그날 밤, 할락궁이는 새삼스레 어머니 곁에 다가와 캐묻는 것이었다.

"우리 아버지 어디 갔습니까?"

어머니가 대답했다.

"만년장자가 너희 아버지 아니냐."

"만년장자가 우리 아버지라면, 어인 까닭으로 이같이 고된 일을 시킵니까?"

할락궁이가 씩씩거리며 거듭 물었으나, 원강암이는 깊은 숨만 내쉴 뿐 아무 대답도 하지 않았다.

그로부터 얼마 뒤, 가랑비가 포근히 내리는 날이었다. 마음씨 고운 셋째딸은 만년장자한테 비도 오고 하니 할락궁이네도 하루 쉬게 해 달라고 요청했다. 장자가 허락해 이날 하루는 고된 일에서 벗어날 수 있게 되었다. 할락궁이는 어머니에게 콩을 한 되만 볶아달라고 졸랐다. 일도 없고 심심하니 볶은 콩이나 먹으며 소일하겠다는 것이다.

할 수 없이 원강암이는 장막을 털어 콩 한 되를 모아 볶기 시작했다. 한참 볶노라니, 할락궁이가 급히 달려오며 밖에 누가 와 부르니 어서 나와 보시라고 한다. 볶던 콩을 놓아두고 어머니는 얼른 나가보았다. 아무도 없었다. 할락궁이는 콩 젓던 죽젓광이를 얼른 감추고 어머니를 불렀다.

"어머니, 콩이 모두 타고 있으니 어서 저으십시오."

원강암이가 죽젓광이를 못 찾아 이리저리 헤매니,

"아이고, 어머니. 콩 모두 타지 않습니까! 손으로라도 어서 저으십시오."

하도 급히 서두르는 바람에 손으로 콩을 저으려고 했다. 순간 할락궁이는 어머니 손을 꼭 눌렀다. 어머니가 엇뜨거라 비명을 질렀다.

"이제도 바른말 못 하겠습니까? 우리 아버지 간 데를 말해 주십시오."

"이 손 놓아라. 말해 주마."

어머니는 모든 사실을 털어놓았다. 이제는 때가 온 것이라 하여, 아버지 사라도령이 증표로 남기고 간 얼레빗 한쪽도 아들에게 넘겨주었다.

할락궁이는 아버지를 찾아가겠다고 했다. 어머니더러 장자집 메밀 장막을 털어 메밀범벅 세 덩이만 해주시도록 부탁했다.

할락궁이는 아버지가 두고 간 얼레빗 한쪽과 메밀범벅 세 덩이를 가지고 어머니와 눈물로 작별했다.

"어머니, 제 간 곳을 절대 말하지 마십시오. 아버지 만나뵙고 곧 돌아와, 어머니를 편안히 모시겠습니다."

할락궁이는 마실가는 체 슬쩍 집을 나와 서천꽃밭으로 향했다. 날이 저물어도 할락궁이가 돌아오지 않자, 만년장자가 눈치를 채고 원강암이를 형틀에 묶어 다그쳤다.

"할락궁이 어디로 갔느냐?"

"모릅니다."

한 번, 두 번, 세 번, 거듭된 다그침과 매질에 피거품을 물면서도 원강암이는 끝끝내 아들 간 곳을 대지 않았다. 만년장자는 백리둥이, 천리둥이, 만리둥이 개들을 차례로 풀어 할락궁이를 물어오도록 했다.

개가 쫓아오는 걸 본 할락궁이는 메밀범벅을 싼 보자기를 풀었다. 백리둥이가 짖어대며 가까이 오자, 할락궁이는 얼른 범벅 한 덩이를 던졌다. 백리둥이가 범벅을 먹는 사이 할락궁이는 백리를 달려갔다. 곧 천리둥이가 쫓아왔다. 천 리를 달리는 날쌘 개다. 할락궁이는 다시 메밀범벅 한 덩이를 집어던졌다. 그것을 먹는 새 천 리를 뛰어갔다. 뒤따라 만리둥이가 뛰어오니, 한 덩이를 내던져서 먹는 틈에 만 리를 달아났다.

개들이 떡만 먹고 그냥 돌아오자, 만년장자는 원강암이를 죽여버리고 말았다.

서천꽃밭이 어디인가

서천꽃밭이 어디인가. 멀고 험한 길을 걸어왔으나 할락궁이는 그새 방향을 잃고 이리저리 헤매고 있었다.

"아버지, 어디 계십니까?"

할락궁이는 울음 섞인 목소리로 중얼거렸다. 그러자 어디선가 홀연히 눈먼 노인이 나타났다.

"서천꽃밭으로 가는 길을 가르쳐 주십시오."

"네 눈을 뽑아주면 가르쳐 주지."

"눈을 뽑아버리고 어떻게 서천꽃밭 가는 길을 알 수 있겠습니까?"

"서천꽃밭은 사람 눈으로 찾아가는 곳이 아니니라."

노인은 허허롭게 웃었다.

"그렇다면, 뽑아드립지요."

할락궁이는 두 손으로 눈가를 찔러넣어 눈알을 뽑아냈다. 눈먼 노인은 그걸 받아들고 제 눈에 넣었다.

"젊은이의 것이라 과연 만물이 생생하게 보이는구나."

"이제 서천꽃밭 가는 길을 가르쳐 주십시오."

"정성이 갸륵한즉 가르쳐주마. 이리로 한참 가다보면 발등에 차는 물이 나올 것이다. 그 물을 건너 다시 한참을 가면 오금까지 오는 물을 만날 것이다. 그 물도 건너 한참 가다보면 목까지 차오르는 물이 나올 터인데, 그 물을 다 건너면 알 도리가 있을 것이니라."

그 말을 하고 노인은 이승 쪽을 향해 바삐 내려갔다. 할락궁이는 계속 길을 가면서 노인이 말해 준 물들을 차례로 만났다. 목까지 차오르는 물에 잠겼을 때도 할락궁이는 물살을 헤치며 앞으로 앞으로 나아갔다. 물을 다 건넌 언덕에선 까마귀가 까옥까옥 울고 있었다.

각종 향기로운 꽃냄새가 코를 찔렀다. 서천꽃밭이었다. 눈이 없어도 꽃밭의 황홀한 풍경이 아슴아슴 보이는 듯했다.

할락궁이는 먼저 서천꽃밭의 동정을 살피기로 했다. 서천꽃밭 입구에는 커다란 수양버들이 늘어졌고, 그 밑에 맑은 연못이 있었다. 할락궁이는 수양버들 맨 윗가지에 올라 넓디넓은 서천꽃밭을 바라보았다. 서천꽃밭은 엷은 안개에 싸인 채 고요했다.

잠시 후 꽃밭에선 궁녀들이 삼삼오오 물동이를 이고 입구 쪽으로 걸어왔다. 꽃밭에 줄 물을 뜨러 연못으로 오는 것이었다.

할락궁이는 얼른 손가락을 깨물어 붉은 피 두세 방울을 연못에 떨어뜨렸다. 연못은 그만 부정(不淨)을 타고 말았다. 궁녀들이 다가와서 물을 뜨려고 하니, 연못의 물은 순식간에 말라버렸다.

"수양버들 상가지에 떠꺼머리총각이 앉아서 연못에 풍운조화를 주고 있습니다."

궁녀들의 보고가 들어갔다. 꽃감관이 곧 밖으로 나왔다.

"너는 귀신이냐 생인이냐?"

"귀신이 어찌 흘릴 피 있으오리까? 신산만산할락궁이라 하옵니다."

꽃감관이 깜짝 놀라며,

"너, 증거가 될 물건을 가졌느냐?"

할락궁이가 내놓는 것을 보니 얼레빗 반쪽이었다. 꽃감관은 자신이 가지고 있는 반쪽하고 맞대어 보았다. 빈틈없이 맞았다.

"내 자식이 분명하다. 나를 찾아올 때에 잔등에 차는 물이 없더냐?"

"있었습니다."

"그것이 네 어머니 첫 매다짐을 받을 때 흘린 눈물이다."

"아, 불쌍한 우리 어머니······."

할락궁이는 가슴을 치며 탄식했다.

"오금에 차는 물이 없더냐?"

"있었습니다."

"그것이 네 어머니 두 번째 매다짐을 받을 때 흘린 눈물이다. 그리고 목에까지 차는 물이 있었을 것이다. 바로 그게 네 어머니가 죽을 때 흘린 핏물이란다."

꽃감관 사라도령은 설움과 분노가 북받쳐 꺼이꺼이 울음을 쏟아냈다.

할락궁이는 아버지 말을 듣고 어머니가 이미 장자에게 고문을 받고 돌아가신 것을 알았다. 아버지는 서천꽃밭에 있으면서도 모든 일을 다 알고 있는 것이었다.

수레멜망악심꽃

난생 처음 만나는 부자간이지만 정담을 나눌 겨를도 없었다. 아버지는 곧 할락궁이를 데리고 꽃밭으로 들어갔다. 널찍한 꽃밭엔 이름 모를 꽃들이 난만해 있었다.

"우선 네 눈을 원래대로 만들어줘야겠다."

사라도령이 꽃 하나를 따 할락궁이의 눈가를 스치자, 뿌옇던 사물들이 선명하게 보이기 시작했다. 그러고는 사람을 죽여 멸망시키는 수레멜망악심꽃, 죽은 사람을 다시 살려내는 환생꽃, 앙천(仰天) 웃음이 터지게 하는 웃음웃을꽃,

뼈오를 꽃, 살오를 꽃, 오장육부 만들 꽃 등등을 하나하나 설명하며 그 꽃들을
따 주었다. 때죽나무 회초리도 하나 만들어서 건넨 사라도령은 할락궁이한테
어서 바삐 이승으로 내려가서 어머니의 원수를 갚으라고 말했다.

"어떻게 원수를 갚으면 되겠습니까?"

"이제 내려가면 만년장자는 죽이자고 달려들 게 뻔하니, 그때 일가친족들
앞에다 웃음웃을꽃을 먼저 뿌려라. 한참 웃음이 터지거든 다음에 싸움싸울꽃
을 뿌려 친족간에 패싸움을 일으키고, 그 다음에 수레멜망악심꽃을 뿌려 원수
를 갚는 것이다. 그리고 만년장자의 셋째딸만은 죽이지 말고 어머니 묻힌 곳
을 알아낸 다음, 환생꽃을 뿌려 어머니를 살려내거라."

할락궁이는 아버지와 이별하고 다시 세상으로 내려왔다. 할락궁이가 나타
나자, 예상했던 대로 만년장자와 그 가족 친족들이 모두 모여들어 때려죽일
판이었다.

"앞마당에 형틀 걸고 장검을 꽂아라!"

"죽기 전에 보여드릴 것이 있습니다."

"무엇이냐?"

"바로 이것입니다."

할락궁이는 품속에서 노란 웃음웃을꽃을 꺼내 마당에 뿌렸다. 해삭해삭 웃
기 시작한 일가친족들이 나중에는 마당판을 온통 뒹굴어대면서 웃음을 웃느
라 야단이 났다. 그때 푸른 싸움싸울꽃을 뿌리니, 서로 할퀴고 물어뜯으며 패
싸움판이 벌어졌다. 마지막으로 붉디붉은 수레멜망악심꽃을 뿌려 놓으니 일
가친족이 모두 죽어갔다.

겁이 나 숨은 셋째딸을 찾아내자, "날랑 살려 줍서!" 애닯게 빈다.

"너는 살려줄 터이니, 어서 우리 어머니 죽여 던져버린 곳을 가리키라."

셋째딸이 가리키는 대로 가보니 어머니 머리는 끊어 청대밭에 던져놓고, 잔

등이는 끊어 흑대밭에 던져 놓고, 무릎은 끊어 푸른 띠밭에 던져 놓았다. 어머니는 없어지고 뼈들만 살그랑하니 남아 있는 것이었다. 할락궁이는 어머니의 뼈를 차례차례 모아놓고 절을 했다. 그리고는 환생꽃, 뼈오를꽃, 살오를꽃, 오장육부생길꽃 들을 꺼내 가지런히 모아놓고 때죽나무 회초리를 세 번을 쳤다. 잠시 후 어머니가 부시시 일어났다.

"아이고, 봄잠이라 오래도 잤구나."

그간의 고초도 잊은 듯 어머니는 얼굴에 발그레한 홍조를 띠고 있었다.

할락궁이는 곁에 서 있던 셋째딸한테 물었다.

"우리를 따라 저승으로 갈 테냐?"

"나는 이승에 남아 있으렵니다."

비록 천애고아가 되었지만 셋째딸한테는 아무래도 이승이 좋을 듯싶은 것이었다.

꽃감관이 된 할락궁이

할락궁이는 어머니를 모셔 서천꽃밭으로 들어갔다. 아들을 맞은 아버지 사라도령은 서천꽃밭 사라대왕으로 올라앉고, 할락궁이는 사라도령이 맡았던 꽃감관 자리를 물려받았다. 천지왕한테 꽃감관을 보내달랬던 삼승할망도 할락궁이가 꽃감관 노릇을 훌륭히 해내자 몹시 흡족해 했다. 어머니 원강암이는 저승어미가 되었는데, 어려서 죽은 아이들을 닦달하기 일삼는 구삼승할망으로부터 아이들을 몰래몰래 빼내어 서천꽃밭에 물 주는 일을 시키며 따뜻하게 보살폈다.

4. 무조(巫祖) 잿부기 삼형제

신들의 대리자

천지왕이 세상을 연 후, 소별왕은 이승을 다스리고 대별왕은 저승을 다스렸다. 그 사이 산육신(産育神) 삼승할망과 주화(呪花)를 관장하는 꽃감관 할락궁이 등 여러 신들이 생겨났으며, 바다는 용왕들이 지배하고 있었다.

소별왕이 다스리는 이승은 사람들로 북적이고, 북적이는 만큼 기쁨보다 슬픔이, 행복보다 불행이, 건강함보다 질병이 더 많아지기 시작했다. 천지왕 등 여러 신들은 세상사람들의 하소연을 가능한 한 빨리 해결해주느라 너무나 바빴다. 때로 신들과 인간을 매개하고, 때로 신들을 대리할 수 있는 존재가 필요했다. 무당이 생겨나야 할 시기가 온 것이다.

천지왕은 하늘궁전 회의를 소집하고 무당이 필요함을 역설했다.

"무당의 일이란 결국 사람이 사느냐 죽느냐, 죽어 어디 가느냐 문제인고로 이번 일은 대별왕이 챙겨보도록 하라."

대별왕이 나서며 아뢴다.

"그리 하겠습니다. 다만, 무당은 우리 신들의 대리자라 그 일이 긴요하고 복잡할 것이온즉 여러 명이 있어야 할 줄 아옵니다."

"그럼, 무조신은 셋으로 하자꾸나."

천지왕의 분부대로 무조는 셋을 두기로 했으나, 이름은 셋을 합쳐 '초공'으로 부르기로 했다.

대별왕이 하늘 아래를 살피니, 마침 황금산 도단땅과 나용안동 금백산에서 갑자기 영채(靈彩)가 한줄씩 솟구쳐 오르는 것이었다. 그것들은 곧 중천에서 하나로 합쳐졌다.

"상서롭구나. 저 두 땅의 인연으로 무조가 탄생하도록 하리라."

노가단풍 자지맹왕 아기씨

나용안동 금백산에 천하문장 천정국 대감과 지하문장 지정국 부인이 부부가 되어 살고 있었다. 논밭이 많고 고대광실에 비복들을 거느려 살림은 태평스러웠다. 오래도록 자식이 없음을 탄하다가, 오십 세에 황금산 도단땅 상좌절에 올라 수륙을 드렸더니 과연 부인에 태기가 있었다. 달이 차자 태어난 걸 보니 아리따운 딸이었다.

때는 구시월, 이 산 저 산 줄기마다 단풍이 붉게 물들고 있었다. 그래서 아이 이름을 '이 산 줄이 벋고 저 산 줄이 벋어 왕대월석금하늘 노가단풍 자지맹왕 아기씨'라고 기다랗게 짓고, 부모가 부를 때는 '자지맹이'라 했다. 대감 부부의 각별한 사랑 속에 자지맹왕 아기씨는 한 살 두 살 잘 자라났다.

자지맹왕 아기씨가 열다섯 살이 되는 해, 대별왕은 일을 꾸미기 시작했
다. 천정국 대감한테 천하공사 살러 오라는 분부를 내린 것이다. 때맞춰
지부사천왕도 지하문장 지정국 부인한테 지하공사 살러 오라는 분부를 내
렸다.

"신들의 분부시니 거역할 수도 없는 일이나, 다만 우리 외딸 자지맹이가 걱
정이오."

"그러게 말입니다. 아들자식 같으면야 책실로라도 데려가주마는……."

지정국 부인은 대감 눈치를 보며 한숨을 내쉬었다. 아이를 잉태했을 때 부
인은 청감주에 호박 안주를 먹는 꿈을 꾸었던 것이다.

'소주에 돼지고기 안주를 먹었어야 아들을 낳을 것을.'

부부는 한참 의논 끝에 자지맹왕 아기씨를 방 안에 가두어 놓고 가기로 했
다.

금법당을 지어놓고 이른여덟 고무살창으로 둘러쌌다. 쥐도 새도 까딱할 수
없는 그 안에 딸아이를 들여놓고 부부는 단단히 자물쇠로 잠갔다. 그리고는
계집종 느진덕정하님을 불러 당부했다.

"결코 문을 열어주지 말아라. 구멍으로 밥을 주고 구멍으로 옷을 주며 잘 지
키고 보살피면, 공사(公事) 살고 와서 종 문서를 돌려주리라."

종 문서를 돌려준다는 말에 느진덕정하님은 허리 굽혀 황송해 했다.

"신명을 다해 아기씨를 보살펴, 하늘 같은 은혜 만분지 일이나 갚사오리다."

대감 부부는 집을 떠나 각각 하늘로 지하로 벼슬살이하러 갔다. 계집종 느
진덕정하님은 상전의 지시대로, 구멍으로 밥을 주고 구멍으로 옷을 주며 자지
맹왕 아기씨를 잘 돌보았다.

이때, 황금산 도단땅 상좌절에서는 젊은 스님 여럿이 글공부를 하고 있었다. 달이 휘영청 밝은 밤이면 젊은 스님들은 잠시 글공부를 멈추고 월색을 즐겼다.

"아, 저 달 참 곱기도 곱구나. 하지만 달이 아무리 곱기로 나용안동 금백산 노가단풍 자지맹왕 아기씨 얼굴보다 더 고우랴!"

한 스님이 말을 꺼내며 탄식했다. 자지맹왕 아기씨는 이 절에 수륙드려 낳았던 터라 스님들도 아기씨의 소문을 잘 알고 있었다.

"자지맹왕 아기씨가 천하절색이라 한들, 누가 직접 본 사람이 있어야 말이지."

다른 스님이 말을 받았다. 천정국 대감네는 늦게 얻은 자지맹이를 하도 소중히 해서 이제껏 집 밖에 내보낸 적이 없었던 것이다.

젊은 스님들이 나누는 이야기를 듣고, 상좌절 주지 스님이 노안에 미소를 떠올리며 말했다.

"우리 절에 수륙 드려 낳은 자지맹이한테 가서 권재삼문 받아오는 자가 있으면, 절을 물려주리라."

대단한 현상이었다. 그러나 자지맹왕 아기씨는 지금 단단히 가두어져 있는 것을 아는 탓에 누구도 선뜻 나서지 않았다. 서로들 얼굴을 두리번거리고 있을 때,

"제가 가오리다."

야무지게 일어서는 걸 보니 구석에 앉았던 젊은 스님이었다. 이 스님은 황금땅 황한림의 아들로서, 일찍이 불가에 입문하고 이 절에 와 공부하고 있었

다. 불공부가 깊고 아는 것이 많아 다들 주잣선생이라 불렀다. 상좌절 늙은 주지스님은 평소 귀애하는 주잣선생이 나서자 더 기뻐했다.

주잣선생은 주지 대사의 금바랑과 철죽대를 얻어든 후 송낙을 쓰고 나용안동 금백산으로 내려왔다. 천정국 대감 집 밖에 이르자, 잠시 집 안의 동정을 살피고는 허리를 굽혀 말한다.

"소승 뵈오."

계집종이 나왔다.

"스님이 우리 집에 어인 일이시오?"

"우리 법당에 원불수룩 드려 탄생한 아기씨가 원명(原命)이 부족한 듯하니, 원명을 잇고자 권재 받으러 왔소이다."

아기씨의 명과 복을 비는 일이라 계집종은 곧 보시쌀을 뜨고 대문 밖에 나와 드리려 했다. 그러나 주잣선생은 쌀을 받지 않았다. 아기씨 원명을 잇고자 하는 보시니만큼 아기씨가 직접 떠다 주어야 한다는 것이다. 계집종은 아기씨가 직접 나올 수 없는 사정을 자세히 설명했다.

"만일 그 방문 자물쇠가 열린다면, 아기씨 손수 보시쌀을 내올 수 있는가? 아기씨한테 그걸 여쭤보시오."

느진덕정하님이 그대로 전하자 아기씨가 웃으며 말한다.

"집 밖에서 이 방 문을 열겠다고? 이상한 중이로구나. 아무튼 열어보기나 하라 해라."

아기씨의 승낙이 떨어지자 주잣선생은 요령을 들어 한 번 흔들었다. 요령 소리와 함께 아기씨 방의 살창이 요동을 했다. 두 번을 흔드니 단단히 잠긴 자물쇠가 요란하게 움직이고, 세 번을 흔들어 대니 자물쇠가 저절로 설캉 열렸다.

"에그머니나!"

느진덕정하님이 지켜보다가 놀라 소리를 지른다.

자지맹왕 아기씨는 하늘이 볼까 청너울을 둘러쓰고 사뿐사뿐 금법당 밖으로 나왔다. 느진덕정하님을 따라 보시쌀을 직접 떠서는 주잣선생 가까이 다가 갔다.

주잣선생은 한쪽 손은 장삼 소맷자락 속에 숨기고, 한쪽 손으로는 전대 귀한쪽을 잡고, 한쪽 귀는 입으로 물어서,

"높이 들어 낮추 시르르 부으소서."

이상한 모양새로 보시쌀을 받으려 하니 아기씨가 그만 화가 났다.

"양반집에 못 댕길 중이로구나! 한쪽 손은 어딜 가고 전댓귀를 입으로 물었느냐?"

"한쪽 손은 하늘 옥황 단수육갑 짚으러 올라갔습니다."

아마 무슨 연유로 한 손을 잃었다는 뜻이겠지, 불쌍히 여긴 아기씨는 말없이 쌀을 전대에 부었다. 그때 주잣선생이 한 손을 슬쩍 비켜버리니 쌀은 땅바닥으로 흘러내렸다.

"한 방울이라도 모두 주워넣어야 합니다. 그만큼 명이 짧아지니까."

자지맹왕 아기씨는 명이 짧아진다는 말에 할 수 없이 허리를 굽혀 쌀을 한 알 한 알 주워담았다. 주잣선생은 기회를 놓치지 않고 소맷자락에 감추었던 손을 꺼내 아기씨 머리를 세 번 쓸어댔다. 아기씨는 엄마줌짝 놀라며,

"무엄하고 괘씸한 중이로구나!"

소리를 지르고는 황급히 안으로 들어갔다.

"아기씨, 너무 야단치지 마옵소서. 언젠가 날 찾을 일이 있을 것이외다."

주잣선생은 싱글거리며 천정국 대감집을 떠났다.

아기씨가 방 안으로 돌아가 생각하니, 젊은 스님의 말이 필시 곡절이 있는 듯싶었다. 곧 계집종을 불러 스님을 붙잡고 무슨 증거물이라도 확보해 두라고

했다.

느진덕정하님은 얼른 달려가 주잣선생을 붙잡고, 고깔 귀도 한쪽 끊어 놓고 장삼 자락도 한쪽 끊어두었다.

"스님이 연 금법당 문은 도로 닫아두고 가시오."

주잣선생이 요령을 삼세번 흔드니 또 한 차례 살창문과 자물쇠가 요동치다가 설캉 절로 잠겼다.

중의 아들 삼형제가 소랑소랑

달포가 지나고 백 일이 흘러갔다. 아기씨 육신엔 전에 없는 변화가 일기 시작했다. 밥어는 밥냄새, 국에는 국냄새, 물에는 개펄냄새가 나서 음식을 못 먹는다.

"먹고저라, 먹고저라. 새곰새곰 연다래도 먹고저라. 달콤달콤 오미자도 먹고저라."

음식은 아니 먹고 날마다 반 노래조로 이렇게 불러댔다. 느진덕정하님은 다래나 오미자 먹으면 아기씨 몸이 회복될까 하고, 깊은 산중에 들어가 고생고생하며 다래며 오미자를 따다 주었다. 아기씨는 한두 방울 먹더니 풀냄새가 나서 못 먹겠다고 내던지는 것이었다.

아기씨는 점점 배가 불러오고, 발이 동동 붓고, 목은 홍두깨처럼 단단해져 갔다. 그런데도 음식을 못 먹으니 죽을 지경이 아닌가. 이 일을 어쩌랴. 걱정하던 느진덕정하님은 아무튼 빨리 상전에게 알리지 않으면 안되겠다고 생각했다.

느진덕정하님은 금백산 정상에 올라가 하늘을 향해 소리쳤다.

"아기씨가 사경에 이르렀습니다! 천하공사, 지하공사, 일 년에 마칠 일을 한 달에 마치곡, 한 달에 마칠 일을 하루에 마쳐서 어서 바삐 돌아옵서! 어서 바삐 돌아옵서! 어서 바삐 돌아옵서!"

계집종의 애소를 들은 대감 부부는 벼슬살이 기간을 다 채우지 못한 상태지만 각각 천지왕과 지부사천왕에게 사정을 아뢰고 집으로 돌아왔다.

금법당 잠긴 살창을 열어놓고 부모는 각각 방에 들어 자지맹왕 아기씨의 현신문안을 기다렸다.

먼저 아버지한테 인사를 드려야 하는데 자지맹왕 아기씨는 몹시 걱정이 되었다.

"느진덕정하님아, 아버지한테 현신문안을 어떻게 드려야 하느냐?"

"남부모에 여자식이 엄하옵지요. 은장식에 분화장을 하고 풀먹인 치마를 바싹 동여매고 인사를 드리십시오."

문안을 드리러 가자 아버지가 물었다.

"머리는 왜 맷방석이 됐느냐?"

"어머니 계실 적엔 하루 두세 번씩 머리를 빗겨주셨으나, 공사 가신 후에는 이틀에 한 번, 혹은 사흘에 한번 빗어서 그렇습니다."

"눈은 어찌 흘깃거리느냐?"

"아버지가 오시는가 어머니가 오시는가, 온종일 살창 구멍으로 내다보다 보니 그렇게 됐습니다."

"배는 왜 부룽배가 되었느냐?"

"부모님 계실 적엔 하루 홉 삼시였으나, 느진덕정하님이 종 문서를 돌려준다는 말에 삼시 한 되씩 밥을 먹어 그렇게 됐습니다."

"어린 것이 부모 없이 고생이 많았구나. 이제 어머니한테 가서 문안드리거라.”

자지맹왕 아기씨는 느진덕정하님이 시킨 대로 말을 하여 무사히 위기를 넘겼다.

어머니한테 인사는 걱정할 게 없었다.

“여부모에 여자식이 무슨 흉허물이 있겠습니까. 조인 치마도 느슨히 풀어놓고 자작자작 걸어가십시오.”

그러나 어머니는 딸의 모습을 보더니 대번에 이상한 기미를 알아챘다.

묻는 말에 아기씨가 이 핑계 저 핑계 하는 양을 물끄러미 보다가, 지정국 부인은 딸의 앞가슴을 활짝 풀어헤쳤다. 젖꼭지가 검어졌고 젖줄이 검게 서 있지 않은가. 어머니는 펄쩍 뛰었다.

“아이구, 이년아! 이게 무슨 변괴냐. 궁 안에도 바람이 들었느냐?”

어머니는 곧 은대야에 물을 떠다놓고 은젓가락 두 개를 그 위에 걸쳐놓았다. 그러고는 딸자식을 그 위에 앉혀 은대야를 들여다보았다. 딸의 뱃속을 비춰보는 것이다. 아니나 다를까, 중의 아들 삼형제가 소랑소랑 앉아 있는 게 아닌가.

정말로 큰일이 난 것이다. 사색이 된 부인은 곧 대감께 사실을 알렸다.

천정국 대감의 벽력 같은 호령이 떨어졌다. 앞밭에 형틀을 걸어놓고 아기씨를 죽이려 하니, 느진덕정하님이 달려들어,

“아기씨가 무슨 죄 있습니까? 다 제 잘못이오니 저를 대신 죽여주십시오!”

눈물을 펑펑 흘리며 몸부림쳤다.

극도로 화가 치민 천정국 대감이 그럼 이 종년이라도 죽여야겠다고 호령하면 자지맹왕 아기씨가 달려들며,

“느진덕정하님이 무슨 죄 있겠습니까? 모두 제 탓이오니 저를 죽여주십시오!”

역시 눈물을 펑펑 흘리며 애원을 했다.

천정국 대감은 이러지도 못하고 저러지도 못했다. 딸 하나 죽이려다 뱃속에 든 아기들까지 자칫 다섯 목숨을 앗아야 할 판이었다. 그러다 문득 이런 생각이 드는 것이었다.

'어쨌든 이 일은 황금산의 조화인 것을.'

누구의 죄도 물을 수 없는 노릇이었다. 그렇다고 집에 두지도 못할 일, 할 수 없이 딸과 계집종을 함께 내쫓기로 했다.

노가단풍 자지맹왕 아기씨와 느진덕정하님은 염주 같은 눈물을 흘리며, 한두 살 적부터 입던 옷들을 거두설러 떠날 채비를 했다.

"아버지, 평안히 살고 계십시오. 전생팔자 좋게 나를 낳았던 어머니, 부디 편안히 살암십서."

눈물로 인사하고 떠나려 하니, 천정국 대감은 검은 암소를 내주며 "입던 옷이나 싣고 가라"고 했다. 두 사람은 검은 암소에 의복 등을 싣고 길을 떠났다. 어머니는 금부채를 쥐어주며 '무슨 일이 생기면 이걸로 다리를 놓아 넘어가라' 고 말했다.

황금산 도단땅을 찾아서

어디로 갈 것인가. 아기씨와 느진덕정하님은 그저 막막하기만 했다. 몇 발짝 가지도 않아 느진덕정하님이 서글프게 타령을 읊는다.

"검은 암소도 암컷이로다. 느진덕정하님도 암컷이로다. 아기씨도 암컷이로다. 세 암컷이 문 밖 멀리 나아가니, 내 갈 길이 어딜런고. 발 가는 양, 해 지는 양 어서어서 나고 가자아."

어쨌든 그 젊은 스님 주잣선생이 산다는 황금산 도단땅을 찾아가야 할 것이었다. 느진덕정하님이 앞에 서고 아기씨가 뒤에 서서, 얼렁떨렁 소를 몰며 남해산도 넘어가고 북해산도 넘어갔다.

가다 보니 동산 마른 억새숲에 불이 활활 붙고 있었다.

"느진덕정하님아, 저건 어떤 불이냐?"

"아기씨, 저 불은 아기씨 아버님 어머님 가슴에 붙은 불넋이 타오르는 것입니다."

자지맹왕 아기씨는 그 말을 듣고 다시 서럽게 울었다.

좀더 가다보니 구렁에 찬 물이 동산을 향해 거슬러 흘러오르고 있었다.

"느진덕정하님아, 저 물은 왜 거꾸로 흐르느냐?"

"저 거슨 물은 부모 자식이 생이별하여 이치를 거슬렀기에 그리 된 것입니다."

아기씨의 눈물은 마를 새가 없었다.

자지맹왕 아기씨와 느진덕정하님은 이 말 저 말 나누며 하염없이 걸었다. 한참 가다보니 산이 하나 있었다. 산 위에 올라 시원히 바람이나 쐬고 가기로 했다.

"느진덕정하님아, 이 산 이름을 아느냐?"

"이 산은 건지산이라 하옵니다."

"그럼, 이제 머리를 올려다오. 세 가닥 땋은 머리 등에 지고 애를 배다니……. 내 보기도 싫구나."

느진덕정하님은 아기씨의 땋아 늘인 머리를 걷어올려 건지머리를 해주었다. 이 결발(結髮)로 아기씨는 성인이 된 것이다.

산과 내를 건너자 바다들이 펼쳐지기 시작한다. 청수와당(바다)에 당도하니 수삼천 리 바닷길이 아득하였다. 아기씨는 문득 어머니 지정국 부인이 준 금부채가 생각났다.

'무슨 일이 있으면 이 금부채를 사용하거라.'

아기씨가 금부채를 부치자 바닷길이 쩍 갈라진다. 검은 암소, 느진덕정하님, 자지맹왕 아기씨가 나란히 그 바닷길을 바삐 건넜다. 그렇게 청수와당을 지나자 얼마없어 또 흑수와당이 가로막는다. 아기씨는 금부채를 다시 부쳤다. 바닷길이 열리긴 열렸으나 아까보다 반쯤 좁아진 길이었다. 그 바닷길로 바삐 건너자, 다시 적수와당이 눈앞에 가득찼다. 그러나, 이번엔 아무리 금부채를 부쳐도 적수와당은 꿈쩍도 하지 않았다. 이제 지나갈 도리가 없었다. 자지맹왕 아기씨와 느진덕정하님은 마주앉아 대성통곡을 하기 시작했다.

울다가 울다가 둘이는 잠이 들었다. 한창 잠이 들었는데, 아기씨 꿈에 용궁 사자 거북이가 나타나 하는 말이,

"아기씨, 제 등에 올라타십시오. 수삼천 리 적수와당을 건네드리겠습니다."

깜짝 놀라 깨어보니 과연 거북 한 마리가 옆에 엎드려 있는 것이었다. 그 거북 등에 검은 암소, 느진덕정하님, 아기씨가 모두 올라탔다. 거북은 물살을 가르며 적수와당을 활활하게 넘어갔다.

바다를 건네준 거북이는 떠나기 전에 개처럼 짖었다. 개짖는 소리가 귀에 익었다. 느진덕정하님이 달뜬 목소리로 말했다.

"아기씨, 저 거북이는 우리 집에서 키우다 죽은 그 개가 환생한 것인 듯합니다. 아기씨가 무척 사랑해 주셨습지요."

자지맹왕 아기씨는 손을 들어 사라져가는 거북을 환송했다.

황금산 도단땅이 어디인가. 바다를 건넌 일행은 다시 한참 걸었다. 걷다보니 울창한 대나무숲이 길을 가로막는다. 맥없이 주저앉아 가쁜 숨만 몰아쉬는데, 검은 암소가 보이지 않았다.

"느진덕정하님아, 검은 암소 어디 갔느냐?"

"검은 암소는 너무 배가 고파, 진작에 기장밭에 들어가버렸습니다."

"가엾은 생물이 나 때문에 먼먼 길을 오며 죄없는 고생을 하는구나. 제 배나 채우게 그냥 두어라."

대나무숲을 힘들게 헤쳐나가니 드디어 황금산 도단땅이었다. 집과 절들이 즐비하고 많은 사람들이 웅성거렸다. 아기씨와 느진덕정하님은 그중 가장 웅장한 절 문에 이르렀다.

이상한 일이었다. 절문을 바라보니 한쪽 귀가 없는 고깔과 한쪽 자락이 없는 장삼이 걸려 있지 않은가. 아기씨와 계집종은 한참 뚫어지게 들여다보았다. 지난 번 머리를 쓸어 임신시킨 중의 고깔이요 장삼임에 틀림없었다. 황금산 도단땅 상좌절이 바로 예 아닌가!

문은 열두 대문인데, 인정 걸 마땅한 게 없었다. 노가단풍 자지맹왕 아기씨는 입고 있던 열두 폭 대홍단 치마를 복복 찢어서 열두 문에 인정 걸었다. 그리고는 느진덕정하님의 여덟폭 치마를 네 폭씩 갈라입었다.

문들을 다 통과한 지 얼마 안 되어 안에서 주잣선생이 나왔다. 그때 그 스님이었다. 지금은 이 상좌절을 물려받아 주지 대사가 되어 있었다. 아기씨는 너무 기뻐서 눈물이 왈칵 쏟아졌다. 그러나 주잣선생은 아기씨를 반가이 맞아주지 않았다.

불도땅으로 가 몸을 푸시오

주잣선생은 소사중을 시켜 찰벼를 세 동이 가져오도록 했다.

"한 알도 빼지 말고 이 벼를 손톱으로 다 까올리면, 부인이 마음먹고 나를 찾아온 줄 알겠소."

아기씨와 느진덕정하님은 다시 절문 밖에 나앉아 벼를 까기 시작했다. 손톱으로 까자 하니 손톱 아파 못 까고, 발톱으로 까자 하니 발톱 아파 깔 수가 없다. 둘이 마주 앉아 한참을 우는데, 우는 것도 지쳐 문득 잠이 들었다.

얼마나 잤을까. '오조조조' 새 소리가 잠결에 들려왔다. 벌떡 깨고 보니 참새, 부엉새, 노념새, 시념새, 온갖 새들이 모여들어 벼를 쪼아먹고 있지 않은가.

"이 새! 저 새!"

새들을 쫓아내자, 새들은 파르릉 달아나며 날개로 겨를 모조리 날렸다. 자세히 보니 새들은 벼를 쪼아먹은 게 아니라, 오골오골 다 까놓고 날아간 것이었다.

주잣선생은 그제야 인정을 해주었다.

"정성이 갸륵하오. 그러나 부처님 모신 중은 부부살림을 하는 법이 없소이다. 부인은 여기서 살 수 없으니, 시왕곱은연찔로 불도땅에 내려가 거기서 몸을 푸시오."

참으로 허망하고 원통한 노릇이었다. 그러나 어쩌랴. 아기씨는 시왕곱은연찔을 힘들게 통과하여 불도땅으로 내려갔다. 느진덕정하님의 도움으로 삼간집을 지어놓고 몸 풀 준비를 마쳤다.

구월이 되었다. 초여드렛날 "아야 배여! 아야 배여!" 자지맹왕 아기씨의 산통이 시작되었다. 큰아들이 태어나려는 것이다.

큰아들 본맹두는 어머니의 아래쪽 음문(陰門)으로 나오고 싶되, 아버지도 아니 보았던 길이라 어머니의 오른쪽 겨드랑이를 허위뜯어 솟아나왔다.

열여드렛날, 둘째 아들이 태어났다. 둘째아들 신맹두는 어머니의 아래쪽으로 나오고자 하되, 아버지도 아니 보았던 길일 뿐 아니라 형님도 아니 나왔던 길이다. 차마 그 길로 나올 수 없어, 왼쪽 겨드랑이를 허위뜯어 솟아나왔다.

스무여드렛날, 막내아들이 태어났다. 막내아들 살아삼축삼맹두도 어머니 아래쪽으로 나올 수 없었다. '어머니 가슴인들 얼마나 답답하랴.' 삼맹두는 어머니의 애달픈 가슴을 허위뜯어 솟아나왔다.

자지맹왕 아기씨는 아기구덕에 세 아기를 한데 눕혀 키웠다.

"초여드레 본맹두도 윙이자랑, 열여드레 신맹두도 윙이자랑, 스무여드레 살아살축삼맹두도 윙이자랑, 자는 것은 글소리요 노는 것은 활소리라."

자장가 소리에 한두 살이 지나가고 대여섯 살이 되었다. 남의 집 아이들은 좋은 옷을 입고 활기차게 놀건만, 가난한 삼형제는 옷이 남루하여 벗이 될 수 없었다. 더덕더덕 기운 누비바지 저고리를 입고 같이 놀려고 하면, '아비없는 호로자식'이라 구박을 하는 것이었다. 삼형제는 어머니한테 아버지를 찾아주십사고 애원했다. 어머니는 좀더 자라면 찾을 수 있다고 위로할 수밖에 없었다.

잿부기 삼형제

여덟 살, 서당에 갈 나이가 되었다. 동네방네 삼천 명 아이들이 다 산천(山泉) 서당에 가서 공부를 하는데, 삼형제는 너무 가난하여 서당에 갈 수가 없었다. 어머니도 날품을 팔러 다니고, 느진덕정하님도 이 마을 저 마을 다니며 일감을 얻어왔지만 겨우 입에 풀칠할 정도였다.

삼형제는 의논 끝에 서당 선생님께 애원을 해보기로 했다. 서당 심부름꾼으로 써주면 어깨너머로나마 글공부를 하겠다는 것이다. 선생님은 가상한 일이라 하여 받아주었다. 맏형 본맹두는 선비들의 벼룻물 떠놓는 일을, 둘째 신맹두는 선생님 방의 재떨이 청소하는 일을, 막내동생 살아삼축삼맹두는 선생님 방에 불 때는 일을 맡아 하게 되었다.

삼형제는 부지런히 맡은 일을 하며 어깨너머로 글을 배웠다. 종이나 붓이 있을 리 없었다. 온돌 아궁이의 재를 모아놓고 손가락으로 글씨를 연습했다. 집에 돌아오면 삼형제의 얼굴과 손에는 온통 재만 묻어 있었다. 그러나 글공부는 일취월장하여 서당에서 글도 장원이요, 활도 장원이었다. 삼천 선비는 삼형제를 '잿부기 삼형제' 라는 별명으로 불렀다. 재 위에서 공부했기 때문이다.

잿부기 삼형제가 열다섯 살이 되는 해였다. 서당 선비들이 서울로 과거 보러 가게 되었다. 모두들 자신만만한 기개로 장도에 오를 채비를 하고 있었다. 삼형제도 한번 과거나 보아봤으면 싶었으나, 입고 갈 옷도 없고 노자도 없었다. 그런데 마침 선생님으로부터 선비들의 짐꾼으로 따라가라는 지시가 내렸다.

삼형제는 더덕더덕 기운 옷에 선비들의 짐을 지고 집을 나섰다. 과거길은 멀었다. 처음은 가벼운 것 같던 짐이 갈수록 점점 무거웠다. 땀으로 목욕하며 온힘을 다 짜내 걷는데도,

"어서 걸어라! 빨리 걸어라!"

삼천 선비의 발길이 올라오는 것이었다. 삼형제는 염주 같은 눈물로 다리를 놓으며 서울로 서울로 걸었다.

서울이 거의 눈앞에 보일 무렵이었다. 삼천 선비는 잿부기 삼형제를 여기서 떨어뜨려두고 가자고 의견을 모았다. 만일 그대로 데리고 갔다가는 선비들은 낙방하고 잿부기 삼형제가 급제할 우려가 있다는 것이다.

한 선비가 삼형제에게 제의했다.

"너희들 노자도 없는 것 같은데, 배나뭇골 배 좌수의 집에 가서 배 삼천 개

만 따오면 우리가 한 개씩 먹고 삼천 냥을 모아 주겠다. 어떠하냐?"

들던 중 반가운 말이었다.

"그리합시다."

삼천 선비는 배나뭇골 배 좌수 집의 배나무 위에 삼형제를 엉덩이 받아올리며 발 받아 올리며 올려놓았다. 삼형제는 부지런히 배를 따서 바짓가랑이 속에 담았다. 한참 동안 따놓으니 바짓가랑이가 가득했다. 밑을 내려다보니 배를 따서 내려오기를 기다리고 있는 줄 알았던 삼천 선비는 한 사람도 없었다. 자기네를 떨어뜨리고 저들만 서울로 올라가버린 것을 그제야 알았다. 바짓가랑이에 배를 가득 담아놓은 삼형제는, 올라가지도 내려오지도 못한 채 배나무 위에서 울고 있었다.

하늘이 태운 과거로다

이때 배 좌수는 이상한 꿈을 꾸었다. 배나무 위에 청룡, 황룡, 백룡이 얽혀지고 틀어져 있는 꿈이었다. 배 좌수는 얼른 바깥에 나와 배나무를 살펴보았다. 머리를 풀어헤친 어떤 총각놈 셋이 나무 위에서 울고 있지 않은가. 어둠 속에 자세히 보니 바짓가랑이에 배까지 가득 따 담고 있는 것이었다. 배 좌수는 무슨 곡절이 있음을 직감했다. 바짓가랑이의 배는 대님을 끌러 아래로 떨어뜨려 두고 어서 내려오라고 타일렀다.

"우리 삼형제 목숨은 끝이구나. 설운 어머니와도 이별이구나!"

배 좌수는 사실을 낱낱이 물어보고는 속으로 생각했다.

'이 삼형제, 과거 띠울 운세로다.'

저녁밥을 지어 잘 먹이고, 삼형제에게 돈 열 냥씩을 내주며 격려했다.

"어서 가서 과거를 보라."

삼형제는 용기백백하여 서울로 올라갔다. 그러나, 벌써 동서남대문이 꽉 잠겨 있었다. 삼형제는 성안으로 들어갈 수 없어 안절부절못했다.

마침 문밖에 팥죽 파는 할머니가 있었다. 삼형제는 기운을 차리기 위해 팥죽 한 그릇씩을 사먹었다. 할머니는 삼형제의 지나온 이력을 듣고는 예사 총각들이 아니라는 걸 알았다. 그리고는 한 가지 방법을 가르쳐주었다. 자기 손자가 지금 선비들의 벼룻물 떠놓는 일을 하고 있으니, 글을 지어주면 손자가 상시관에게 넘기도록 해주겠다는 것이다.

삼형제는 허우덩싹 웃으면서, 먹전에 가서 먹을 사고 붓전에 가서 붓을 샀다. 종이를 펴놓고 맏형은 천지혼합(天地混合), 둘째형은 천지개벽(天地開闢), 막내동생은 천지인황(天地人皇)이라 써서 할머니의 손자에게 넘겼다.

손자는 선비들의 벼루에 물을 떠놓다가, 돌에 시지(試紙)를 돌돌 말아 상시관을 향해 툭 던졌다. 돌은 상시관 무릎 앞에 떨어졌다. 상시관은 시지를 펴보고는 깜짝 놀랐다. 도무지 생인의 솜씨라고는 믿어지지 않는 놀라운 필치였던 것이다.

삼천 선비의 글이 차례로 올라왔다. 상시관은 아무 것도 눈에 차지 않았다. 글이 올라오는 대로 '낙방', '낙방', '낙방'이었다.

더 올라오는 글이 없자, 상시관은 아까 날려왔던 시지를 펴올리며 소리쳤다.

"이것은 누구의 글이냐?"

아무도 대답이 없었다. 글 임자를 찾기 위해 상시관은 동분서주했다. 급기야 연추문까지 열고 바깥에서 찾고 보니 잿부기 삼형제였다.

"잿부기 삼형제 과거여!"

우레 같은 소리가 울려퍼졌다. 큰아들 본맹두는 문선 급제요, 둘째 신맹두는 장원 급제요, 막내아들 살아삼축삼맹두는 팔도 도장원이었다. 삼형제는 누비바지를 벗어던지고 관복으로 갈아입었다. 어사화, 비사화를 머리에 꽂고 별련독교 쌍가마에 삼만 관속 육방 하인을 거느리니 일월을 희롱하는 듯했다.

"이만하면 우리 어머니 얼마나 기뻐하시랴!"

잿부기 삼형제가 급제하자 삼천 선비는 배가 아팠다. 의논 끝에 상시관에게 탄원을 하는 것이었다.

"중놈 아들 삼형제는 과걸 주고, 양반 자제는 왜 낙방시킵니까?"

"어찌 중의 자식인 줄 알겠느냐?"

"도임상(到任床)을 차려 줘 보옵소서. 알 도리 있으리다."

삼천 선비 말대로 음식상을 잘 차려 내주었다. 과연 삼형제는 고기를 먹지 않았다. 제육 안주는 먹는 척 밥상 밑으로 슬쩍슬쩍 숨기는 게 아닌가.

"잿부기 삼형제, 과거 낙방!"

상시관의 한마디에, 삼형제는 관복을 벗어놓고 누비바지를 다시 입지 않을 수 없었다.

상시관은 삼천 선비에게 과거 치를 구실을 만들어 주느라, 활 잘 쏘는 자를 급제시키겠다는 영을 내렸다. 과녁은 연추문이었다. 삼천 선비는 모두 죽을 힘을 내 활을 쏘았으나 맞히는 자가 없었다.

잿부기 삼형제가 다시 나섰다. 맏형 본맹두가 활을 잡으니 연추문이 요동을 하고, 둘째형 신맹두가 시위를 당기니 연추문이 열리고, 막내동생 살아삼축삼맹두가 눈감은 채 쏘니 연추문이 왈그락착 자빠졌다. 상시관이 탄식한다.

"이는 하늘이 태운 과거로다!"

잠시 후, 카랑카랑한 목소리가 성 안팎에 울려퍼졌다.

"어명이오! 잿부기 삼형제에게 청일산, 흑일산, 백일산을 내어주라! 별련독교 쌍가마에 어사화, 비사화, 삼만 관속 육방 하인을 내어주라! 관노와 기생들도 다 내어주라!"

비비둥둥 비비둥둥…….

어머니가 얼마나 기뻐할 것인가! 삼형제는 곧 어머니가 기다리는 집을 향해 발걸음을 재촉하였다.

삼천 선비의 흉계

분이 가라앉지 않은 삼천 선비는 다시 흉계를 꾸몄다. 잿부기 삼형제의 어머니를 없애버리자는 것이었다. 삼형제의 행차가 격식을 갖춰 내려오는 사이 삼천 선비는 지름길로 앞질러 달려왔다.

노가단풍 아기씨의 계집종에게, 이리저리 해서 삼형제 과거만 무효시켜 놓으면 종 문서를 돌려주겠다고 꾀었다. 느진덕정하님은 종 문서를 돌려준다는 말에 솔깃해졌다. 오래 전 천하공사 지하공사 살고 오면 종 문서를 돌려준다던 천정국 대감의 말이 생각났던 것이다. 문서를 돌려받기는커녕 아기씨와 함께 내쫓기는 신세가 되지 않았던가. 그리고는 정작 주잣선생을 만나봤어도 불도땅으로 내려와야 했고, 오늘도 내일도 이것저것 뼈빠지게 일만 죽어라 해야 하는 신세였다. 느진덕정하님은 고민하다가 이것이 마지막 기회라 여기고 삼천 선비의 요구를 응낙했다.

느진덕정하님은 노가단풍 자지맹왕 아기씨의 목을 명주 전대로 묶어 삼천 선비한테 인계했다. 삼천 선비는 힘을 합해 전대를 힘껏 잡아다닌 다음, 대별왕에게 등장들어 아기씨를 삼천천제석궁 깊이 가두어 달라고 했다. 대별왕은 삼천 선비의 무도한 행위에 이맛살을 찌푸렸지만, 이미 죽어버린 아기씨인지라 요구대로 할 수밖에 없었다. 그러고서 삼천 선비는 느진덕정하님에게 머리를 풀어헤치고 상사가 난 것처럼 아이고대고 울고 있으라 했다.

머지않아 잿부기 삼형제의 행차가 당도했다.

"아이고 상전님아. 어머니는 죽어 앞뜰에 임시 묻어 두었는데, 과거를 한들 다 무슨 소용이리까?"

"어머니가 세상을 버리셨다고!"

삼형제는 너무 놀라 입을 다물지 못했다. 그리고는 맥이 탁 풀려버리고 말았다. 삼형제가 똑같이 울부짖기 시작한다.

"불쌍한 우리 어멍! 아방 없는 우리 삼형제, 동냥글 배워가며, 잿부기에 글씨 쓰며, 과거 급제해서, 어머니 기쁘게 해드리려고, 비비둥당 호사스런 행차, 어머니 보여드리려고 했는데, 이제 과거를 하면 무슨 소용이고, 비비둥당을 한들 누가 볼 것인가!"

삼형제는 한동안 울다가 주위에다 외쳤다.

"어사화 비사화, 별련독교 쌍가마, 삼만 관속 육방 하인, 관노며 기생이며 다 필요 없다! 다 돌아가라!"

돌아가는 행렬을 바라보며 삼천 선비는 흡족한 미소를 지었다.

삼형제는 행전을 벗어 통두건으로 쓰고, 두루마기 벗어 왼쪽 어깨에 걸치고, 머쿠실낭 방장대를 짚어 아이고대고 울면서 어머니를 임시 매장했다는 곳으로 가보았다. 그러나, 땅을 파보니 아무것도 없는 헛봉분이었다. 그제서야 삼형제는 이번 일도 삼천 선비의 간계임을 알았다.

"아, 분하도다! 어찌해야 이놈 삼천 선비를 복수할 수 있는가."

전생을 그르쳐야 하느니라

우선 어머니를 찾아야겠다고 나섰다. 그러나 어떻게 어머니를 찾을 것인가. 의논할 상대라곤 외가뿐이었다. 잿부기 삼형제는 외할아버지 천정국 대감을 찾아가서 의논하는 게 좋겠다고 생각했다.

나용안동 금백산의 외할아버지를 찾아갔더니, 이제 등이 많이 굽은 할아버지는 먼저 돗자리를 깔아주며 앉으라고 했다. 심방(무당)이 굿을 하러 어느 집 안에 가면, 먼저 신(神)자리라 해서 돗자리를 깔아주는 법은 여기서부터 생겨난 것이다.

삼형제는 '어머니를 찾아주십사' 고 애원했다. 외할아버지는,

"황금산 도단땅의 주잣선생이 너희 아버지이니, 우선 아버지를 찾아가라."

하고 가르쳐 주었다. 비로소 아버지가 누군지 알게 된 삼형제는 단숨에 황금산 도단땅을 찾아갔다.

주잣선생은 아들들을 보자 반갑기는 했으나,

"내 자식들이 아니로다."

"어찌하면 자식인 줄 알겠습니까?"

"중의 자식은 상투 차는 법이 없으니, 대공단 고칼 들어 머리 삭발하고, 가사 송낙 굴장삼을 둘러입고, 부처님 전 삼배를 하여봐라."

주잣선생이 요구하는 대로 삼형제가 머리 깎고 의복을 갖춘 후 배석자리 깔아 절 삼배를 하니,

"설운 아이들아, 내 자식이 분명하구나."

"어찌하면 어머니를 찾을 수 있겠습니까?"

"어머니를 찾으려면, 전생팔자를 그르쳐야 하느니라."

전생팔자를 그르쳐야 찾는다 함은 무당이 되어야 한다는 뜻이었다.

"어떤 일이든 하겠습니다."

"처음에 날 찾아올 때 제일 먼저 무엇을 보았느냐?"

"하늘을 보았습니다."

"두번째는 무엇을 보았느냐?"

"땅을 보았습니다."

"세번째엔 무엇을 보았느냐?"

"올래문을 보고 왔습니다."

주잣선생은 이 말을 듣고 동그란 놋쇠에 '천지문(天地門)'이라 새겨 점치는 기구인 천문을 만들어 주었다. 그리고는 다시 삼형제더러 묻는 것이었다.

"설운 아이들아, 과거하고 올 때 첫째 무엇이 좋더냐?"

맏아들 본맹두가 말한다.

"도임상이 좋았습니다."

"큰아들일랑 굿 첫머리에 하는 초감제(初監祭)상을 받아보라."

"둘째는 무엇이 좋더냐?"

"별련독교, 쌍가마가 좋았습니다."

"초감제 다음 제차인 초신맞이를 받아 보라. 더욱 좋아질 것이다."

"막내는 무엇이 좋더냐?"

"남수화주, 적쾌자 등 관복이 좋았습니다."

"그럼, 막내 삼맹두는 시왕맞이 마련하라. 더욱 좋아질 것이다."

이렇게 하여 여러 가지 굿을 마련했다. 주잣선생은 아들들에게 과거 급제로 벼슬하여 호화롭게 차리고 먹고 하는 것보다, 무당이 되어 잘 차려입고 먹고 하는 것이 더욱 좋다고 말했다.

그런 후, 아버지는 어머니를 찾는 방법을 가르쳐 주었다. 어머니는 삼천천제석궁의 깊은 궁에 갇혀 있으니, 쇠가죽을 벗겨다 북을 만들고, 계속 북소리를 울리면 찾을 수가 있다는 것이다.

북, 장구를 만들려면 너사메너도령의 도움을 얻어야 했다. 아버지 주잣선생과 헤어진 삼형제는 불도땅으로 들어가 너사메너도령들을 만났다. 일가친척 없고 오갈 데 갈 데 없는 그 도령들도 삼형제였다. 잿부기 삼형제와 너사메너도령 삼형제 등 여섯은 서로 의형제를 맺기로 했다. 잿부기 삼형제는 어머니 자지맹왕 아기씨가 입던 속옷을 가져왔다. 삼형제와 너사메너도령들은 차례차례 왼쪽 가랑이로 들어가서 오른쪽 가랑이로 나왔다. 이렇게 하니, 한배에서 태어난 육형제나 다름없이 된 것이다.

너사메너도령들은 깊은 산에 들어가 오동나무를 잘라다 북을 만들고, 쇠가죽을 벗겨 장구를 만들었다.

잿부기 삼형제는 두 이레, 열나흘 동안 삼천천제석궁을 향해 이 북과 장구를 마구 울려대며 큰굿을 벌였다.

"설운 어머니, 깊은 궁 들었거든 얕은 궁으로 살려옵서!"

삼천천제석궁에서는 불도땅에서 울리는 북과 장구 소리가 무엇 때문인가를 조사하게 되었다. 차사들이 조사한 사연을 대별왕에게 아뢰자 대별왕은,

"자식들의 지극한 효심이 하늘 깊은 곳까지 진동하는구나. 이제 때가 되었다."

즉시 노가단풍 자지맹왕 아기씨를 풀어주도록 했다.

어머니를 살려내온 삼형제는 서강베포땅에 큰 당을 지어 위쪽에 어머니를 모시고, 아래쪽엔 북, 장구 등의 악기를 너사메너도령에게 지키도록 했다. 너사메너도령은 악기의 신이 된 것이다.

삼형제는 이어서 대장간 신 동해바다 쇠철이를 불러와 여러가지 기구를 만들게 했다. 쇠철이는 흰 모래로 본을 떠서 먼저 요령 등 점치는 기구를 만들

고, 마지막으로 신칼인 시왕대반지를 만들었다. 하인 죽이는 칼은 다섯 자 칼이고, 중인 죽이는 칼은 서른다섯 자 칼이면 충분하며, 양반을 죽이는 칼은 일흔다섯 자 칼이어야 한다. 삼형제는 우선 다섯 자 칼로 느진덕정하님의 목을 쳤다. 가슴 아프지만, 어쩔 수 없는 배신의 대가였다.

잿부기 삼형제는 곧 신칼 시왕대반지를 들고 삼천 선비에게 달려갔다. 좌우로 한 번씩 휘두르니 삼천 선비의 모가지가 일시에 댕강댕강댕강 떨어졌다. 천추의 원수를 갚은 것이다.

이승의 일이 다 해결되자, 잿부기 삼형제는 어머니를 하직하며 말했다.

"천문, 요령, 신칼 등 무점구와 북, 장구 같은 악기는 절대로 팔지도 빌려주지도 말고 오직 물려주기만 하십시오."

신신당부한 잿부기 삼형제는 저승을 향해 길을 떠났다. 저승에 들어가 삼시왕으로 자리잡고 무조신이 되려는 것이었다.

최초의 무당 유씨부인

잿부기 삼형제가 저승길을 가는데, 삼거리에서 놀고 있는 한 아기씨를 발견했다. 아랫녘에 사는 유 정승의 딸인데 여섯 살쯤이었다. 유 정승 아들은 자지맹왕 아기씨를 죽였던 삼천 선비의 하나였다.

유 정승 따님아기를 보자 잿부기 삼형제는,

'이 아기씨도 양반집 종자이니, 팔자를 그르쳐야 하겠구나.'

하고 엽전 여섯 푼을 주었다. 아기씨는 좋아라고 그것을 가지고 놀았다. 집에 엽전을 가지고 들어가면 부모님이 꾸중하리라 생각하고, 아기씨는 그것을 노둣돌 밑에 숨겨두었다.

일곱 살이 되자, 유 정승 따님아기는 앓아눕기 시작했다. 눈이 어두워지며 죽었다 살았다 하는 것이다. 병이 조금 나아지는가 했더니 열일곱 살이 되자, 다시 죽었다 살았다 한다. 스물일곱, 서른일곱, 마흔일곱에 죽었다 살았다 하며 쉰일곱, 여순일곱까지 여러 차례 죽을 고비를 넘기는 것이었다.

이게 무엇 때문일까. 유 정승 따님아기는 지난 일을 곰곰이 생각하다가, 여섯 살에 숨겨두었던 엽전을 찾아냈다. 그게 꼭 일흔일곱 살 되는 해였다. 엽전을 찾아 가지자 몸은 씻은 듯이 좋아지고, 세상 모든 일이 눈으로 보는 듯 영감으로 알아지기 시작했다.

하루는 집에 가만히 있는데, 자부장자집 딸아기가 신병이 위독하여 죽어가는 것 같은 예감이 들었다. 유씨 부인(유 정승 따님아기)은 자부장자 집에 가보았다. 자부장자는 딸아기가 죽었다고 일곱 마디로 묶어놓고 울고 있었다.

유씨 부인은 혈맥을 짚어보더니 "이 아기씨는 삼시왕에 걸렸으니, 소지나 올려 축원해 보시지요"라고 말했다. 말대로 했더니 과연 자부장자 딸아기가 생기있게 살아나는 게 아닌가. 놀란 식구들한테 유씨 부인은 "두 이레, 열나흘의 큰굿을 하면 완쾌되겠다"하고 그날은 그냥 돌아왔다.

자부장자집에서 곧 큰굿을 해주도록 전갈이 왔다. 그러나, 유씨 부인은 말은 해놓았지만 굿을 할 기구가 없었다. 수소문 끝에 서강베포땅 자지맹왕 아기씨의 큰 당을 찾아 엎드려 절하고 그의 '신딸'이 되었다. 자지맹왕 아기씨는 천문, 요령, 신칼 등 무구와 너사메너도령이 지키는 북, 장구, 징 따위 무악기를 내주었다.

유씨 부인은 이들 기구들로 큰굿을 하여 최초의 강신무가 되었다. 그 후 유씨 부인은 무당으로 천하에 이름을 떨쳤다. 유씨 부인과 오누이 사이가 된 무조신 삼시왕은 가끔 서강베포땅에 어머니를 뵈러 내려왔다. 그때마다 삼시왕

은 유씨 부인의 큰굿을 함께 거들며 이승에 나뒹구는 숱한 원한과 고통들을
보듬고 위무했다.

5. 전상차지 가믄장아기

나쁜 전상은 천지왕 골목으로

잿부기 삼형제나 유씨 부인처럼 심방질하기도 전상이요, 글하기도 전상, 왕을 모셔 벼슬하기도 전상, 하물며 귀앓이, 턱 아픈 것, 안질, 다래끼 나는 것, 콧병, 등창 등등 수많은 질병이 모두 전상이요, 순간적으로 일어나는 어긋진 마음도 또한 전상이다. 삼승할망으로부터 생불받아 태어나 죽을 때까지 생겨나는 온갖 행복과 불행을 다 일러 전상이라 하니, 한세상 살아가려면 좋은 전상은 집안으로 매어들어 살리고, 나쁜 전상은 천지왕 골목으로 내놀려야 하는 것이다.

천지왕이 사는 하늘궁전 골목에 이 전상을 차지한 신이 머물러 있어 이름을 '삼공'이라 하고, 세상에서는 '가믄장아기'라 불렀다. 가믄장아기의 아버지 신은 강이영성이서불, 어머니 신은 홍은소천구부인이다.

가믄장아기

옛날옛적 강이영성이서불이라는 사내 거지는 웃상실에 살고, 홍은소천구부인이라는 여자 거지는 알상실에 살았다. 때마침 흉년이 들어 두 거지는 제 마을에서 얻어먹기가 어렵게 되었다.

풍문이야 바람처럼 정처없는 것이다. 웃상실의 강이영성이서불은 아랫마을에 시절이 좋다는 소문을 듣고, 알상실의 홍은소천구부인은 윗마을에 풍년이 들었다고 들었다. 서로 시절이 좋은 마을을 찾아 얻어먹으려 했다. 강이영성은 아랫마을을 향해 나서고 홍은소천은 윗마을로 향해 떠났다.

저녁 무렵 두 거지는 웃상실과 알상실의 딱 중간에서 만났다. 길에 구르는 돌멩이들끼리도 연분이 있는 법, 이들은 도중에 자리를 깔고 누워 서로 숨소리를 나누었다.

"우리 둘이 같이 살아보주."

부부가 된 강이영성과 홍은소천은 새삼 삶의 의욕이 솟았다. 거지로 얻어먹기를 그만두고 힘을 합쳐 남의 품팔이라도 나서기로 했다.

얼마 안 있어 홍은소천은 태기가 있었다. 만삭이 되자 딸아이가 태어났다. 일가친족이 없는 데다 먹을 쌀도 입을 옷도 없는 가난한 부부로서는 아이와 산모를 제대로 먹일 도리가 없었다. 강이영성은 주저앉아 탄식만 할 뿐이었다.

이것을 본 동네 사람들이 불쌍하다고 일어섰다. 거지 노릇도 그만두고 바르게 살아보려고 품팔이를 나서서 애쓰는 이 부부를 위해 이때 도와주어야 할 것이 아니냐는 것이다. 동네 사람들은 정성스레 은그릇에 죽을 쑤어다 먹이고, 밥을 해다 먹이며 이 어미와 딸아이를 보살폈다. 은그릇으로 밥을 먹여 키웠다 해서 아이 이름을 '은장아기'라 지었다.

얼마없어 홍은소천 부인은 다시 아이를 가졌다. 낳고 보니 또 딸이었다. 이번에도 동네 사람들이 도와주었다. 그러나 처음만큼 성의는 없었다. 이번은 놋그릇에 밥을 해다 주는 것이었다. 그래서 이 둘쨋딸은 '놋장아기'라 이름지었다.

다시 셋째딸이 태어났다. 이번도 동네 사람들이 전과 같이 도와주었으나 성의는 식어 있었다. 검은 나무바가지에 밥을 해다 먹여 키워주는 것이다. 그래서 이 아이 이름은 '가믄장아기'가 되었다.

은장아기, 놋장아기, 가믄장아기 세 딸은 잘 자랐다. 특히 가믄장아기가 태어난 후 이상하게도 운이 틔어 부부가 하는 일마다 척척 들어맞아갔다. 하루하루 돈이 모아졌다. 앉아도 돈, 누워도 돈이 들어오니 없던 전답이 생기고, 마소가 우글대고, 고래등 같은 기와집에 풍경을 달고 살게 되었다. 강이영성과 홍은소천은 상다락, 중다락, 하다락을 지어 놓고 딸 셋을 놀음놀이시키며 태평스런 나날을 보냈다.

세월은 흘러흘러 딸들은 열다섯 살이 넘어갔다. 호강스런 세월이 흐르다보니, 강이영성과 홍은소천 부부에겐 거지 생활을 하며 얻어먹던 그날들이 남의 일처럼 잊혀져 갔다. 품팔이하던 그날의 고생은 또 언제 있었더냐고 오만하게 되었다.

내 배꼽 아래 선그릇 덕

가랑비가 촉신촉신 내리는 어느 날이었다. 부부는 심심하기 이를 데 없었다. 딸들이나 불러 앉혀 문답놀이하며 호강이나 피우고 싶어졌다. 먼저 맏딸부터 불러들였다.

"큰딸아기 이리 오라. 은장아기야, 너는 누구 덕에 먹고 입고 하느냐?"

"하늘님도 덕이고 지하님도 덕이지만, 첫째는 아버지 어머니 덕으로 먹고 입고 삽니다."

"오, 기특하다. 어느 네 방으로 가거라."

"둘째 이리 오너라. 놋장아기야, 너는 누구 덕에 먹고 입고 하느냐?"

"하늘님도 덕이옵고, 지하님도 덕이옵고, 또한 아버지 덕 어머니 덕 때문이지요."

"기특하다, 놋장아기. 어느 네 방으로 가거라."

두 딸이 부모의 덕을 칭송하니 부부 마음은 흡족했다. 이번엔 막내딸을 불렀다.

"작은딸아 이리 오너라. 가믄장아기야, 너는 누구 덕에 먹고 입고 하느냐?"

"하늘님도 덕이요, 지하님도 덕이요, 아버지 덕 어머니 덕이긴 하지만, 뭐니 뭐니 해도 첫째는 내 배꼽 아래 선그뭇 덕입니다."

부모님 덕이라고 칭송할 줄 알았던 부부는 발칵 화가 났다. 더구나 '배꼽 아래 선그뭇'이라면 여자의 성기를 일컫는 것이니 이런 망발이 있을 데가 없었다.

"이런 불효막심한 여자식이 어디 있겠느냐! 어서 빨리 나가거라!"

벼락 같은 호통이 떨어졌다. 이런 자식은 일시도 집안에 그냥 둘 수가 없다는 것이다.

가믄장아기는 입던 옷들과 노자로 바꿀 만한 의복들을 한데 모아 짊어지고 집을 나섰다.

"어머니 잘 살암십서. 아버지 잘 살고 계십시오."

인사말을 남기고 문밖 멀리로 사라져간다. 불효스런 딸자식이긴 하나, 내보내고 나니 강이영성과 홍은소천 부부는 몹시 섭섭하고 허전해졌다. 그냥 앉아 있을 수가 없었다. 가믄장아기를 다시 불러들이기로 했다. 큰딸을 불렀다.

"큰딸아기야 은장아기야, 얼른 나가 보아라. 설운 딸아기 식은밥에 물 말아 놓은 것이라도 먹고 가라고 말해라."

은장아기는 부모가 가믄장아기를 다시 불러들이려는 속셈을 알았다. 똑똑한 가믄장아기를 다시 불러들이면 부모의 사랑이 거기로 옮겨질 우려도 있고, 장차 재산을 가르는 문제 등등에 이로울 게 하나도 없었다. 시기심이 치밀어 올랐다.

은장아기는 문 밖으로 내달아 노둣돌 위에 올라서서는 큰 소리로 외쳤다.

"설운 아우야. 어서 빨리 가라! 아버지 어머니 널 때리러 나온다."

가믄장아기는 이렇게 외치는 언니의 속셈을 모를 리 없었다. 고약하다는 생각이 들었다. 고약한 전상에는 값이 있다는 걸 보여줘야 했다.

"큰형님, 노둣돌 아래로 내려서거든 청지네 몸으로나 환생합서."

이렇게 중얼거리니, 은장아기가 밑으로 내려서자마자 청지네 몸이 되어 노둣돌 밑으로 스륵스륵 들어가버리는 것이었다.

강이영성과 홍은소천 부부는 가믄장아기를 데리고 들어오는가 한참 기다렸다. 그러나, 데리러 나간 은장아기마저 어디 갔는지 소식이 없었다.

이번은 둘쨋딸을 불렀다. 마찬가지로 가믄장아기를 불러오라고 했다. 둘쨋딸 놋장아기도 질투가 솟구쳤다. 은장아기와 가믄장아기 사이에 끼여 늘 제값을 차지하지 못했던 탓이다. 문밖에 나와 두엄 위에 올라선 놋장아기는 은장아기와 똑같은 소리를 질러댔다.

"가믄장아기야, 설운 동생아, 어머니 아버지가 부지깽이 들고 때리러 오니 빨리빨리 가버리라!"

놋장아기의 악한 마음씨를 알아챈 가믄장아기는 역시 '요 비뚤어진 전상에도 값이 있다는 걸 보여주리라' 했다.

"놋장아기 언니, 두엄 아래로 내려서거든 굼벵이 몸으로나 환생합서."

놋장아기는 두엄 아래로 내려서자 곧 굼벵이 몸이 되어 스륵스륵 두엄 속으로 들어가버렸다.

강이영성과 홍은소천 부부는 방안에 마주 앉아 한참을 기다렸으나, 데리러 간 놋장아기마저 소식이 없었다.

"이게 어인 일인고?"

순간 불길한 예감이 머리를 스쳤다. 무슨 일인가 벌어진 게 틀림없었다. 얼른 나가봐야겠다고 문을 와락 밀치며 밖으로 내달았다.

밖으로 내닫는 순간, 문지방에 걸려 넘어지면서 눈을 세게 부딪힌 부부는 아연 봉사가 되고 말았다. 호강에 겨워 마음의 눈이 멀자, 덩달아 육신의 눈마저 멀어버리게 된 것이었다.

그날부터 강이영성과 홍은소천 부부는 가만히 앉아서 먹고 입고 쓰게 되었다. 한 달 두 달 세월이 흘러가니 그 많던 재산도 온데간데없어지고, 마침내 부부는 다시 거지로 나서지 않으면 안 되었다.

"가믄장아기가 있어 생긴 재산, 가믄장아기가 없으니 도로 물거품이로구나!"

강이영성과 홍은소천은 탄식을 거듭했지만 이미 소용없는 일이었다. 부부는 한 막대기를 앞뒤로 나눠 쥐고 이 동네 저 동네 떠돌아다니며 문전걸식으로 먹고사는 신세가 되었다.

마퉁이네 집

　한편, 집을 나간 가믄장아기는 정처없이 길을 걸었다. 이 재 넘고 저 재 넘어 무작정 길을 가는 것이었다.

　눈물은 앞을 가리고 가도가도 허허벌판, 해는 어느덧 서산에 기울고 있었다. 어디 인간처가 있어야 이 밤을 샐 텐데 집 한 채 보이지 않았다. 한참 걸음을 재촉하다 보니, 다 쓰러져 가는 초가가 하나 멀리 보였다. 대추나무 기둥에 거적문을 단 비슬이 초막이었다. 저녁놀을 뒤로 받으며 그 집으로 들어갔다. 집에는 머리가 허연 할머니와 할아버지만이 있었다.

　가믄장아기는 사정조로 말했다.

　"지나가는 행인인데, 날이 저무니 하룻밤만 머물러 가게 해 주십시오."

　할머니 할아버지는 난처한 표정을 지었다.

　"우리집엔 아들이 삼형제나 있어 처자가 누워 잘 방이 없으니 딱하구려."

　가믄장아기는 또 사정을 했다.

　"정지 구석이라도 좋으니, 제발 하룻밤만 머물러 가게 해주십시오."

　부엌이라도 좋다는 말에 겨우 허락이 되었다.

　가믄장아기가 부엌에 들어가 숨을 돌리고 있는데, 바깥에서 와당탕와릉탕 하는 소리가 들려왔다.

　"이건 무슨 소리입니까?"

　"우리 집 큰 마퉁이가 마를 파서 울러오는 소리오."

　알고 보니 마퉁이네 집이었다. 아들 삼형제가 마를 파다가 그것으로 먹고 살아가는 것이다.

　큰 마퉁이가 들어왔다. 부엌 쪽을 힐끗 보더니 고래고래 욕을 퍼붓는다.

“요 어멍 아방, 우린 애쓰게 마 파다가 배불리 먹이다 보니, 넘어가는 떼깐 아이 데려다 노시는군.”

조금 있으니, 다시 바깥에서부터 와당탕와당탕 소리가 들려왔다.

“이건 무슨 소리입니까?”

“우리 집 샛마퉁이 마 파서 들어오는 소리오.”

둘째 마퉁이도 들어와서 한번 휘둘러보더니 욕을 해댔다.

또 한 번 와당탕와당탕 소리가 들려왔다. 이것은 작은 마퉁이가 마를 파서 들어오는 소리라 했다. 모두 육중한 몸집의 거구들이었다. 작은 마퉁이는 들어오면서 한번 휘둘러보더니 가믄장아기를 보고 벌쭉 웃는다.

“하, 이거 우리 집에 난데없는 고운 처자가 들어왔으니, 어느 하늘에서 도우는 일이 아닌가?”

가믄장아기는 부엌 구석에 앉아 세 형제의 행동을 곁눈으로 살폈다. 세형제는 각각 파 가지고 온 마를 삶아 저녁을 마련하기 시작했다.

먼저 큰 마퉁이가 마를 삶았다.

“어멍 아방은 먼저 나서 많이 먹었으니, 모가지나 먹읍서.”

마를 꺼내 모가지 쪽을 몇 개 뚝뚝 꺾어 부모에게 넘기고, 자기는 살이 많은 잔등이 쪽을 우막우막 먹고, 꼬리는 끊어 손님에게 툭 던져주는 것이다.

둘째 마퉁이가 마를 삶았다. 그도 또한 다르지 않았다.

“어머니 아버지는 오래 살면서 많이 먹었으니 꼬리쪽으로나 먹읍서.”

하며 꼬리를 몇 개 끊어 부모에게 넘기고, 대가리쪽은 끊어 손님에게 주었다. 그리고는 살이 많은 잔등이쪽은 자기가 우막우막 먹는 것이었다.

다음은 작은 마퉁이 차례다. 작은 마퉁이는 마를 삶더니,

“설운 어머니 아버지. 우리들 삼형제 낳아서 키운 공이 얼마나 큽니까. 또, 이제 살면 몇 해를 더 살 것입니까.”

양쪽 끝을 꺾어두고 살이 많은 잔등이 부분을 늙은 부모에게 드리는 것이다. 가믄장아기는 ‘쓸 만한 사람은 작은 마퉁이밖에 없구나.’ 생각했다.

마를 다 삶고나니, 가믄장아기는 솥을 빌려 저녁을 지어먹기로 했다. 솥은 마만 자꾸 삶아 놓아 마껍질이 잔뜩 눌어 있었다. 수세미를 가지고 깨끗이 씻은 후 나락쌀을 씻어놓아 밥을 했다.

“문전 모른 공사 있으며, 주인 모른 나그네 있겠습니까?”

기름이 번질번질한 이밥을 떠서 한상 차리고, 우선 할머니 할아버지에게 들어갔다. 할머니 할아버지는 조상대에도 아니 먹었던 것이라면서 먹지 아니한다. 가믄장아기는 큰 마퉁이에게 상을 들여갔다. 큰 마퉁이도 “이런 벌레 밥, 아니 먹겠다”면서 오히려 화를 냈다. 둘째 마퉁이에게 들어가도 역시 마찬가지였다.

가믄장아기는 마지막으로 작은 마퉁이에게 밥상을 들여갔다. 작은 마퉁이는 서른여덟 잇바디를 온통 드러내 웃으면서, 병아리만큼씩 밥을 떠 먹는 것이었다.

큰 마퉁이, 둘째 마퉁이가 창구멍으로 동생 밥 먹는 것을 보니, 여간 맛이 있어 뵈지 않았다. 침을 꼴깍 삼키면서,

“아우야, 우리도 한 술 다오. 먹어보자.”

“하하, 형님들. 자십사고 할 땐 말았다가 이젠 먹고 싶습니까?”

작은 마퉁이는 가운데의 더운 밥을 떠서 형들의 손바닥에 놓아주었다. 형들은 뜨거워서 푸푸 입김을 불어가면서 할쭉할쭉 먹는 것이었다.

같이 잠잘 아들 하나 보내주시오

맛있는 저녁 식사가 끝났다. 밤이 깊어 모두들 잠자리에 들게 되었다.
가믄장아기는 혼자 자는 것이 섭섭했다. 할머니 할아버지더러,
"발이 시리니, 저하고 발 막아 누울 아들이나 하나 보내주십시오."
라고 부탁했다.

이 부탁을 들은 할머니 할아버지는 깜짝 놀랐다. 처녀가 같이 잠잘 아들을 부탁하다니 이런 일은 듣기도 보기도 처음이었던 것이다. 아무튼 예사처녀가 아니라는 생각이 들었다. 잘하면 산구석에서 자칫 홀로 늙어갈 아들들 장가보낼 수 있을지도 모른다.

할머니 할아버지는 큰 마퉁이더러 가라고 했다. 큰 마퉁이는 대뜸 "안 간다"고 했다. 길 가던 떼깐아이라서 싫다는 것이다. 둘째 마퉁이더러 가라고 해도 고개만 갸우뚱갸우뚱 가지 않았다. 할 수 없이 작은 마퉁이더러 가라고 하자, 작은 마퉁이는 기뻐하며 냉큼 들어가는 것이었다.

가믄장아기와 작은마퉁이는 꽃을 본 나비처럼, 나비를 맞은 꽃처럼 향기로운 숨소리를 나누었다. 그러니, 연분은 늘 따로 있는 법이었다. 길에서 만난 강이영성이서불과 홍은소천구부인이 그러했듯이.

다음날, 가믄장아기는 작은 마퉁이를 목욕시키고 새옷으로 갈아입혔다.

줄누비바지에 콩누비저고리를 입히고, 코제비버선에 태사신을 신기고, 외올망건과 갓을 씌우고, 그 위에 모시중치막을 걸치게 하니 작은 마퉁이는 처자들이 반할 만한 훤한 인물에 풍신좋은 선비가 되었다.

"낭군님, 저 올래 하마석에 가 서세요."
가믄장아기는 작은 마퉁이한테 말했다. 시키는 대로 작은 마퉁이가 그렇게

곱게 차려 서 있는데, 큰 마퉁이가 망태기에 호미 집어넣고 마 파러 가다가 그 모습을 보았다. 어떤 신선이 서 있으신가, 저도 몰래 절을 꾸벅하니,

"형님, 웬일로 저한테 절을 다 하십니까?"

"아이구, 아우인 줄 몰랐다."

큰 마퉁이는 그제야 후회가 들었다.

'허, 어젯밤 그거 내가 갈 걸!'

둘째 형도 나오다 절을 꾸벅하고는,

"아이구, 몰랐다."

둘째 마퉁이도 후회가 막심했다.

'어젯밤, 내 못 간 전상이로구나!'

가믄장아기는 낭군더러 마 파던 데 구경이나 가자고 했다. 둘이는 손목 잡고 마 파던 들판에 구경을 나갔다.

큰 마퉁이가 마 파던 구덩이를 먼저 보았다. 거기에 누릇누릇한 것이 있길래, 무엇인가 살펴보니 똥만 물락물락 쥐어졌다. 둘째 마퉁이가 마 파던 구덩이를 가 보았다. 길쭉길쭉한 것들이 엉켜 있었다. 가만히 보니 뱀과 지네 같은 것들만 우글거리고 있었다.

마지막으로 작은 마퉁이가 마 파던 데를 가 보았다. 자갈이라 해서 던져버린 것들을 주워 손으로 싹 쓸어보니, 번쩍번쩍하는 금덩이들이었다.

"이것들을 멱서리에 모두 주워놓으세요."

가믄장아기가 말하자, 작은 마퉁이가 의아해 한다.

"돌을 주워놓아 무얼 한단 말이오?"

가믄장아기는 조용히 미소만 지을 따름이었다.

둘이는 그 금덩이들을 한짐 실어 집에 가져갔다. 금덩이로 마소를 사고 전답을 사 농사를 지으니, 가믄장아기와 작은 마퉁이는 곧 큰 부자가 되었다. 처

마 높은 기와집에 풍경을 달고 와라치라하며 잘살게 되었다.

열나흘간의 걸인잔치

살림이 좋아지면서 가믄장아기는 부모 생각이 간절했다. 자기가 집을 나오자 부모는 봉사가 되고 거지가 되어 이집 저집을 돌면서 얻어먹고 있으리라는 것을 가믄장아기는 잘 알고 있었다. 그래서 큰 부자로 살면서도 잇몸 드러내며 웃는 일이 좀체 없었다.

하루는 작은 마퉁이가 물었다.

"우리 이렇게 편안히 사는데, 부인은 왜 얼굴을 펼 때가 없으시오?"

가믄장아기는 어쨌든 부모를 찾아봐야 하겠다고 마음을 정하고, 남편의 물음에 답했다.

"우리가 천하거부로 잘 살고 있으니, 이제 세상의 모든 얻어먹고 사는 사람들을 모아 두 이레, 열나흘 동안 걸인잔치를 한다면 잇몸 드러내며 웃을 일이 날 것입니다."

"그건들 어려우리오."

남편은 쾌히 허락해 주었다. 부모가 거지가 되었다면 걸인잔치를 열나흘간 열고 있으면 틀림없이 소문을 듣고 찾아올 것이었다.

잔치는 시작되었다. 소문에 소문이 번져 날이 갈수록 모여드는 거지의 수는 늘어갔다. 가믄장아기는 걸인잔치를 직접 지휘하면서 들어오는 거지마다 꼼꼼히 살폈다. 그러나 하루 이틀 지나도 어머니 아버지는 보이지 않았다.

열나흘쨋날, 잔치의 마무리를 짓는 날이다. 아침부터 모여드는 거지들을 가믄장아기는 초조한 마음을 누르며 지켜보고 있었다.

날이 거의 저물 무렵, 저만치서 눈에 익은 두 거지가 보이기 시작했다. 할머니 거지와 할아버지 거지가 막대기 하나를 나눠 짚고 더듬더듬 걸어오는 것이었다. 강이영성이서불과 홍은소천구부인이었다. 가믄장아기는 그 초라한 모습에 새삼 놀랐다가 곧 예사 표정으로 돌아갔다. 이어서 역군들을 불러 조용히 지시했다.

"저 거지들이 위쪽에 앉아 얻어먹으려 하거든 아래쪽부터 먹여가다가 떨어 버리고, 아래쪽에 앉아 얻어먹으려거든 위쪽부터 먹여오다가 떨어뜨리고, 가 운데쪽에 앉거든 양쪽으로 먹여오다가 떨어버리도록 하라."

부부 봉사 거지는 먼저 얻어먹어 보려고 위쪽으로 가서 자리를 잡았다. 그릇 소리는 달각달각 나지만 끝내 자기들 차례까지는 돌아오지 않았다.

"아이참, 밥이 다 떨어져 버렸네!"

아래쪽으로 자리를 옮겨 보고, 가운데쪽으로 자리를 옮겨봐도 역시 마찬가 지였다. 이리저리 자리를 옮기다 보니, 날은 다 저물고 걸인잔치도 끝장이 나 게 되었다.

부부 거지는,

"아이고, 데이고! 두 이레 열나흘째 왔구나마는, 밥도 한 술 못 얻어먹는 팔 자로구나!"

울며 탄식하며 그냥 나가려 했다.

저 전상으로 밥 한 술 못 얻어먹는구나

마침 잔치에 왔던 모든 거지들이 다 먹고 나가자, 가믄장아기는 계집종을 시켜 이 부부 거지를 사랑방으로 모시도록 했다. 상다리가 부러지게 잘 차리고 귀한 약주로 대접하려는 것이었다.

계집종들이 귀한 상을 차려 막 사랑방으로 들이는데, 두 봉사는 난데없이,

"똥개 오는구나!"

하면서 지팡이로 상을 와싹와싹 두들겨대니 음식 가득한 상이 모두 엎질러지고 말았다.

그 광경을 보던 가믄장아기는 속으로 탄식한다.

'어이구, 우리 어머니 아버지 저 전상으로 따뜻한 밥 한 술 못 얻어먹는구나.'

가믄장아기는 바가지에 밥을 넣고 물을 말아, 탁주 한 사발과 함께 사랑방으로 들이도록 했다.

"하루종일 못 드셨으니 이거라도 잘 잡수십시오."

부부 거지는 배가 고프니 바가지 물밥일망정 허웃허웃 먹어대고 탁주도 꿀럭꿀럭 달디달게 마셨다.

얼마 후, 가믄장아기가 사랑방으로 들어와 말을 걸었다.

"이 할망 할으방님들, 옛말이나 해보세요. 들을 테니."

"들은 옛말도 없습니다."

부부 거지는 시큰둥하게 말했다.

"그럼, 살아온 말이라도 해보세요. 전에는 잘 살았습니까?"

"살아온 말이라면 할 게 있습니다."

두 거지는 옛날 이야기를 읊조리기 시작했다. 하다 보니 설움이 복받쳐 반노래조의 타령이 되었다.

"어히, 강이영성이서불, 홍은소천구부인, 젊은 시절, 거지로 얻어먹으러 다니다가 부부가 되었주……. 은장아기, 놋장아기, 가믄장아기를 차례로 낳고

일약 거부가 되어, 호강허였주, 참으로 호강허였주⋯⋯. 그러다가, 가믄장아기를 내쫓고 봉사가 되었주⋯⋯. 은장아기도 잃어버리곡, 놋장아기도 잃어버리곡⋯⋯. 재산도 없어지곡, 다시 거지로 얻어먹으러 이 동네, 저 동네 헤매염주⋯⋯. 어히이, 욕심에 눈이 멀었주⋯⋯. 어히이이, 호강에 눈이 멀었주⋯⋯.”

신세 타령에, 뼈아픈 후회에, 두 부부의 옛날이야기는 오래오래 이어졌다.

눈물을 흘리며 듣고 있던 가믄장아기는 약주를 잔이 넘치게 부어 들었다.

“이 술 드십시오. 천년주입니다. 설운 어머니 설운 아버지, 술 한 잔 올립니다. 제가 가믄장아깁니다.”

“이! 이! 이! 어느 거 가믄장아기?”

부부는 깜짝 놀라 받아든 술잔을 털렁 떨어뜨렸다. 가믄장아기를 보려고 떠지지 않는 눈을 부릅뜨려는 순간, 눈이 팔롱하게 밝아졌다.

6. 자청비

하늘을 셋으로 나누다

천지왕은 하늘궁전에서 모든 곳의 모든 것을 관장했다. 천상과 지하, 이승과 저승뿐 아니라 서천꽃밭에다 바다까지 총괄하려니 천지왕은 쉴 틈이 없었다. 각각 소임을 맡은 신들이 있기는 했으나 그 위계와 역할을 조정하는 것이야 천지왕의 일이었기 때문이다.

하늘궁전이 있는 하늘만도 너무나 넓었다. 천지왕은 일단 하늘을 세 곳으로 나누기로 했다.

"동쪽 하늘은 동수왕, 서쪽 하늘은 서수왕, 가운데 하늘은 문성왕이 갈라맡아 다스리도록 하라."

하늘의 구역이 정해지고 왕들이 임명되자 천지왕은 오랜만에 깊은 휴식에 들어갈 수 있었다. 천상천하는 그지없이 평화로웠다.

바람둥이 문 도령

　가운데 하늘을 갈라맡은 문성왕에겐 아들 하나가 있었다. 그러나, 아들 문 도령은 워낙 잘생긴데다 신녀(神女)들한테 관심이 많아 하늘궁전의 바람둥이로 소문이 나 있었다. 오늘은 동수왕 누이를 따라다니는가 하면 다음날은 서수왕 이모를 집적거리는 등 문 도령을 싸고도는 숱한 염문 때문에 문성왕이 골치를 앓았다.

　문성왕은 근심 끝에 바람둥이 아들한테 일단 공부를 시키기로 마음먹었다. 사실, 천상천하를 관장하는 하늘궁전에야말로 유식한 신들이 많아야 하지 않겠는가. 더구나 문 도령은 장차 아버지 문성왕을 이어 가운데 하늘을 다스려야 할 고귀한 신분이었다. 문성왕은 문 도령한테 말했다.

　"더 늦기 전에 땅으로 내려가 훌륭한 스승한테 글을 배우도록 하라."

　문 도령은 귀가 번쩍 뜨였다.

　'땅에도 물론 아름다운 여자들이 있지 않겠는가!'

　아버지 문성왕의 기대와는 달리 문 도령은 이젠 땅의 여인들한테 관심을 가지게 되었던 것이다.

주년국 자청비

　이때 주년국 땅에 자정국 대감의 외동딸 자청비가 있었다. 대감 내외가 오랫동안 자식없어 애를 태우다가 어렵사리 얻은 딸인데, 양친의 극진한 사랑

속에 상다락, 중다락, 하다락을 오르내리며 나날이 놀이에 여념이 없었다. 그런 자청비가 열다섯 처녀가 되자, 자정국 대감부부는 딸에게 베틀을 마련해 주었다. 자청비는 매일처럼 베틀에 올라 비단을 짜며 사랑의 노래를 불렀다.

어느날 상다락에 앉아 공단을 짜던 자청비는 문득 계집종 정술덕이의 손에 눈이 갔다. 손이 새하얗게 고왔던 것이다.

"정술덕아. 너는 어찌 손이 이리도 고우냐?"

정술덕이는 아가씨의 순진한 질문에 절로 웃음이 나왔다.

"그야 매일 주천강 연화못에 가, 빨래도 하고 설거지도 해야 하니 손이 곱습지요."

"그래? 그럼 나도 손이 고와지게 빨래나 같이 해볼까?"

자청비는 입던 옷들을 대바구니에 주워담고 총총걸음으로 주천강 연화못 빨래터에 갔다.

마침 이 무렵, 가운데 하늘 문성왕 아들 문 도령이 거무 선생네 서당에서 글 공부하기 위해 지상으로 내려오고 있었다. 거무 선생 서당은 하늘에까지 그 명성이 자자했던 것이다. 주천강 연화못에 이르러 문 도령은 빨래하는 한 아리따운 아가씨를 발견했다. 한눈에 하늘에도 없고 땅에도 없는 빼어난 미모임을 알 수 있었다.

문 도령이 누구인가. 미인을 발견한 터에 도저히 그대로 발길을 돌릴 수 없었다.

"아가씨, 길 가는 나그네이온데 물 좀 얻어마실 수 있으리까?"

자청비가 고개를 들어 말 거는 이를 바라보니, 역시 세상에 처음 보는 눈부신 미남자였다. 자청비는 자못 부끄러워하며 바가지에 물을 뜨고 버들잎을 훑어 놓아 건넸다.

"하하, 아가씨. 어찌 맑은 물에다 티를 섞어놓으시오?"

"도령님이 급히 길을 가시는 것 같아 천천히 마시도록 일부러 넣었습니다. 물체에는 약도 없답니다."

문 도령은 감탄하며 천천히 물을 마셨다. 물맛이 정말 달았다.

그러나 더 해 볼 말이 없으니 어쩌랴. 머뭇거리다가 그냥 아쉬운 발길을 돌릴밖에.

"물 잘 마셨소이다."

문 도령이 계속 길을 가려는데 뜻밖에 자청비가 입을 열었다.

"도령님은 어딜 가시는 길입니까?"

"하늘궁전에까지 명성이 높은 거무 선생께 글공부하러 가는 길입니다."

자청비의 눈이 반짝 빛났다.

"도령님, 우리 오랍동생도 거무 선생께 글공부를 가려는 참인데 벗이 없어 떠나지 못하고 있습니다. 같이 벗하여 가시면 어떻습니까?"

준비도 없던 말이 술술 나왔다. 아무튼 하늘에서 내려온 이 미남자를 그냥 보낼 수가 없었던 것이다.

"그야 어렵지 않은 일이오."

대답을 듣자, 자청비는 급히 빨래감을 거두어 담았다. 문 도령을 데리고 집 앞까지 가서 잠시 기다리면 동생을 보내겠다 하고 안으로 들어갔다.

황급히 아버지 자정국 대감 방으로 달려간 자청비는 무릎꿇고 청을 올렸다.

"아버지, 저도 다른 선비들처럼 글공부를 하면 어떻겠습니까?"

"계집년이 글공부가 다 무엇이냐!"

열다섯 되기까지야 금지옥엽일지언정, 여식이란 아무리 귀하게 길러봐야 시집보내 버리면 그만인 것을.

그러나 자청비는 쉽게 물러서지 않았다.

"아버지, 늘그막에 딸자식 하나 얻어놓았는데, 내일이라도 아버지가 세상을 떠나시게 되면 제사 때 축(祝)이며 지방(紙榜)은 누가 쓸 것입니까? 제가 공부하여 쓰렵니다."

자정국 대감은 사실 그게 가장 큰 걱정거리이기도 했다.

"글쎄, 그 말도 듣고 보니 옳긴 옳구나. 하지만, 과연 도령들과 함께 공부할 수 있겠느냐?"

"제가 누구 여식이옵니까. 아버지 고귀한 피를 물려받았으니 얼마든지 어깨를 나란히 공부할 수 있습니다."

"허허, 가상하구나. 그럼, 어서 가서 할 수 있는 데까지 해보아라."

자청비는 쾌재를 올렸다. 황급히 남자 의복으로 갈아입은 자청비는 한아름 책을 안고 문 밖으로 내달았다.

자청 도령 행세하는 자청비

문 도령은 문 밖 멀리서 기다리고 있었다.

"처음 뵈옵니다."

자청비의 남동생인 체하여 자청비가 먼저 인사를 했다.

"나는 자청 도레(道令)이온데, 누님한테 말씀 잘 들었습니다."

"반갑소. 나는 중하늘 문성왕의 아들 문 도령이오."

인사를 하면서도 문 도령은 기이하게 생각했다.

'남매가 얼굴이 비슷할 거야 당연한 노릇이지만, 이렇게도 닮을 수 있는가?'

둘이는 나란히 말을 타고 거무 선생 서당으로 갔다.

그날부터 문 도령과 자청 도레는 둘이서 한솥의 밥을 먹고 한이불 속에 잠을 자고 서당에 함께 앉아 글을 읽기 시작했다.

남녀가 한 방에서 생활하는데 그 기미가 전혀 안 드러날 리 없었다. 날이 갈수록 문 도령이 의심하는 눈치였다. 자청비는 미리 대책을 세워야겠다고 생각했다.

어느날 저녁 자청비는 은대야에 물을 가득 떠다 놓고 은저, 놋저를 걸쳐두고 잠을 청했다. 문 도령은 무슨 까닭인지 알 수 없었다.

"자청 도레야, 너는 어째서 은대야에 물을 떠다 놓고 옆에 자느냐?"

"글공부 올 때 아버지가 말씀하시기를 '은대야 물을 떠다 옆에 놓고 잠을 자되 은저, 놋저가 떨어지지 않게 자야 글공부가 잘 된다' 하시더라."

자청 도령에게 항상 글공부가 떨어지는 문 도령은 자기도 그렇게 하여 성적을 올리고 싶어졌다.

각각 은대야에 물을 떠다 둘 사이에 놓고 잠을 자기 시작했다. 문 도령은 대야의 젓가락이 떨어질까만 걱정되어 조심조심하다 보니 잠을 이루지 못하였다. 이튿날 서당에 가면 글 읽을 생각은 없고 자꾸 졸음만 찾아드는 것이다. 자청비는 젓가락이 떨어지든 말든 걱정이 없었다. 옷을 아래위 홀랑 벗어 던져두고 동쪽으로 돌아누워 한 잠, 서쪽으로 돌아누워 한잠, 푸진 잠을 자니 성적은 점점 올라갔다. 서당 선비들 가운데 으뜸이 되어가는 것이다.

문 도령은 글공부로 판판이 떨어지자, 무엇이든 한 가지 이겨서 자청 도령의 기를 꺾어놓고 싶었다. 그보다도 자청 도령이 남자인지 여자인지 그것부터 확인하고 싶은 마음이 더 컸다.

그 궁금증은 서당 거무 선생도 마찬가지였던 모양이다. 걸음걸이을 보나, 앉는 모양새를 보나, 말하는 음성을 보나 자청비가 분명 여자인 듯싶은 것이다.

"자청 도러야, 너는 가슴이 왜 그렇게 튀어나왔느냐?"

"우리 아버지 가슴은 무릎까지 늘어졌습디다."

"이리 오너라. 만져 보자. 남자 가슴은 딴딴하고 여자 가슴은 물씬물씬한 법이다."

거무 선생 앞에 나아간 자청비가 불끈 사족에 힘을 쓰니 가슴이 딴딴해졌다.

거무 선생은 이번엔 옷을 다 벗고 달려보라고 했다. 자청비가 정색하며 아뢴다.

"어머니 몸에서 태어날 때 알몸으로 나왔어도, 배우고 자랄수록 옷을 더 입는 게 예의라고 배웠습니다만."

거무 선생은 무안해졌다.

"그럼, 속웃만 입고 달리기 경주를 해보려무나."

달리기 경주 직전, 자청비는 슬쩍 왕대밭으로 들어가 왕대 한 마디를 잘라내고 솔방울 두 개를 주워 가랑이에 달아매었다.

속웃만 입고 달리기를 하는데 아랫도리에서 대나무가 꺼떡꺼떡하고 솔방울이 덜렁덜렁하니 남자의 모습이 역력했다.

그래도 의혹은 떨칠 수 없었지만 거무 선생은 이쯤에서 물러났다. 대신 문 도령이 그런 내기를 하나 생각해 내었다.

"자청 도레야, 네가 글재주는 좋지만 딴 재주는 나한테 이길 수 없으리라."

"무슨 재주가 그리 특출한 게 있니?"

"우리 오줌 갈기기 내기를 해봄이 어떨까?"

"하하, 오줌 갈기기? 어서 그래보자."

대답은 해 놓았으나 여자 몸이라 걱정이 안될 수 없었다. 자청비는 다시 꾀를 내어, 가느다란 대막대기를 잘라다 바짓가랑이에 넣어 두었다.

시합이 시작되자 문 도령은 이내 오줌을 갈기는데 여섯 발 반이나 갈겼다. 그리고는 이만하면 어떠냐고 뽐내는 표정이었다. 자청비 차례가 되어 선 채로 "끄응!" 한번 맥을 써 오줌을 갈겼더니, 하문에 꽂힌 대롱을 통해 열두 발 반이나 나갔다. 문 도령은 그 재주마저 지고 보니 면목이 없었다.

공부를 해도, 달리기를 해도, 오줌 갈기기를 해도 자청비한테 이길 수 없는 형편이니 문 도령은 서당에 점점 흥미를 잃게 되었다.

서수왕 따님아기한테 장가들라

문 도령과 자청비가 함께 글공부한 지도 어느덧 삼 년이 지났다. 하늘궁전에서 문성왕이 걱정되어 아래를 살피니, 아니나 다를까 문 도령은 글공부에 열심은커녕 남자 같은 여자아이 하나 때문에 매양 전전긍긍하고 있을 따름이었다. 문성왕은 이제 아들을 하늘로 불러올려야 할 때라고 생각했다. 궉새를 날려 편지를 보냈다.

문 도령은 아침 일찍 일어나 마당에서 세수하고 있었다. 하늘에서 궉새가 날아와 머리 위를 감돌더니, 날개에 끼고 온 편지 한 장을 떨어뜨렸다.

"연 삼 년 글공부했으니, 그만하고 돌아와 서수왕의 따님아기한테 장가들라."

이런 사연이었다. 문 도령은 그 사연을 곧 자청비에게 알렸다.

문 도령이 장가간다는 말에 자청비는 깜짝 놀랐다. 이제나저제나 때만 기다리다 보니 정작 아무것도 이룬 게 없는 것이다. 자청비의 마음은 착잡하기 그지없었다. 어떻든 문 도령을 떠나보내고 혼자 있을 이유는 없었다.

"그럼 나도 글공부 그만두고 같이 갈 테야."

둘이는 거무 선생을 하직하고 함께 길을 나섰다. 자청비는 이대로 맥없이 헤어지기엔 너무나 안타까웠다. 문 도령은 장가가라는 전갈을 받고 한껏 들떠 있을 따름이었다.

'아직도 나를 남자로 여기는 이 바보……'

그렇게 길을 가다 보니, 위아래 나란히 붙은 물통이 나타났다.

"문 도령아, 우리 여기서 목욕이나 하고 가는 게 어때? 삼 년 동안 공부만 했으니 글때인들 아니 쌓였으랴."

"그것도 좋지."

"문 도령은 글공부도 나한테 뒤지고 달리기 시합을 해도 내게 지니, 아래쪽에서 씻게나."

자청비는 위 물통으로 들어가고 문 도령은 아래 물통으로 들어갔다. 자청비는 물소리만 첨벙첨벙 내면서 문 도령의 거동을 살폈다. 문 도령은 활딱 벗고 들어가더니, 이리저리 왕방참방 헤엄치며 시원스레 멱을 감는 것이었다. 자청비는 가만히 바라보다가 한숨을 쉬고는 버들잎을 주룩 뜯었다. 마지막으로 한 구절 속마음이나 알리고 헤어지자는 것이다.

"눈치 모른 문 도령아, 멍청한 문 도령아, 연 삼 년 한이불 속에 잠을 자도 남녀구별 눈치 모른 문 도령아."

버들잎을 이빨로 자근자근 씹으며 글을 새겨 아래 물통으로 띄워 두고, 자청비는 휘어지게 집으로 달렸다. 버들잎들은 두둥실 흘러 문 도령의 눈에 띄었다. 이파리마다 글씨 모양의 이빨 자국들이 선연했다.

"아아, 이게 무슨 일인가!"

문 도령은 그제야 모든 걸 깨달은 것이다. 역시 그랬었구나. 역시 그랬었구나.

문 도령은 바지는 한쪽 가랑이에 두 다리를 꿰어놓고, 저고리는 어깨에 반쯤만 걸친 채, 황급히 내달아 언덕 위에 올라보았다. 벌써 자청비는 저 고개 너머에서 머리만 까마귀 날개만큼 매쪽매쪽하고 있었다. 문 도령은 두 주먹을 불끈 쥐고 정신없이 뛰었다.

"자청비야! 자청비야!"

문 도령이 숨을 헐떡거리며 자청비 집에 닿았을 때, 자청비는 부끄러운 듯이 문간에서 기다리고 있었다.

"문 도령님, 여자 몸으로 오늘까지 속여온 것을 용서하십시오. 제가 아버지 어머니께 인사드리고 올 터이니, 제 방으로 가서 아픈 다리나 쉬어 가기 어떻습니까?"

문 도령은 헤벌쭉 웃으며 고개를 끄덕였다.

자청비는 아버지 어머니께 인사를 갔다. 자정국 대감 부부가 오래 못 본 딸을 반가이 맞는다.

"귀연 내 딸아, 삼 년 글공부에 몸이나 성히 다녀왔느냐?"

"예, 몸 편안히 다녀왔습니다. 그런데 저하고 삼 년 동안 글공부하던 동무가 같이 왔사온데, 해가 저물어 더 갈 수 없으니 어찌하면 좋겠습니까?"

"남자냐, 여자냐?"

"여자이옵니다."

"호, 여식을 서당 공부 보낸 게 우리 집만의 일이 아니었구나. 나이가 열다섯이 되었느냐?"

"십오 세 미만입니다."

"그럼 네 방에 들여 같이 지내다 내일 보내도록 하려무나."

복사꽃 피면 돌아오마

　부모를 속여 동침을 허락받은 자청비는 색동 치마저고리로 곱게 단장하고 손수 저녁상을 차렸다. 상 앞에 마주 앉은 두 남녀가 만단정회를 나누며 술잔을 서로 기울이니 한 잔은 인사주요, 두 잔은 대접주요, 석 잔은 친구주요, 넉 잔은 합환주였다. 밤이 깊어 한이불 한요에 잣베개 같이 베고 누워 자청비와 문 도령은 삼 년 눈 속인 사랑을 풀었다.

　짧은 밤이 지나고, 어느새 두 사람의 이별을 재촉하는 새벽닭이 목을 들기 시작했다.

　"문 도령님, 날이 샙니다. 행차 때가 되었으니, 노각성자부줄로 어서 하늘궁전에 오르십시오."

　두 남녀는 서로 손을 붙든 채 눈물만 흘리며 석별을 아쉬워했다. 문 도령은 복숭아씨 한 방울을 내주며 꽃이 피기까지는 돌아오마 약속하고 하늘궁전으로 떠났다.

　자청비는 자기 방 창문 앞에 복숭아씨를 심었다. 그러나, 뿌리 난 데 줄기 뻗고 줄기 뻗은 데 꽃송아리가 열려도 문 도령은 돌아올 줄 몰랐다.

머슴 정수남이

　자청비는 수심으로 세월을 보내고 있었다. 겨울이 가고 철 따라 봄은 다시 찾아왔다. 봄볕 따사로운 어느 날, 상다락에 올라앉은 자청비는 남창문을 열어놓고 오늘인가 내일인가 문 도령 돌아오기만 기다리고 있었다. 그러나, 기다리는 문 도령은 오지 않고 남의 집 종놈들이 땔감을 싣고 오는 마소의 행렬만 보이는 것이다. 얼렁떨렁 몰고 오는 쇠머리엔 저마다 울긋불긋 진달래가 꽂혀 있어, 마치 소 모는 소리에 맞추어 일제히 춤을 추는 듯했다. 그 꽃의 행렬이 한량없이 고왔다.

‘고운 꽃이라도 있으면 차라리 시름도 잊을 것을……. 저 꽃이라도 하나 얻어볼까?’

이렇게 생각하며 밖으로 나오다 자청비는 머슴인 정(情)이엇인(없는) 정수남이와 마주쳤다. 정수남이는 양지바른 데 앉아 바지 허리를 뒤집어 놓고 이를 뚝뚝 잡고 있는 중이었다.

“정이엇인 정수남아, 아이고 추접하구나. 배불리 먹기만 하고 일도 없이 이 사냥만 하기냐? 저거 봐라. 쇠머리에 진달래꽃 꽂아놓고 얼렁떨렁 방울소리 내며 땔감 해오는 게 오죽 보기 좋으냐!”

자청비는 야단을 늘어놓았다. 정수남이는 아가씨의 유난스런 꾸중이 다 오지 않는 문 도령 때문임을 짐작했다.

“아가씨, 외양간에 소 아홉 마리, 마굿간에 말 아홉 마리, 소 길마 말 길마 고루 갖춰 차려주시면 쇤네도 내일은 땔감하러 가오리다.”

정수남이는 기골이 장대한 만큼 목소리도 우렁우렁 집 안팎을 울렸다.

“게으른 것이 말 하난 걸지게 하는구나.”

다음날 정이엇인정수남이는 소 아홉 마리, 말 아홉 마리에 길마를 지워놓고, 황기 도끼를 어깨에 둘러메고 집을 나섰다.

“이 소야, 이 말아, 어서어서 굴미굴산 올라가자.”

열여덟 마소의 궁둥이를 채찍질하며 굴미굴산에 올라가니 다리도 아프고 허리도 아팠다. 한숨 돌리고 일을 시작하리라 마음먹고 동서로 뻗은 가지에 소 아홉 마리, 말 아홉 마리를 매어 놓은 정수남이는 비스듬히 풀밭에 누웠다. 그러나, 잠시 쉬려던 것이 곧 깊은 잠에 빠져들고 말았다. 이리 뒤척이며 한잠, 저리 뒤척이며 한잠, 계곡이 무너져라 웅장한 소리로 코를 골며 잠을 자다 보니 몇날 며칠을 잤는지, 소 아홉 마리, 말 아홉 마리는 그새 애가 말라 모조리 죽어버렸다.

'에이, 이왕 죽어버린 것을 어이하리.'

정수남이는 나무들을 산더미처럼 쌓아놓고 그 위에 소와 말들을 던져올렸다. 나무에 불을 붙이자 산불이라도 난 듯 계곡이 붉게 타올랐다. 거대한 불잉걸에 소와 말 열여덟 마리가 한꺼번에 구워지기 시작했다. 고기 익어가는 냄새가 고소하니, 정수남이는 손톱으로 쇠가죽 말가죽을 벗겨가며 익었는가 한 점, 설었는가 한 점 먹어보았다. 그러다 보니 마소 열여덟 마리가 곧 온데간데 없어졌다. 남은 것은 쇠가죽 아홉 장에 말가죽 아홉 장뿐이었다.

날이 저물어 정수남이는 마소의 가죽들을 한꺼번에 짊어지고 산을 내려왔다.

오리소(沼)를 지나는데 알록달록 예쁜 오리들이 노닐고 있었다.

"우리 집 자청비 아가씨는 고운 것만 보면 좋아하니, 저 오리나 잡아다 상전님을 달래고 저녁밥이나 얻어먹자."

정수남이는 오리를 겨냥하여 어깨에 둘러멨던 황기도끼를 잡아 던졌다. 그러나 오리들은 다 날아가고 도끼만 연못 속에 빠지고 말았다.

도끼를 찾아내는 수밖에 없었다. 정수남이는 등에 졌던 가죽은 길가에 놓아두고 옷을 훌훌 벗어 오리 소에 뛰어들었다. 풍덩풍덩 물 속을 아무리 뒤져봐도 도끼는 찾을 수 없었다.

도끼마저 잃고 가는 것이 안 되었지만 단념할 수밖에 없었다. 그러나 연못 바깥으로 나온 정수남이는 그새 가죽도 옷도 몽땅 없어졌다는 것을 알았다.

도둑놈이 어디선가 엿보다가 마소 가죽과 옷을 훔쳐가 버린 것이다.

'허어, 이 노릇을 어이할꼬.'

사방을 둘러보니, 누리장나무 이파리가 바람결에 번들번들하고 있었다. 정수남이는 넓은 잎들을 뜯어다가 댕댕이덩굴로 엮어, 정수남이와 한동갑의 거대한 아랫도리 원수님을 감추었다. 한길로 가자 하니 남이 웃을 듯해서, 소로로 길을 잡아 걸음을 재촉했다.

집에 도착한 정수남이는 상전 보기가 무서워 뒤뜰 장독대의 빈 독으로 들어가 장독 뚜껑을 덮어썼다.

이때, 계집종 정술덕이가 저녁밥을 짓다가 간장을 뜨러 장독대로 나갔다. 장독 하나가 아래위로 불쑥불쑥 움직이고 있는 게 아닌가. 정수남이가 숨쉴 적마다 머리에 쓴 장독 뚜껑이 불쑥거리는 것이었다.

"에구머니, 아가씨! 장독대에 변이 났습니다."

"그게 무슨 말이냐?"

"장독이 사람처럼 숨을 쉬고 있습니다요!"

자청비가 뒤창문을 열어보니, 과연 장독 하나가 불룩불룩하고 있는 것이다. 괴변이었다. 자청비는 큰 소리로 꾸짖었다.

"귀신이냐 생인이냐? 귀신이어든 저승으로 오르고, 생인이어든 내 눈앞에 가까이 보여라."

자청비의 야단소리에 장독 뚜껑이 벗겨지더니 벌거벗은 정수남이가 불쑥 일어섰다.

"아가씨, 정수남이옵니다."

일어서는 서슬에 누리장나무 잎사귀가 떨어져 원수님이 벌떡 일어서 있었다. 거대한 물건을 본 정술덕이는 으아, 두 손으로 눈을 가리고, 자청비는 아랫도리를 외면하며 다시 큰 소리로 꾸짖었다.

"이 누추한 놈아, 이게 무슨 꼬락서니냐!"

자청비의 꾸중에 정이엇인정수남이는 되는 대로 대답했다.

"아가씨, 사실은 굴미굴산 올라가 보니 하늘궁전 문 도령님이 신녀들 데리고 내려와 놀음놀이하고 계셨습니다. 정신 없이 구경하다 보니 말과 소는 간 곳 없어지고, 웬 벼락맞을 놈한테 옷마저 도둑맞아 이 꼴이 되었습니다."

'문 도령' 소리에 자청비는 정신이 번쩍 났다. 사랑에 눈먼 자청비를 속여넘기는 것쯤이야 손쉬운 일이었다.

"정말 문 도령이 오셨더란 말이냐?"

"신녀들과 장구 치며 춤추며 노는 모습이 볼 만합디다."

"나도 그곳에 갈 수 있겠느냐?"

"미천한 종도 가는데, 아가씨가 어찌 가지 못하겠습니까?"

"내 그곳에 갈 터이니, 너는 길 안내를 해다오."

"여부있겠습니까, 아가씨."

그러면서 능청스런 정수남이는 길이 멀어 음식이 많이 필요하다면서, 상전 몫으로 메밀가루 다섯 되에 소금 다섯 줌을 놓아 범벅을 만들고 자기 몫으로는 소금을 넣는 둥 마는 둥 간을 맞추어 만들도록 요구했다.

"그리 하마. 너는 내일 타고 갈 말 꼴이나 잘 줘라."

"예이."

아가씨 촛대 같은 허리나 안아보자

위기를 넘긴 정수남이는 새 옷으로 갈아입고 꼴 한 묶음을 말에게 던져주

며,

"이놈의 말아, 이 꼴 잘 먹고 내일은 아가씨 태워 가자. 굴미굴산 들어가서 아가씨 촛대 같은 허리나 안아보자."

껄껄거렸다.

"네 방금 뭐라 했느냐?"

"이 말아, 이 꼴 잘 먹고 내일은 아가씨 태워 굴미굴산 올라가자. 문 도령님이 아가씨 촛대 같은 허리 안아 만단정회 나누는 거 구경하자, 이랬습죠."

그 말에 자청비는 살짝 얼굴을 붉히며 웃었다.

다음날 자청비는 정이엇인정수남이의 말대로 부산히 점심을 차려놓고, 몸단장을 서두르며 말을 대령하라고 재촉했다.

정수남이는 말에 안장을 얹을 때, 소라 껍질 하나를 안장 밑에 놓아두고,

"아가씨, 말 대령했습니다. 어서 나오십시오!"

자청비를 불렀다. 자청비가 말에 오르자, 말은 등이 아파 피들락 뛰었다.

"이게 어쩐 일이냐?"

"아가씨야 오늘 굴미굴산 올라가면 문 도령님 만나 좋은 영화 누릴 테지만, 말한테야 무슨 기쁨이 있겠습니까? 그래서 화가 난 듯합니다요."

"어찌하면 좋겠느냐?"

"밥도 아홉 동이, 국도 아홉 동이, 술도 아홉 동이 차려놓고, 석 자 오 치 말머리 수건하고 돼지머리를 차려놓아 말머리 고사를 지내야 성질을 죽일 것 같습니다."

"어서 그리 하자."

문 도령을 만날 생각에 조급증이 난 자청비는 이번에도 쉬 속아넘어가고 말았다. 급히 음식을 마련하여 노둣돌 위에 벌여놓고 말머리 고사를 지냈다. 정수남이는 제를 지내는 척하다가 자청비 몰래 말 귀에 술을 수루루 들이부었

다. 귓속에 술이 들어가니 말은 머리를 탁탁 털었다.

"아가씨, 이거 보십시오. 말도 배부르게 많이 먹었다고 머리를 설레설레 흔
듭니다. 말이 먹다 남은 음식은 마부만 먹습니다."

"그래, 너 다 먹어라."

정수남이는 혼자 앉아 밥이며 국이며 술을 말끔히 쓸어먹었다. 그만하니 배
가 둥둥했다.

길 떠나길 재촉하며 자청비가 말에 오르자, 말이 또 와들랑와들랑 들러퀴었
다. 여전히 안장 밑에 깔린 소라껍질이 등을 찌르는 탓이었다.

"아가씨, 할 수 없습니다. 이 점심을 대신 지옵소서. 제가 말을 타서 길을 들
이겠습니다. 버릇 나쁜 망아지, 안장 금 내는 일이야 쉰네 몫입지요."

도리없이 자청비는 무거운 점심을 지고 길 떠날 수밖에 없었다. 정수남이는
안장을 잘 지우는 척하면서 소라 껍질을 빼 던져버렸다. 말을 타고 첫채를 놓
으니, 말은 구름같이 십리 밖을 달려갔다.

짐이라고는 생전 져보지 않은 자청비였다. 무거운 점심을 지고 산길을 걷노
라니 땀방울은 승방에 염주 지듯 다륵다륵 떨어진다. 치맛자락은 가시나무에
걸려 찢어지고, 등은 아프고, 발에는 물집이 생겨 터졌다. 그래도 꿈에 그리던
님을 보러 가는 길이 아니냐. 자청비는 헉헉 숨차게 산길을 걸어올랐다. 먼저
한참을 간 정수남이를 쫓아가보니, 정수남이는 그새 말을 나뭇가지에 매어놓
고 시원한 그늘에서 코를 골며 자고 있었다.

"인정사정 없는 놈아! 내 말은 네가 타고, 네 짐은 내가 지고 오는데 태평스
레 잠만 잘 수 있느냐!"

"말머리를 돌리려니 이놈의 말이 다시 성질을 부리지 뭡니까. 그래서 돌아
가지 못했습니다요, 아가씨."

자청비는 기가 막혔다. 말해 봐야 소용이 없음을 깨닫고,

“정이엇인정수남아, 시장하여 더 걸을 수가 없구나. 점심이나 먹고 가자.”

두 사람은 점심을 부려놓고 풀밭에 앉았다. 정수남이는 소금을 잔뜩 넣은 상전 점심은 자청비 앞에 놓고, 소금을 적게 넣어 맛있게 만든 범벅은 자기가 가져가서 먹었다.

“정이엇인정수남아, 왜 따로 밥을 먹느냐?”

“아가씨 곁에서 밥을 먹다가 모르는 사람이 보면 부부간인 줄 알지 않겠습니까.”

정수남이는 아래쪽으로 달아나 버린다. 자청비가 메밀범벅을 꺼내 한입 베어무니 목이 칼칼하게 짜서 먹을 수 없었다. 가루 닷 되에 소금을 다섯 줌이나 넣었으니 짜지 않을 수 없는 것이다. 자청비는 멀리 떨어진 정수남이를 불렀다.

“정수남아, 네 점심 이리 가져와 봐라. 좀 먹어보자.”

“상전이 먹다 남은 건 종이 먹고, 종이 먹다 남은 건 개가 먹는 법입니다.”

자청비는 더 말해 볼 수도 없고, 그렇다고 그 범벅을 먹을 수도 없었다.

“그럼 이 점심까지 가져다 먹거라.”

정수남이는 자청비 점심을 받아다가 짭짤한 찬으로 섞어가며 두 사람분을 깨끗이 쓸어먹는 것이었다.

저놈한테 속았구나

자청비는 짠 범벅을 조금 먹었을 뿐인데도 목이 몹시 말랐다.

“정이엇인정수남아, 목이 몹시 마르구나. 어디 마실 물이 없겠느냐?”

"이쪽으로 한참 가다보면 연못이 있습니다."

가다 보니 연못이 보였다. 자청비는 하도 반가워 냅다 달려들어 손으로 쥐어 먹으려 했다. 그러자 정수남이가 손을 내저으며 막는 것이었다.

"아가씨, 이 물은 손발을 적셔서 먹으면 물기가 마르는 대로 더 목이 마르는 물입니다."

"손과 발을 물에 적시지 않고 어떻게 물을 먹겠느냐?"

"제가 먹듯이 이렇게 먹으면 됩니다."

정수남이는 옷을 활딱 벗고 물가에 엎드렸다. 그리고는 길쭉한 원수님을 늘어뜨린 채 목마른 황소처럼 괄락괄락 물을 마셔대는 것이었다.

자청비는 할 수 없는 일이라 생각했다. 목이 이렇게 마른데 체면을 생각할 겨를이 없었다. 자청비도 정수남이처럼 옷을 홀랑 벗고 물가에 엎드리고는 하얀 엉덩이를 치켜들었다. 마치 살찐 암소가 물을 마시는 것 같았다.

자청비가 오래도록 물을 마시는 사이, 정수남이는 한손으로는 자청비가 벗어버린 열두 폭 홑단치마를 들어 머리 위로 빙빙 돌리고, 다른 한손으로는 돌멩이를 자청비 앞으로 퐁당 던졌다.

"아가씨, 그 물 아래를 보십시오! 그림자가 아리롱다리롱 곱지 아니합니까? 그게 하늘궁전 문 도령님이 신녀들 거느리고 놀음놀이하는 그림자입니다요."

이렇게 큰소리로 외치는 것이었다. 자청비는 가슴이 덜컥했다.

'아이고, 내 일이야! 저놈한테 속았구나!'

자청비는 벌떡 일어났다. 잘못하다간 이 산중에서 저놈한테 꼭 죽을 것만 같은 생각이 들었다. 아무래도 정수남이를 잘 달래어 위기를 넘기는 도리밖에 없었다. 자청비는 부드럽게 말을 건넸다.

"정수남아, 어째서 이러느냐? 네 소원이 무엇이냐."

"아가씨, 그 은결 같은 손이나 한번 만져봅시다."

자청비의 옷을 다 벗겨놓은 정수남이는 꺼릴 게 없었다.

"정이엇인정수남아, 여기서 내 손 만지는 것보다 집에 가서 내 토시 한짝을 껴봐라. 그게 더 따뜻하고 좋다."

"젖통이나 만져봅시다."

"내 젖보다 내 방 연적이 더 곱고 부드럽다."

"그럼 입이나 한번 맞추어봅시다."

"내 방에 꿀단지를 핥아 보아라. 입 맞추는 것보다 더 달콤하다."

"그러면, 그 촛대 같은 허리나 한번 안아봅시다."

"내 허리 안는 것보다 향내 나는 내 베개를 안아봐라. 더 폭신하고 좋다."

자청비와 정수남이가 실랑이하듯 말을 주고받는 사이 해가 떨어지기 시작했다. 갑자기 한기가 살 속을 파고들었다. 자청비는 몸을 한껏 움츠리며 말했다.

"정이엇인정수남아, 서산에 해가 지는구나. 너와 나 오늘밤을 지새려면 추위 막을 움막이라도 있어야 하지 않겠느냐?"

그 말에 정수남이는 입이 헤벌어졌다. 아가씨가 드디어 포기하고 자기와 함께 자겠다는 뜻으로 알아들은 것이다. 정수남이는 허겁지겁 주위를 돌아다니며 나무와 돌들을 주워다가 얼기설기 움막을 지었다. 제법 바람막이가 되었는데 돌담 구멍이 배롱배롱했다.

"정이엇인 정수남아, 집은 이만하면 훌륭하다만, 숭숭 뚫린 구멍으로 찬바람이 들이치는구나. 게다가 혹 누가 지나다 구멍으로 보기라도 한다면 어쩌겠느냐. 내가 안에서 불을 피우거든 너는 바깥에서 불빛이 새는 구멍들이나 막아놓고 자자."

정수남이는 이리저리 뛰어다니며 억새와 띠를 모아다 불빛 새는 구멍마다 부지런히 막아댔다. 자청비는 안에 앉아서 두 구멍을 막으면 세 구멍을 빼고,

다섯 구멍을 막으면 여섯 구멍을 빼곤 했다. 구멍은 아무리 막아봐도 끝이 없었다. 그러는 사이 흐뭇이 먼동이 트기 시작했다.

그제야 속았음을 안 정수남이는 펄쩍펄쩍 뛰며 화를 냈다. 자청비는 또다시 달랬다.

"정이엇인정수남아, 그리 화만 내지 말고 이리 와서 내 무릎이나 베고 누워라. 머릿니나 잡아주마."

정수남이는 폭신하고 향기로운 자청비의 무릎을 베고 누웠다. 정이엇인정수남이의 정신이 아득해진다. 저도 몰래 두 손은 자청비 젖가슴에도 스리슬쩍 올라가려 하고, 아랫도리로도 스리슬쩍 들어가려 한다. 그때마다 자청비는 적당히 물리치며 이를 잡기 시작했다. 정수남이의 머리를 헤쳐보니 마치 모래밭에 앉았던 개 꽁무니 같았다. 굵은 이는 장수로 살려 두고, 작은 이는 군졸로 놓아두고, 중간 놈으로만 죽이는 듯 마는 듯 나긋나긋 이를 잡아가니, 밤새 구멍 막느라 고단해진 정수남이는 그만 잠이 소록 들어버렸다.

잠이 든 정수남이의 얼굴을 한참 내려다보던 자청비는 모진 결심을 했다.

'이놈을 살려두었다가는 내가 죽게 마련이다.'

옆에는 마침 청미래덩굴이 벋어 있었다. 자청비는 그 덩굴을 꺾어 정수남이의 왼쪽 귀에서 오른쪽 귀까지 깊이 찔러댔다. 구름 산에 얼음 녹듯 정수남이는 귀에서 피를 흘리며 소리 없이 죽고 말았다.

말꼬리에 매달린 축사니

자청비는 곧 말에 올라타고 채찍을 놓았다. 아랫마을을 향해 한참 달리는

데, 언덕 위에 홀로 우뚝 서 있는 백발의 신선과 마주쳤다.

"저기 가는 저 비바리, 바람 밑으로 지나가거라. 부정이 만만하다."

신선이 못마땅하다는 투로 중얼거리는 것이었다. 자청비는 얼른 말에서 내렸다.

"어인 말씀이오니까?"

"네 죄를 모른다 하겠느냐! 네 말꼬리를 보아라. 죽어도 죽지 못한 더벅머리 축사니가 유혈 낭자한 채 매달려 있지 않느냐!"

자청비가 자세히 살피니, 과연 귀기 서린 정수남이의 그림자가 말꼬리에 어른거리고 있는 게 아닌가. 자청비는 이를 어찌해야 할지 막막했다.

"네 오늘 사시에 그 귀신 때문에 절명하리라."

신선은 백발을 휘날리며 차갑게 말했다.

"아, 살려줍서. 살려줍서."

자청비가 양손을 모아 간곡하게 비니, 한참 만에 신선이 말한다.

"깨끗한 물통에 목욕하고 옥추경을 세 번 외어라. 그리하면 축사니 혼이 새 되어 날아가리라."

그러면서 신선은 순식간에 사라졌는데, 서 있던 자리에는 낡은 경전 한 권이 남겨져 있었다. 자청비는 신선이 가르쳐준 대로, 가다가 발견한 세 물통에 차례로 목욕하고 경문을 정성들여 외었다. 이윽고 말꼬리에 매달렸던 선혈 낭자한 축사니가 커다란 부엉새 같은 것으로 변해 날아갔다.

일단 귀신을 털어내긴 했으나 언제 다시 달려들어 동티를 낼지 모를 일이었다. 다시 말을 달려 집으로 들어갔다. 부모님부터 납득시켜야겠다고 생각한 것이다.

"아버지, 어머니. 여쭐 말씀이 있습니다."

"말해 보거라."

"아이들이 말을 듣지 않으면 어떻게 하면 좋겠습니까?"

"달래야지."

"달래도 달래도 말을 듣지 않으면요?"

"욕해야지."

"욕하다 힘겨운 건 어떻게 합니까?"

"때려야지."

"때려도 따려도 되지 않을 때는요?"

"그거야, 즉여버리지."

자청비의 질문이 재미있는지, 자정국 대감부부는 웃으며 반 농담조로 대답했다.

"아버지, 어머니. 정이엇인정수남이가 행실이 불량해서 죽여두고 왔습니다."

예상치 못한 말에 대감 부부의 얼굴이 일그러졌다. 죽은 사연을 자세히 설명할 겨를도 없이 냅다 불호령이 떨어진다.

"그게 무슨 말이냐! 계집년이 사람을 죽이다니. 네 년은 시집가 버리면 그만이지만, 그 더슴 있으면 우리 두 늙은이 걱정 없이 먹여살려 주지 않겠느냐!"

"제가 있지 않습니까, 어머니 아버지."

"네까짓 게 무엇을 할 수 있단 말이냐? 하루 콩 석 섬, 좁쌀 석 섬, 수숫대 닷 섬씩 갈 수 있겠느냐? 그런 머슴을 대체 어디서 구하겠느냐!"

"이 여식이 다 할 수 있습니다!"

자청비는 설움에 복받쳐 소리를 질렀다. 자정국 대감부부는 그럼 어디 보자고 일을 시켜 보았다. 넓은 밭에 좁씨를 닷 말 닷 되 뿌려놓고, 그것들을 하나도 남김없이 주워 오라고 한 것이다. 자청비는 눈물로 다리를 놓으며 그 좁씨를 모조리 주워가는데, 마지막 한 알이 어디 갔는지 찾을 수 없었다. 이 구석

저 구석 찾다가 체념하려는 참인데, 웬 개미 한 마리가 그 좁씨 한 알을 물고 기어가고 있지 않은가.

"이 괘씸한 벌레야, 너마저 내 간장을 태우느냐!"

자청비는 좁씨를 빼앗으며 와싹 개미 허리를 후려쳤다. 이때부터 개미 허리가 잘록하니 가늘어지게 되었다.

자청비는 좁씨를 갖다 바쳤지만 이 일은 오히려 대감 부부의 의심만 사게 되었다.

"헛, 그 좁씨들을 한 방울도 빼지 않고 다 거두다니……. 귀신 들리지 않고서야 할 수 없는 일이로다."

자청비는 머슴 정수남이를 죽여둔 채 이 부모 밑에서 살기는 어렵겠다고 생각했다.

서천꽃밭을 찾아가자

'서천꽃밭에 가면 죽은 사람도 살려놓는 꽃이 있다는데, 어떻게든 그 꽃밭에서 도환생꽃을 가져다 죽은 정수남이를 살려놓아야겠다.'

자청비는 곧 방으로 들어가 남자 의복으로 갈아입었다. 사람들 눈에 띄지 않으려면 오히려 남장이 편했다. 자청비는 말을 타고 정처 없는 길을 떠났다.

서천꽃밭이 어디인가. 저승도 아니요 천상도 아닌 그곳은 인간계로부터 멀리 떨어진 곳에 큰물을 건너면 나타난다고 했다. 군왕지지가 될 만큼 좋은 땅이며, 안개와도 같은 김이 항상 무럭무럭 솟고, 나비와 풍뎅이들이 날아다니고, 함박만한 꽃들이 수없이 피어 있다는 곳.

자청비는 이 꽃밭을 처음 만들었다는 삼승할망에게 기원했다.

"삼승할망, 부디 바른 길로 이끌어 주십서."

그렇게 몇 날 며칠을 가다 보니 어느 마을에 들어서게 되었다. 어린아이 둘이서 새 한 마리를 놓고 이리 당겼다 저리 당겼다 다투고 있었다.

"애들아, 왜 그렇게 다투는 거냐?"

"이 부엉새를 내가 먼저 잡았는데, 저애가 잡았다고 하잖아요."

아이들은 서로 자기가 먼저 잡았노라고 우겨대는 것이었다. 자세히 보니 그 새는 부엉새가 아니라 궉새였다. 날갯죽지에 편지를 끼워 하늘과 땅을 오가며 사연을 전하다가 그만 아이들한테 잡힌 신세가 된 것이었다.

"그 새로 뭐 할 것인데?"

"요 큰물 건너 서천꽃밭에 갔다 줘야지요. 요사이 웬 부엉새가 서천꽃밭에 날아들어 쑥밭으로 만들어놓고 있다지 뭐예요. 그래서 꽃감관 어른께서 부엉새 잡아다주면 큰돈을 주겠다고 했습니다."

자청비는 가슴이 뜨끔했다. 축사니의 모습으로 말꼬리에 매달려 오던 정수남이가 생생하게 떠오른 것이다. 한 맺힌 정수남이가 부엉새로 변하여 날아갔지만, 공교롭게도 서천꽃밭에 들어 동티를 내고 있는 게 틀림없었다.

자청비는 아무튼 서천꽃밭에 가까이 왔음을 알았다. 게다가 그 서천꽃밭에 들어갈 핑계 거리도 찾아낸 셈이었다.

"애들아, 그 새는 부엉새가 아니란다. 궉새라는 것이지. 그러니 다투지 말고 그 새를 날 다오. 대신 내가 돈을 두 푼 줄 터이니 나눠 가지도록 하렴. 새는 한 마리, 돈은 두 푼, 어느 게 좋겠니?"

"그야 돈 두 푼이 좋지요."

각자 돈을 받자 아이들은 미련없이 궉새를 자청비한테 건넸다. 자청비는 궉새를 어깨에 올려놓고 말했다.

“궉새야, 나를 서천꽃밭으로 안내해라.”

궉새는 날갯짓으로 꽃밭의 위치를 알려주었다. 자청비는 그 날갯짓을 따라 계속해서 말을 달렸다.

큰물을 지나고 안개 자욱한 곳에 이르렀다. 서천꽃밭에 당도한 것이다. 자청비는 궉새를 하늘로 날려 보냈다.

자청비가 말을 탄 채 오랫동안 그 주변을 배회하고 있자, 수상히 여긴 꽃밭지기가 나왔다.

“어디 도령이시오?”

“길손이온데 마침 새 한 마리가 나는 것을 보고 화살을 날렸더니, 꽃밭으로 떨어졌습니다. 그래서 혹 화살이나 찾을 수 있을까 하던 중입니다만.”

화살로 새를 쏘았다는 말을 듣고 꽃밭지기는 이상한 생각이 들었다. 즉시 꽃감관 할락궁이한테 보고하니 할락궁이가 직접 나왔다.

“활솜씨가 훌륭하신 모양이오, 도령.”

“그저 시위나 좀 당겨봤을 따름입지요.”

할락궁이는 남장한 자청비의 수려한 용모에 호감이 갔다.

“실은 요사이 밤중만 되면 이상한 부엉새 한 마리가 날아들어 꽃밭을 엉망으로 만들어놓고 있소이다. 그때마다 꽃밭지기도 하나씩 죽어가는데, 이러다간 꽃밭이 다 망해버리지 않을까 근심이오.”

“고약한 부엉새로군.”

“도령, 어떻소. 그 부엉새를 잡아주기만 한다면 우리 집 사위를 삼으리다.”

사위를 삼겠다는 말에 웃음이 나왔으나 자청비는 표정을 흩트리지 않고,

“내 한번 그 부엉새를 쏘아보겠소이다.”

정수남이의 혼령을 불러들이다

자청비는 귀빈으로 정중히 맞아들여졌다. 타고온 말에게도 은동이에 쌀죽이 주어졌다. 허기진 말은 왈탕발탕 쌀죽을 먹어댔다.

밤이 이슥해지자, 자청비는 슬쩍 꽃밭으로 나갔다. 옷을 훌훌 벗어던지고, 노둣돌 위에 드러누워 정수남이의 혼령을 불렀다.

"정수남아, 정이엇인정수남아. 부엉새 된 정수남아. 이리 날아오너라. 원(怨)진 내 가슴 위에 올라앉아 보아라."

자청비는 떨리는 목소리로 여러 차례 혼령을 불렀다. 얼마 후 저편 하늘에서 커다란 부엉새 한 마리가 슬피 울며 날아와 자청비 젖가슴 위에 앉았다.

"설운 부엉새야, 정이엇인정수남아, 내 배 위에도 앉아보아라."

부엉새는 거친 날갯짓을 하며 자청비의 알몸을 이리저리 쓸었다. 자청비의 하얀 몸 여기저기 붉은 핏자국이 생겨났다. 자청비는 부엉새를 오랫동안 쓰다듬어주었다.

"설운 부엉새야, 정이엇인정수남아, 이제 원이 풀렸느냐."

자청비는 부엉이 두 다리를 꼭 잡고 화살 한 대로 귀를 길게 찔러 윗밭으로 던져 놓았다.

그리고는 아무 일도 없는 듯 방으로 와 누워 있었다.

날이 새자 꽃감관 할락궁이가 자청비의 숙소로 찾아왔다.

"간밤에 부엉새 소리가 났는데, 어찌 말만 해놓고 쏘지 않았소?"

"저도 부엉이 소리를 들었소이다만, 몸이 하도 고단하여 누운 채로 화살 한 대를 놓았습니다. 맞았는지 어쨌는지 한 번 찾아나 보십시오."

꽃밭지기들이 꽃밭을 이리저리 찾아보니 과연 부엉새가 살에 맞아 떨어져 있었다. 할락궁이는 크게 기뻐하고 자청비를 막내사위로 삼았다.

꽃감관 할락궁이의 막내딸과 신접살림이 시작되었다. 떠밀리듯 결혼이야 했지만 신랑이나 신부나 모두 여자인 걸 어찌하랴. 한 이불 속에 잠을 자도 손 한번 잡아보지 못한다. 이렇게 일주일이 돼가니 막내딸이 성화가 났다. 막내 딸은 울먹이며 아버지 할락궁이한테 하소연하는 것이었다.

"아버지, 어찌 저렇게 도도한 사위를 맞이 하셨습니까? 일주일이 돼도 부부 간이라고 봄사랑 한번 나누지 아니 하니, 이럴 수가 있습니까?"

"이게 무슨 일일러냐!"

할락궁이는 곧 사위를 불러 사정을 물었다.

"꽃감관님, 제가 실은 과거를 보러 가던 중이라 몸 정성으로 그리한 것이니 염려하지 마십시오."

"그러면 그렇지."

자청비는 과거 보러 떠나기에 앞서, 부인을 앞세우고 서천꽃밭에 들어가 꽃 구경을 했다.

"이것은 살이 살아오르는 꽃입니다. 요것은 피가 살아오르는 꽃입니다. 저 것은 뿌리기만 하면 죽은 사람이 살아나는 도환생꽃입니다."

서천꽃밭 막내딸은 하나하나 설명하며 꽃밭을 안내했다. 자청비는 따라가 며 각종 꽃을 따서 가슴 안에 숨겨놓았다.

며칠 후 자청비는 과거 보러 간다며 부인과 작별하고 말을 몰았다. 정수남 이 죽은 데로 달려가는 것이다.

정수남이가 죽었던 자리엔 잡초만 무성해 있었다. 잡초를 베어 젖히고 살그 랑한 뼈를 도리도리 모아 놓았다. 뼈 살아나는 꽃, 살 살아나는 꽃, 도환생꽃 을 위에 뿌려놓고 때죽나무 막대기로 세 번을 후려치니, 정수남이는 머리를 박박 긁으며 와들랑 일어나는 것이었다.

“허참, 봄잠이라 오래도 잤습니다. 아가씨, 어서 말을 타십시오. 집으로 가십시다.”

자청비는 부모한테 머슴을 바쳤다.

“자식보다 더 아까운 종 정수남이를 살려 왔습니다.”

이건 또 두슨 말이냐, 자정국 대감부부는 기가 막힐 따름이었다.

“계집년이 사람을 죽였다 살렸다 한다니, 정녕 해괴한 노릇이로고! 이런 년을 집에 두었다간 또 어떤 변고가 닥칠지 모르겠구나. 어서어서 이 집을 나가거라! 냉큼 나가거라!”

자청비는 눈물이 앞을 가렸다. 정수남이를 죽여도 살려도 부모눈에 시찌날 뿐이지 않은가. 이러고 어떻게 살아간단 말이냐. 자청비는 다시 집을 나와 한없이 걷고 뜨 걸었다. 부모로부터 무조건의 사랑만 받던 어린 시절이 너무나 그리웠다. 또한 그 시절은 이제 영영 오지 않을 것이 그저 아쉽기만 했다.

‘이제 오직 자청비로 살아야 한다.’

발길 닿는 대로 가다보니, 해는 서산에 기울고 먹장 같은 밤이 찾아들었다.

청태국할망의 수양딸

자청비는 더 갈 수 없어 길가에 주저앉아 한참을 울었다. 울다보니 어디선가 왈칵찰칵 베틀 소리가 들려왔다. 그것은 청태국할망이 비단을 짜는 소리였다. 자청비는 그 소리를 찾아 할망네 집으로 들어갔다.

“길 가다 날이 어두워 들렀사온데, 하룻밤 머물 수 있겠습니까?”

“이렇게 예쁜 아기씨가 어찌 혼자서 밤길을 가느냐? 어서 들어오너라. 잠시 앉았으면 내 따뜻한 밥 한 그릇 지어주마.”

청태국할망은 반가이 맞아들이고는 저녁을 해주려고 부엌으로 들어갔다. 자청비는 혼자 가만히 앉아 있기가 심심하여 할머니가 짜던 베틀에 올라앉아 비단을 짜기 시작했다. 그 솜씨는 할망보다도 훨씬 좋았다. 청태국할망이 저녁상을 들고 와 보고는 몇 번이고 칭찬하다가,

“보아하니 집도 절도 없는 모양인데 내 수양딸로 드는 게 어떠냐?”

의지할 데 없는 자청비는 선택이고 말고가 없었다. 즉시 청태국할망의 수양딸이 되기로 했다. 일이라곤 비단을 짜는 것뿐이어서 자청비는 얼마간 평온한 나날을 보낼 수 있었다.

어느 날 자청비는 무엇에 쓸 비단을 이렇게 많이 짜는가고 할망에게 물었다.

“중하늘 문성왕 아들 문 도령이 서수왕 따님에게 장가드는 데, 폐백으로 쓸 비단이란다.”

‘문 도령’이라는 말에, 비단을 짜던 자청비는 눈물을 주룩 흘렸다. 내 그 문 도령 찾아다니다 버린 몸이 되었는데, 문 도령은 끝내 서수왕 딸에게 장가간 다니 이 무슨 처량한 신세인고.

비단짜기는 얼마 후 마무리 단계에 이르렀다. 자청비는 비단 끄트머리에 ‘가령나다 가령비, 자청나다 자청비’ 이렇게 글자 무늬를 새겨넣었다.

청태국할망이 비단을 가지고 가운데 하늘로 올라가니, 문 도령은 비단 끄트머리의 글자 무늬를 보고 의아해했다.

“누가 짠 비단이오?”

“자청비라고, 제 수양딸이 짠 것이옵니다.”

“뭐라고? 지금 자청비라 했소?”

문 도령이 자청비한테 관심을 보이자, 청태국할망은 지난 사정을 낱낱이 아

뢰었다. 문 도령은 고개를 크게 끄덕이며 들었다. 그간 자청비를 까마득히 잊고 있던 문 도령은 그 아리따운 모습을 다시 보고 싶은 생각이 간절했다.

"내일 오시에 자청비를 만나러 내려갈 터이니, 상면하게 해 주시오."

"여부 있겠습니까."

청태국할망은 이런 반가운 노릇이 없었다. 문 도령 하는 언행으로 보면 자청비와 대단한 연분이 있었음이 분명했다. 그렇다면 자칫 서수왕 따님을 물리고 자청비를 부인으로 맞이할 수도 있는 일이었다. 문 도령만한 사윗감이 어디 있으랴. 꽃 같은 수양딸에, 하늘궁전 귀한 도령 사위라니. 생전에 적선을 많이 해서 그러나? 청태국할망은 늘그막에 복이 터지는구나 싶었다.

중하늘에서 내려오자 할망은 씨암탉을 잡는 등 문 도령 맞이할 준비에 분주했다.

문 도령은 청태국할망을 내려보낸 후, 자청비를 만날 생각을 하니 도저히 약속 시간까지 기다릴 수 없었다. 자청비 방에서 부모 몰래 사랑을 나누던 그 시절이 너무나 그리워진 것이다. 오시가 되기 훨씬 전, 문 도령은 훌떡 땅으로 내려와 버렸다.

자청비가 베틀에 앉아 비단을 짜고 있는데, 창문에 낯선 그림자가 어른거렸다.

"자청비!"

"거기 누구 오셨습니까?"

"가운데 하늘 문성왕 아들 문 도령이노라. 이 문 열라."

문 도령님이 오셨구나! 자청비는 하도 반갑고 기쁜 김에 오히려 장난기가 동했다. 게다가 문 도령은 괘씸하게도 그간 자기를 까맣게 잊고 서수왕 따님 아기한테 장가들려고 하지 않았는가.

"문 도령이시라면, 창 구멍으로 손가락을 내놓아 보십시오."

문 도령이 의심없이 손가락을 찔러넣으니, 자청비는 웃으면서 바늘로 그 손가락을 콕 찔렀다. 문 도령은 손끝이 몹시 아팠다. 곧 손가락에서 자주빛 피가 불긋 솟아났다.

"이 무슨 날핏내인가! 내 다닐 곳이 아니로구나."

화가 난 문 도령은 홱 돌아서 하늘로 올라가버리는 것이었다.

청태국할망이 점심상을 차려 방에 들어오니, 자청비는 뽀로통해서 쏘아붙이듯이 말한다.

"상 하나에 수저는 왜 둘씩이나 놓습니까?"

"자청비야, 문 도령은 어디 있느냐?

"아까 내 방으로 왔기에, 귀신인지 생인인지, 문 도령인지 도적인지 몰라 바늘코로 찔렀더니 가버렸습니다."

자초지종을 들어보고 청태국할망은 야단을 치기 시작했다.

"저리도 말괄량이니 부모 눈에도 거슬린 게지. 왜 쫓겨났는지 알 만하다. 보기도 싫으니 내 집에서 어서 나가거라!"

꽃다운 수양딸에 하늘궁전 문 도령 같은 귀한 사위를 맞아질까 잔뜩 기대했던 차라, 청태국할망은 몹시 화가 났던 것이다.

자청비는 청태국할망 집에서도 쫓겨나니 정말 갈 곳이 없었다. 설움에 겨워 머리를 박박 깎아버린 자청비는 목탁을 두드리며 가가호호 쌀을 얻으러 돌아다니는 비구니 신세가 되었다.

자청비와 문 도령의 재회

어느 날이었다. 자청비가 시주를 받으러 한 마을에 들어서니 하늘궁전 신녀들이 주저앉아 처량하게 울고 있었다. 자청비가 다가가 물었다.

"어인 일로 그리 울고들 계시오?"

"스님, 자청비가 대체 누구이옵니까?"

한 신녀가 원망섞인 목소리로 물어오자, 자청비는 가슴이 뜨끔했다.

"그게 무슨 말씀이시온지?"

"저희는 중하늘궁전 신녀들입니다. 왕자 문 도령님이 몹시 앓고 계신데, 자청비와 목욕하던 물통의 물을 마시면 낫는다길래 땅에 내려왔습니다만, 여태 그 물을 찾지 못하고 있습니다."

"문 도령님이 왜 앓고 계신지요?"

"손가락에 난 상처가 아물지 않아 날핏내가 궁전을 진동하고, 몸은 날로 쇠약해지고 있습니다."

자청비는 가슴이 울렁거렸다. 전에 손가락을 바늘로 찌른 그 상처임이 분명했던 것이다. 원망을 담아 찔렀으니 그토록 오래 가는 것이었다.

"내가 그 물을 알고 있습니다만……."

그 말에 신녀들의 눈이 희망으로 반짝였다.

"그 물을 가르쳐주시면 무슨 소원이든 들어드리겠습니다."

"소승은 하늘 구경이 소원이었습니다. 그 물을 떠주면 하늘에 오를 때 저도 함께 갈 수 있겠습니까?"

신녀들은 이 제의를 두고 한참이나 서로 의논을 했다. 달리 방법은 없었다. 어서 빨리 그 물을 떠다먹여 문 도령의 건강을 회복시켜야 하는 것이다.

"그리 하십시다."

자청비는 신녀들한테 거무 선생 서당을 나올 때 같이 목욕했던 물통의 물을 떠주었다. 신녀들이 먼저 하늘로 오르자, 잠시후에 노각성자부줄이 내려왔다. 자청비는 그 줄을 타고 하늘로 올라갔다.

하늘궁전에는 이미 날이 저물고 있었다. 자청비가 물어물어 가운데 하늘 문 도령 궁전 밖에 이르렀을 때 엄청나게 둥근 보름달이 솟아올랐다.

자청비는 궁전 밖 큰 팽나무에 올라 궁전 안쪽을 들여다보았다. 궁내는 달빛을 담뿍받아 교교했다. 마침 문 도령이 달구경을 하러 뜰에 나와 있었다. 신녀들이 떠온 물을 이미 마셨는지 건강이 그리 나빠 보이지는 않았다. 문 도령은 한참 달빛을 좋다가 무심코 가락을 읊조렸다.

"저 달이 곱기는 곱다마는 자청비만큼 곱지는 않구나."

자청비는 팽나무 위에서 재빨리 화답했다.

"저 달이 곱기는 곱다마는 문 도령 얼굴보다 고우랴."

깜짝 놀란 문 도령은 그 목소리를 곧 알아보았다.

"거기, 자청비 아니냐!"

문 도령은 얼른 밖으로 나와 자청비를 얼싸안았다. 제 방으로 자청비를 데리고 들어간 문 도령은 오랜만에 길고도 깊은 사랑을 나누었다. 자청비는 바늘로 찔렸던 문 도령의 손가락을 따뜻하게 핥아주었다.

문 도령은 문성왕이 알까 하여 자청비를 병풍 뒤에 숨기고 살았다. 그렇게 며칠이 흐르니 신녀들이 눈치를 챘다. 이제까지 몇 술 뜨는 둥 마는 둥 하던 밥사발이 바닥 빈 채 나오고, 곱던 세숫물도 궂은 물이 되어 나오기 때문이다. 곧 문성왕에게도 알려질 게 뻔했다.

자청비는 문 도령에게 아예 문성왕의 허락을 맡도록 졸라댔다. 그래서 부모님께 이리저리 해보라고 문 도령을 시켰다.

문 도령은 자청비가 귀띔한 대로 문성왕 부처에게 가 말을 걸었다.

"아버지 어머니, 수수께끼 하나 내드릴까요?"

"그래라."

"새 옷이 따스합니까, 묵은 옷이 따스합니까?"

"새 옷은 남 보기엔 좋지만 따습기는 묵은 옷만 못하다."

"새 간장이 답니까, 묵은 간장이 답니까?"

"달기는 묵은 간장이 달다."

"새사람이 좋습니까, 묵은 사람이 좋습니까?"

"새사람은 처음엔 잰 밤쥐 모양 이리 호록 저리 호록 하지만, 오래 길들어 정든 사람만 못하다."

"그렇다면 아버지 어머니, 저는 서수왕 따님아기에게 장가들지 않겠습니다."

문성왕 부처는 문 도령 수수께끼의 뜻을 얼른 알아챘다.

"이런 발칙한 놈이 있나!"

숯불 구덩이의 칼날 위를 걸어라

문 도령이 정혼한 아가씨를 놔둔 채 다른 여자와 정을 통한다는 사실이 밝혀지자 난리가 났다. 무엇보다 서수왕한테 면목이 서지 않게 된 문성왕은 묘책을 냈다. 자청비가 선뜻 해결하기 어려운 과제를 내기로 한 것이다.

"내 며느리 될 자는 쉰 자 구덩이를 파놓고, 거기 숯 쉰 섬을 묻어 불을 피워놓고, 그 불 위에 작두를 걸어, 그 칼날 위를 타 나가고 타 들어올 수 있어야 하느니라!"

자청비는 가슴이 떨렸다. 사람인 자기가 어찌 그런 무시무시한 관문을 통과할 수 있을런가.

즉시 쉰 자 구덩이를 파고, 숯 쉰 섬에 불을 피워 쉰다섯 자 작두를 걸어놓았다. 문성왕의 호령이 터진다.

"며느릿감은 얼른 나와 작두를 타라!"

숯불이 타올라 칼날 밑이 벌겋게 달아오르기 시작했다. 자청비는 불끈 용기를 냈다. 오직 문 도령을 찾아 여기까지 이르지 않았는가. 죽기를 각오하고 작두 위에 올라서야 한다. 그러나, 벌겋게 단 숯불과 번질번질 칼 선 다리 앞에 서자 자청비의 눈에서는 절로 눈물이 주르륵 떨어졌다.

자청비는 천지왕에게 간절히 기원했다.

"천지왕이시여, 나를 살리려거든 비를 내려주시고 나를 죽이려거든 미친 바람을 불러주십시오."

물명주 속옷에 대홍대단 검은 치마를 입고, 코제비 버선을 신은 자청비가 눈을 감고 칼 선 다리 위로 올라섰다. 한 발짝 두 발짝 아슬아슬하게 칼날 위로 걸어나갔다. 다들 몇 발 못 가 숯불에 떨어져 타 죽으리라 생각하는데, 갑자기 먹구름이 몰려들더니 이내 장대 같은 소낙비가 내리기 시작했다.

오, 가는 빗살이여! 굵은 빗살이여!

내리는 비를 맞으며 자청비는 쉰다섯 자 칼 위를 왔다갔다 삶과 죽음의 경계를 넘나들었다.

"아, 아!"

조마조마하게 구경하던 많은 이들의 입에서 감탄이 터져나왔다.

어느덧 숯불은 꺼지고 칼날도 식어갔다. 자청비가 작두 끄트머리에서 내리려고 한 발을 땅에 디딘 순간이었다. 긴장이 풀렸는지 아직 작두를 디디고 있던 발 뒤꿈치가 살짝 베어졌다. 자주빛 피가 불끗 솟아올랐다. 자청비는 속치마자락으로 뒤꿈치를 얼른 닦았다. 속치마가 벌겋게 더러워졌다. 아래로 내려서자 문성왕 부처가 달려들어 자청비를 얼싸안았다.

"세상에 이런 아기씨가 어디 있으랴! 우리 며느릿감이 분명하다!"

"황송하옵니다."

"그런데 어쩐 일로 속치마는 더러워졌느냐?"

"어머님 아버님, 저도 이 세상에 태어난 보람을 하나 남기겠습니다."

이 피로 자청비는 비로소 한 인간이 된 것이다. 자청비 이후로 여자아이들은 열다섯 전후가 되면 다달이 몸엣것이 오게 되었다.

한스럽게 죽은 서수왕 따님아기

서수왕 따님아기와의 정혼은 깨졌다. 혼인 예장을 돌려받자, 서수왕 따님아기는 열이 치밀어올랐다. 막편지를 싹싹 비벼 불을 붙인 후 재를 한사발 물에 타 마셔버렸다. 그리고는 방문을 꽁꽁 잠근 채 드러누웠다. 아무리 달래고 타일러도 결코 문을 열어주지 않았다.

백일이 지나 방문을 겨우 부수고 보니, 서수왕 따님아기는 새의 몸으로 환생하는 중이었다. 머리로는 두통새가 나오고, 눈으로는 흘긋새가 나오고, 코로는 악숨새가 나오고, 입으로는 정을 이간시키는 해말림새가 나오고 있었다.

그 후 다정한 부부간에도 이 새가 들면 살림이 분산되곤 했다. 결혼잔치할 때 신부가 상을 받으면 맨 먼저 음식을 조금씩 떠서 상밑으로 놓는 것도 다 서수왕 따님아기를 대접하고 달래기 위한 것이다.

자청비와 문도령은 호화로운 가례를 올렸다. 이날 밤에 자청비는 그간의 실력을 다해 문성왕의 관복을 지어올렸다.

관복을 풀어 본새를 보니 등허리에는 봉황새 수를 놓았고 아래 옷자락에는 연꽃 무늬를 아로새겨 놓았다. 양쪽 주머니에도 수를 놓았는데, 왼쪽은 소나무, 오른쪽은 잣나무였다.

"아가, 등허리에 봉황새를 수놓은 것은 무슨 뜻이냐?"

"봉황새가 가장 수명이 길어 오래 사시라는 뜻으로 그리 한 것입니다."

'아래 옷자락에 연꽃 무늬를 놓은 것은 무슨 뜻이냐?"

"아무리 궂은 뻘 물 속에서도 연꽃은 아름답게 피어납지요."

"소나무와 잣나무는 왜 있는 것이냐?"

"소나무와 잣나무는 겨울이 없고 언제나 싱싱합니다. 그러니 아버님 만수무강하시라는 뜻입니다."

자청비가 또릿또릿하게 대답하니 모두 감탄했다. 하늘궁전에서는 자청비가 영리하고 착하다는 칭찬이 자자했다. 자청비는 너무나 행복했다.

어느 날 문득 자청비는 서천꽃밭의 막내딸 생각이 났다. 과거 보러 간다고 나온 후 아무 소식도 전하지 않았으니, 지금도 남편이 돌아올 때만 기다리고 있을 게 분명했다. 서수왕 따님아기의 슬픔을 목격한 자청비가 아닌가. 또 한 여자를 억을하게 박대할 수는 없는 일이었다.

자청비는 문 도령에게 지난 사실을 소상히 말하며 이렇게 부탁했다.

"당신이 내 대신 남편인 척하여 가서 거기서 보름을 살고, 다시 나한테 와서 보름을 살아주십시오."

바람둥이 문 도령으로서야 마다할 이유가 없었다. 문 도령은 기꺼이 서천꽃밭으로 찾아갔다. 그러나 서천꽃밭 꽃감관 할락궁이와 막내딸은 불쑥 나타난 낯선 이를 보고 고개를 갸우뚱했다.

"어째서 얼굴이 전 같지 않습니까?"

이 물음에 문 도령은 자청비가 시킨 대로 대답했다.

"과거를 본 후 갑자기 아버지가 돌아가시는 바람에 삼년상을 치러야 했습니다. 게다가 삼년상 후 이 몸에도 병이 들어 석 달 열흘간이나 앓다보니 이렇게 변해버린 것입니다."

사정 이야기를 들은 꽃감관과 막내딸은 그럴 수 있으려니 믿고 문 도령을 위로했다. 아무튼 오랫동안 기다리던 사위요 남편이었다. 문 도령은 서천꽃밭 식구들의 따뜻한 환영을 받았다.

서천꽃밭 막내딸과의 살림은 너무나 달콤했다. 아리땁고 순종적인 데다 야들야들 부드러운 몸이 자청비와 또 맛이 달랐던 것이다. 문 도령과 막내딸은 틈만 나면 서천꽃밭 꽃구경을 나갔다. 막내딸은 이 꽃은 무슨 꽃, 저 꽃은 무슨 꽃…… 설명 자체가 즐거운 듯이 문 도령을 구석구석 안내했다. 그때마다 문 도령은 그 꽃들을 따다가 따로 모아두었다.

바람둥이 문 도령은 자청비를 잊어버렸다. 보름만 살고 오겠다던 문 도령은 한 달이 넘고 두 달이 넘어도 돌아올 줄 몰랐다.

기다리다 지친 자청비는 한숨만 내쉬었다.

'이 남자라는 게, 가면 간 데 마음이요 오면 온 데 마음이로구나.'

원망의 편지 한 장을 궉새 날개에 끼워 서천꽃밭으로 보냈다.

'날 생각하지 말고 그곳에서 백년해로하십시오.'

궉새가 떨어뜨린 편지를 보고서야 문 도령은 정신이 번쩍 들었다.

'아처불따! 그새 또 자청비를 잊었구나!'

자청비의 무서운 얼굴이 떠올랐다. 문 도령은 서천꽃밭 막내딸에게 되는 대로 말하고 길을 떠나기로 했다.

"하늘궁전에서 귀인이 부르니 잠시 다녀오리다."

사정을 모르는 막내딸은 남편이 귀인을 만난다니 서천꽃밭의 각종 꽃들을 보따리에 싸서 선물로 주었다. 문 도령은 급히 관을 쓴다는 게 행전을 둘러쓰고, 두루마기는 한 어깨에만 걸친 채 말에 올라 채찍을 놓았다. 하도 서두느라 말안장마저 거꾸로 지워놓았으니 문 도령은 뒤로 돌아앉아 하늘궁전에 돌아왔던 것이다.

반가이 마중나간 자청비는 문 도령이 말을 거꾸로 타고 오는 것을 보았다.
마음은 서천꽃밭에 두고 몸만 어쩌지 못해 오는 모양새였다.

'다시는 서천꽃밭으로 보내지 않으리라.'

자청비는 모질게 마음먹었다.

서하늘궁전의 음모

세월이 또 얼마간 흘렀다. 자청비네 살림이 하도 아기자기하니, 하늘궁전에
는 시기하는 무리가 생겨났다. 서수왕 따님아기의 오라비들이 한스럽게 죽은
누이를 위한 복수를 꾀하게 된 것이다. 오라비들은 문 도령을 죽이고 자청비
를 푸대쌈하기로 모의했다.

이들은 서하늘궁전에 잔치를 열고 문 도령을 초대했다.

자청비는 이 초대에 숨은 음모를 눈치챘다. 그녀는 문 도령 가슴에 솜을 한
뭉치 넣어 두고, 신녀들이 술을 권하거든 먹는 체하면서 거기에 부어버리도록
당부했다.

문 도령이 서하늘궁전에 도착하자, 아리따운 신녀들이 둘러싸고 너도나도
술을 권했다. 문 도령은 마시는 체하며 턱밑으로 술을 부어놓으니, 아무리 마
셔도 정신은 말짱했다.

오라비들은 엄청나게 술을 마셨으니 틀림없이 죽으리라 여기고 떠밀듯 문
도령을 환송했다. 문 도령이 서하늘궁전에서 죽어버리면 일이 자못 복잡해질
수 있기 때문이었다. 오라비들이 문 도령의 뒤를 쫓으며 이제나 죽나 저제나

죽나 기다리는데, 예상과 달리 문 도령은 흐트러짐 없이 말을 모는 것이었다.

'아직 술이 모자란가?'

오라비들은 급히 술 파는 외눈할망을 불러 여차저차 지시했다. 돈을 두둑이 받은 외눈할망은 호리병을 들고 문 도령이 지나칠 곳에 미리 가 기다렸다. 문 도령이 탄 말이 나타나자 외눈할망이 일부러 그 앞에 퍽 쓰러졌다.

"뉘시오?"

외눈할망은 배고파 달달 떠는 시늉을 했다.

"도령님, 한푼 적선하시오. 이 할망 파는 술을 사 마시는 이가 없어 굶어죽을 지경이외다."

외눈할망의 초라한 행색을 보니 문 도령은 가련한 생각이 들었다. 말 위에서 술값 한 푼을 던지고, 할망이 건네는 술 한 잔을 받아먹었다. 가던 길을 계속 가려던 문 도령은 갑자기 아찔하여 말에서 툭 떨어졌다. 독을 탄 술이었던 것이다.

'죽었다!'

오라비들은 쾌재를 올렸다.

오래도록 남편이 돌아오지 않자, 자청비는 일이 잘못되었다고 판단했다. 급히 말을 몰아 서하늘궁전 가는 길로 달렸다. 얼마 후 길에 쓰러져 죽은 문 도령을 발견할 수 있었다. 자청비는 남편의 시체를 업어왔다. 그리고는 시체에 이불을 덮어놓고 앞으로의 일을 생각했다. 빨리 대책을 세워놓지 않으면 안되었다. 자청비는 바깥에 나가 매미와 등에를 많이 잡아왔다. 그것들을 실로 묶고 옷걸이 못마다 주렁주렁 걸어놓았다.

이튿날 서하늘궁전에서 오라비들이 자청비를 푸대쌈하려고 우르르 몰려들었다. 오라비들은 일부러 죽은 문 도령부터 찾았다.

"문 도령은 어디 갔소?"

자청비는 베틀에 앉은 채로 태연히 대답했다.

"엊저녁 술이 과하여 주무십니다."

이 말을 들은 오라비들이 서로 얼굴을 쳐다보았다. 오라비 하나가 문 도령 방 앞에 가 기웃거렸다. 과연 문 도령이 죽기는커녕 콧소리를 내며 자고 있는 게 아닌가. 매미와 등에가 일제히 울어대니 코고는 소리로 들렸던 것이다.

'허, 그놈 보기와 달리 장사로군. 독주를 마셔도 아무렇지도 않다니.'

자청비가 다시 입을 열었다.

"먼길 오느라 시장들 하시겠소. 이왕 오셨으니 여기 앉아 수제비나 잡숫고 가시오."

자청비는 선반에서 무쇠방석들을 내려놓았다. 오라비들은 무거워서 들지도 못했다. 그 사이 자청비는 함지박에 쇠로 만든 수제비를 가득 떠다 주었다. 오라비들이 수제비를 떠먹었더니 이빨이 와지끈와지끈 부러졌다. 자청비는 수제비 가운데 몇 점 넣어둔 진짜 수제비를 슬쩍슬쩍 골라내 맛있게 먹었다. 새파랗게 질린 오라비들은 서로 눈치를 보다 일제히 달아나고 말았다.

푸대쌈은 모면이 되었다. 그러나 죽어버린 남편을 어찌할꼬. 자청비는 눈물을 쏟으며 문 도령의 행장을 정리하기 시작했다. 정리하다보니 이게 웬일인가, 남편 방에서 서천꽃밭의 갖은 꽃들을 싼 보따리가 나왔던 것이다. 자청비는 곧 전후사정을 알아챘다.

'서천꽃밭 막내딸이 보낸 선물이로구나!'

귀인을 만난다 하니 선물로 보낸 것인데 문 도령은 그 사실도 잊고 있었던 것이다.

'이 남자라는 게, 가면 간 데 마음이요 오면 온 데 마음이로구나.'

자청비는 가슴을 쳤다. 그러나, 서천꽃밭 막내딸의 고운 마음을 봐서라도 문 도령을 살려야 했다. 자청비는 죽은 문 도령 가슴 위에 도환생꽃들을 올려

놓고 회초리를 내리쳤다. 문 도령이 부스스 자리에서 일어난다.

"어휴, 봄잠이라 너무 잤구려."

하늘의 난리를 평정하다

이 무렵 하늘에 큰 사변이 일어났다. 동수왕이 서수왕을 치고, 서수왕은 문성왕을 치고, 문성왕은 동수왕을 치니, 세 하늘 간의 어지러운 세력 다툼이었다. 이 때문에 한동안 휴식을 취하던 천지왕은 갑자기 바빠졌다. 천지왕은 천상천하에 방을 놓았다.

"이 난을 평정하는 자에게 땅 한 조각, 물 한 적을 갈라주리라."

자청비는 천지왕 앞에 나아갔다. 지난 날 숯불 위의 칼 선 다리를 건너며 삶과 죽음의 경계를 오갈 때 단비를 내려주었던 은혜에 보답하고자 함이었다.

"미천한 소녀, 이 난을 막아보겠사옵니다."

"오, 자청비야. 너를 믿어보리라."

갑옷을 차려입은 자청비는 서천꽃밭 수레멜망악심꽃을 가지고 전장에 나갔다. 싸움판에서는 수십만 군사가 한데 얽혀 칼을 받고 활을 쏘며 치열한 전투가 벌어지고 있었다. 자청비는 동서남북으로 종횡무진 말을 몰며 칼을 휘둘렀다. 수십만 군사들이 우왕좌왕했다. 자청비는 이때 수레멜망악심꽃을 내놓고 좌우사방으로 뿌려 댔다. 수십만 군사가 한꺼번에 건삼밭에 늙은 삼 쓰러지듯 즐비하게 나자빠졌다. 하늘의 난리는 일거에 수습되었다.

천지왕은 크게 기뻐하여 자청비한테 땅 한 조각, 물 한 적을 내주려 했다. 자청비는 이 후한 제의를 사양했다. 땅 한 조각, 물 한 적이 있으면 불가불 땅

두 조각, 물 두 적이 필요해질 터였다. 그것은 곧 지배와 불복종과 투쟁을 뜻하는 것이었다.

오곡의 씨앗이나 내리옵소서

"제게 주실 것이 있으면 오곡의 씨앗이나 내려주옵소서."

천지왕은 흔쾌히 자청비의 청을 들어주었다.

"자청비한테 씨앗을 내릴 터인즉, 땅에 내려가 농사신이 되어라."

천지왕이 오곡의 씨앗을 내주니 자청비는 문 도령과 더불어 인간세상으로 내려왔다. 칠월 보름날이었다. 천지왕은 이 날을 기념하여 칠월보름에 백종제(百種祭)를 지내게 했다.

자청비와 문 도령이 막 인간세상에 내려섰을 때, 새끼를 낳아버린 개 허리 모양으로 배가 고파 허청허청 걸어가는 사람을 보았다. 정이엇인정수남이었다. 정수남이가 자청비를 발견하고 목쉰 소리로 외친다.

"아이고, 아가씨! 이게 어인 일입니까! 큰 상전님넨 죽어 저세상 가시고, 나는 갈 데 없어 이 모양이 되었습니다. 시장기가 한이 없으니 제발 요기나 시켜주십시오!"

정수남이는 밥부터 먹여 달라 사정했다.

"저 밭을 보아라. 머슴 아홉에 소 아홉 마리를 거느리고 밭을 가는 데가 있지 않느냐? 거기 가서 점심이나 달라 해보아라."

정수남이가 그 밭에 가서 사정을 했더니 밥은커녕 욕만 들이 해대는 것이었다. 자청비는 마음씀씀이가 고약하다며 머슴 아홉엔 급증을 부르고, 소 아홉

엔 질병을 불러 대흉년이 들도록 해버렸다.

자청비는 정수남이에게 다른 밭을 가리켰다.

"저 밭에 가보아라. 두 늙은이가 쟁기도 없이 호미로 긁어 농사를 하고 있잖느냐. 거기 가서 얻어먹어 보아라."

정수남이가 그 밭에 가 사정을 했더니, 늙은이들은 저희 먹을 밥을 기꺼이 내어 대접했다. 자청비는 그 마음씨가 곱다 하여 호미농사를 지어도 대풍년이 들도록 해 주었다.

자청비가 오곡씨를 뿌리다 보니 씨앗 한 가지를 잊어버린 것을 뒤늦게 알았다. 다시 하늘궁전에 올라가 씨를 받아왔을 때는 이미 파종시기가 늦어 있었다. 그래도 그 씨앗을 뿌렸더니 다른 곡식과 같이 가을에 거둬들이게 되었다. 이것이 메밀씨였다.

이렇게 하여 자청비와 문 도령은 농신(農神)인 세경신이 되고, 정수남이는 목축신이 되었다. 목축신 정수남이는 많은 목자를 거느리고 마소를 치며 칠월에 마불림제를 받아먹게 되었다. 사람들은 자청비를 상세경, 문도령을 중세경, 정수남이를 하세경이라고 구분하기도 했는데, 농사 지을 때면 이 세경신들을 한데 불러 생산과 풍요를 기원했다.

세경신님 하눌님아,
서수왕 따님아기
문성왕네 문도령한테
시집 못가고 살림 못살아
천천이 원한 지어 새로 환생
금시상 인간에 나리고
액수액년 부족하여

신병을 줍니다.

이런 것도 없이해 줍서.

세경신님 하눌님아,

나락에는 물서금 없이 해 줍서.

콩에랑 대깃똥지미 없이 해 줍서.

팥에랑 제좀재기 없이 해 줍서.

녹두에랑 물마리 없이 해 줍서.

목화에랑 제달깃똥 없이 해 줍서.

깨에랑 독다구리 없이 해 줍서.

나물에랑 멸구 없이 해 줍서.

원두오이에랑 송동이 없이 해 줍서.

감자에랑 굼벵이 없이 해 줍서.

세경신님 하눌님아,

소엘랑 날쌘 송아지 내세웁서.

말엘랑 청가라말 내세웁서.

세경신님 하눌님아,

모든 게 없는 게 없이

온집안이

풍족하게 해 줍서.

7. 일문전 녹디셍인

집안 곳곳의 가신(家神)들

자청비가 농사신으로 정수남이가 목축신으로 좌정하게 된 뒤, 사람들은 이들 신의 도움으로 마소를 부려 농사를 지으며 가족들과 화목한 나날을 보내게 되었다.

그러나 목축신 정수남이가 워낙 천방지축인지라, 방목하는 마소들은 함부로 민가의 울타리 안에 들어와 이리저리 돌아다니며 어지럽히는 일이 잦았다. 사람들의 원성이 높아지자 천지왕은 다시 골머리를 앓게 되었다. 곧 이승을 다스리는 소별왕을 불러들였다.

"마소들이 함부로 인가에 들어가지 못하게 할 수는 없는 일이냐?"

소별왕은 곰곰이 생각하다가,

"집으로 들어가는 올래에 정낭을 설치하면 가할 줄 아옵니다."

"올래라……. 사람들이 집을 짓고 사는 모양을 들려주려무나."

"대개 삼간집을 짓고 사는데, 이 삼간집은 가운데 상방(마루)과 좌우에 구들

방과 부엌을 갖추고 있습니다. 집 바깥에는 너른마당에 마굿간과 변소가 있고, 전체를 울타리로 둘러쳐서 다른 집과 경계를 삼습니다."

"그 집으로 들어가는 길목이 올래란 말이렷다?"

"그러하옵니다. 그 올래에 정낭을 설치해 대문 역할을 하도록 하면 마소의 침입을 막을 수 있겠습니다."

"어서 그리 하도록 하라."

소별왕은 천지왕을 뵙고 나오면서 이 기회에 한 집안을 지켜주는 가신(家神)들을 마련하기로 했다. 마소와 도둑의 침입을 막기 위한 올래의 정낭신은 물론이려니와 삼간집 상방 입구의 앞문전신, 상방 뒤쪽의 뒷문전신, 부엌신, 집 전체의 오방(五方)을 지켜주는 오방토신, 그리고 변소를 지켜주는 신까지 두루두루 마련하여 한 가족의 평안을 도모하려는 것이다. 이들 가신들 중 주신(主神)은 삼간집 상방의 입구인 일문전(앞문전)으로 삼기로 했다.

소별왕은 이들 가신감을 찾기 위해 이승의 구석구석을 살피기 시작했다. 마침 남선고을에 놀고먹기 좋아하는 남선비가 있어 소별왕의 관심을 끌었다. 마소 등의 침입을 막기 위해 하루종일 올래에 우두커니 서 있으려면 어딘가 변변찮고 허술한 구석이 있어야 하지 않겠는가. 그 생각에 소별왕은 절로 미소가 떠올랐다.

"가신들을 배출할 곳으로 저 남 선비 가문이면 족하리라."

놀고먹기 좋아하는 남 선비

남선 고을의 남 선비는 여산 부인과 부부가 되어 살았다. 놀고먹기 좋아하는 남 선비 때문에 살림은 궁한데 아들은 하나 둘 셋 넷…… 일곱 형제나 태어났다. 아이들은 영리했으나 글공부는커녕 끼니나 겨우 때울 수 있을 따름이었다.

어느 해 대단한 흉년이 들자 남 선비 식구들은 굶어죽기 딱 알맞았다. 여산 부인이 남편한테 애소했다.

"이래서는 살 수가 없습니다. 어디 가서 곡식이나 구해와야 하지 않겠습니까?"

남 선비는 '곡식을 사오려면 돈이 있어야지……' 하는 표정이었다. 여산부인은 마지막 패물을 처분한 돈을 내놓았다.

"이걸로 어서 곡식을 사오도록 하세요."

쌀을 살 밑천이 마련되자 남 선비는 곧 조그만 뗏목을 타고 남선 고을을 떠났다. 배는 바람부는 대로 물결 이는 대로 흘러흘러, 오동 나라 오동 고을에 닿았다.

오동 고을에는 노일저대라는 간악하기로 소문난 여인이 살고 있었다. 남 선비가 곡식을 사러 왔다는 소식을 듣고, 노일저대는 선창가로 부리나케 달려왔다. 남 선비의 돈을 긁어내려 해서다. 노일저대는 구슬 같은 목소리로 남선비를 꼬였다.

"남 선비님, 곡식은 천천히 사시고, 우선 저하고 내기장기나 두며 심심풀이 해 보십시다."

"허, 내기장기라……."

남 선비는 곱상하게 생긴 여인이 아양떠는 게 싫지 않았다. 둘이는 장기판을 벌여놨다. 이리 두고 저리 두고 며칠을 두는데, 승부야 뻔한 노릇이었다. 오로지 그 일로 먹고사는 노일저대를 어찌 당하리요. 남 선비는 곡식 살 돈을 모조리 빼앗겼을 뿐만 아니라 타고 간 뗏목까지 내줘야 했다. 남 선비는 오도

가도 못하는 가련한 신세가 돼버렸다.

비록 놀고먹기 좋아하는 남 선비이지만 허우대는 멀쩡하니 그것이 노일저대의 마음 한자락을 붙든 모양이었다. 노일저대는 이 잘생긴 남자를 노리개로 곁에 둬서 뽕을 뽑기로 했다.

"나하고 같이 살면서 개들이나 쫓아주시구라."

남 선비는 어쩔 수 없이 노일저대를 첩으로 삼아, 그녀에게 끼니를 얻어먹기로 했다.

첩과의 새살림이 시작되었다. 간악한 첩이 남편을 잘 모실 리가 없다. 집이라곤 나무 돌쩌귀에 거적문을 단 수수깡 외기둥의 움막이다. 이 집에서 남 선비는 노일저대가 끓여준 겨죽단지를 옆에 끼고 앉아,

"요 개야, 저 개야!"

개를 쫓으면서 소록소록 졸기만 하는 것이었다. 이런 생활을 계속하다 보니 몇 해 안 가 아예 눈까지 멀어버렸다.

한편 남선 고을에서는 이제나 저제나 삼 년을 기다려도 남편이 돌아오질 않자 여산 부인의 수심이 날로 깊어갔다.

이제는 모두 자란 일곱 형제가 제각기 어머니에게 짚신을 만들어드렸다. 그러나 하루 저녁에 일곱 켤레 모두 닳아버리고 다음날이면 어머니는 다시 맨발로 다니지 않는가. 일곱 형제 중 제일 영리한 막내 녹디셍인이 의문을 제기했다.

"혹시 우리 어머니가 밤행(외도)을 하시는 게 아닐까?"

그 말에 바짝 의심스러워진 형제들은 밤에 몰래 어머니 뒤를 따라가 보았다. 숨어서 보았더니 여산 부인은 돌투성이 바닷가에 서서 줄에 큰 빗을 매달아 바다에 던지는 것이었다. 그리고는 합장하며 기도했다.

"죽었거든 머리털이라도 걸려 올라오라!"

잠시 후 여산 부인이 잡아다닌 줄에는 아무것도 걸려 있지 않았다. 남편이 바다에서 죽지는 않았다는 징표였다.

이처럼 어머니는 돌투성이 바닷가를 밤새 헤매며 큰 빗을 던지고 끌어올리고 하느라 짚신 일곱 켤레를 다 헐리는 것이었다. 아버지에 대한 어머니의 애정을 확인한 형제들이 탄식하며 말했다.

"어머니, 저희가 아버지를 찾아가보겠습니다."

"너희 칠형제가 배를 타고 가다가 물에 빠져 다 죽으면 누가 대를 이을 것이냐. 차라리 내가 가마."

어머니가 가느냐 아들들이 가느냐 한동안 옥신각신했으나 여산 부인의 고집을 꺾을 수는 없었다. 일곱 형제가 산에 들어가 모두 하나씩 나무 일곱 동을 잘라 왔다. 나무를 묶어 테우(뗏목)를 만들고 동남풍이 불 때를 기다려 배를 띄웠다.

노일저대 홀림에 들었구나

바람 부는 대로 물결 이는 대로 배는 흘러흘러, 얼마 후 오동 나라 오동 고을에 닿을 수가 있었다.

여산 부인은 남편을 찾아 이리저리 헤맸으나 행방이 묘연했다. 정처없이 어디론가 자꾸만 가다보니, 하루는 기장밭에서 새 쫓는 아이를 만날 수 있었다. 새를 쫓으며 노래가락을 읊조리는데, 그 내용이 예사롭지 않았다.

후어 후어

요 새야 저 새야

약은 체하지 마라

잠자리 약은 깐에도

아이 맺은 그물에 들어

발 걸려 맴돌고 있구나

남 선비 약은 깐에도

오동 나라 노일저대 홀림에 들어

오도 가도 못하고 있구나

후어 후어

요 새야 저 새야

남 선비 약은 깐에도

오동 나라 노일저대 홀림에 들어

은 백냥은 녹아버리고

눈은 멀어버리고

낮엔 말똥불에 손 쪼이고

밤엔 쇠똥불에 등 쪼이고

겨범벅 먹으며 사는구나

요 새야 저 새야

약은 체하지 마라

후어 후어

여산 부인은 정신이 번쩍 들었다. 바람결에 자세히는 안 들렸으나 '남 선비' 소리만은 분명했던 것이다.

"애야, 아까 무슨 말을 했지?"

“저 아무 말도 안 했어요.”

“아니, 아까 남 선비가 어떻다고 하지 않았어? 그 말을 해달란 말이다.”

“저 아무 말도 안 했단 말예요.”

“또 한 번 말해 주면 내 영초(英綃) 댕기 하나 주마.”

영초 댕기를 준다는 말에 새 쫓던 아이는 입이 헤 벌어졌다.

“무슨 말이냐 하면, ‘요 새 저 새야, 너무 약은 체 말아라, 남 선비 약은 깐에도 노일저대 홀림에 들어, 겨죽단지 옆에 끼고 앉아, 이 개 저 개 하며 쫓고 있다’고 했어요.”

“아이고 이 아기야, 그 남 선비가 어디 사느냐? 남 선비 사는 델 가르쳐 다고!”

“요 재 넘어 가다보면, 나무 돌쩌귀에 거적문을 단 움막이 있어요.”

여산 부인은 아이에게 영초 댕기를 달아주고 바삐 재를 넘어갔다. 가다보니 길가에서 수많은 한량들이 한데 모여 노닐고 있었다. 한량들 사이에선 웬 곱상한 여자가 오금춤을 추고 있었다. 대홍대단 홑단치마, 구슬동이 저고리에 왼손엔 은가락지 오른손에 금가락지를 낀 것이 한눈에 요부 같았다. 한량들은 박수를 치고 술잔을 들이키며 곱상한 여자의 오금춤을 즐겼다.

“허, 그년 허리하고는!”

“또 한 번 추어봐라.”

여자는 망설임 없이 한차례 더 오금춤을 추었다. 웃음소리들이 사방으로 퍼지고 술내가 진동했다.

“팔자 센 여자로구나.”

그러나 한가로이 구경할 수는 없었다. 남편이 사는 곳을 빨리 찾아야 했다. 계속해서 길을 가다보니 과연 나무돌쩌귀에 거적문을 단 움막이 나타났다. 여산 부인은 움막 속을 들여다보며 말을 건넸다.

"지나는 손인데, 날이 저물어 부탁이니 하루 저녁 머물게 해주십시오."

"아이고, 부인님. 보다시피 우리 집은 너무 좁아 손님 재울 수 없습니다."

겨죽단지를 끼고 앉아 대답하는 이를 보니 분명 남편인 남 선비였다. 그러나 눈도 멀고 귀도 멀어 부인을 알아보지 못하는 것이었다.

"부엌이라도 좋으니 제발 하루 저녁만 머물게 해주십시오."

자꾸 부탁하는 바람에 남 선비는 마지못해 허락을 했다.

여산 부인은 부엌에 들어가 솥을 열어보았다. 그간 얼마나 쒸먹었는지 겨죽 찌꺼기가 바닥에 새까맣게 눌어붙어 있었다. 기가 막힐 노릇이었다. 우선 밥부터 지어야겠다고 생각했다.

여산 부인은 솥을 여러 차례 깨끗이 닦아놓고, 은옥미를 씻어 밥을 지었다. 상을 차려 남 선비에게 들여가니, 남 선비는 첫술을 뜨고는 갸우뚱, 두 술을 뜨고는 눈물을 주룩 흘리는 것이다.

"부인님, 나도 옛날에는 이런 밥을 먹어보았습니다! 지금은 비록 이런 꼴로 삽니다만, 원래 이런 사람은 아닙니다. 남선 고을 남 선비라고 합니다. 처자식 먹일 곡식을 사러 왔다가 노일저대 홀림에 들어 이 지경이 되고 말았지요. 이젠 죽지도 살지도 못하는 처지입니다."

남 선비는 계속 흘러내리는 눈물을 닦을 생각도 못했다.

"남 선비님! 설운 서방님! 저를 모르겠습니까? 녹디생인의 어미입니다."

남 선비는 깜짝 놀랐다. 어두운 눈으로 더듬더듬 부인의 팔목을 잡았다.

"이게 웬일이오! 이게 웬일이오!"

두 사람은 팔을 붙들고 그저 눈물만 펑펑 쏟아낼 뿐이었다. 눈물이 그치자 남 선비와 여산 부인은 서로 끌어안고 지난 얘기를 나누기 시작했다.

여산 부인을 연못 속에 밀어넣다

이윽고 노일저대가 겨 한 되를 치맛자락에 얻어들고 들어왔다. 흐트러진 머리에 항글항글 들어오는 것이 아까 오금춤 추던 여자가 분명했다.

"이 죽일 놈아! 죽을 듯 살 듯 겨 한 되라도 빌어다가 배불리 먹이다보니, 기껏 지나가는 년들 끌어들여 껴안고 있는 것이냐."

"노일저대야, 욕만 해대지 말고 내 말을 들어보라. 여산 고을 큰부인이 나를 찾아왔단다."

노일저대가 누구인가. 그 말을 듣자마자 머릿속이 빨리빨리 움직인다. 홰홰 방안으로 들어오더니,

"아이고, 형님. 오뉴월 한더위에 찾아오려고 얼마나 고생을 하셨습니까? 우선 시원히 목욕이나 하고 와서 저녁밥 해 먹고 놀아봅시다."

상냥한 말씨로 어리광을 부려가며 큰부인 대접을 하는 것이다. 여산 부인은 순진하게 받아들이고 노일저대를 따라 연못으로 목욕을 나갔다.

"형님, 어서 옷을 벗으세요. 제가 먼저 등에 물을 놓아드리겠습니다."

여산 부인은 적삼과 치마를 벗어놓고 엎드렸다. 노일저대는 옆에 서서 물을 한줌 쥐고 등을 밀어주는 척하다가, 물 속으로 와락 밀어버렸다. 감태 같은 머리가 물 속에 흘러가 여산 부인은 수중고혼이 되고 말았다.

노일저대는 여산 부인의 옷으로 바꿔 입고 큰부인인 체하며 남 선비에게 돌아갔다.

"서방님, 노일저대 행실이 괘씸하길래, 연못에 와락 밀어넣어두고 왔습니다."

"허허, 그년 잘 죽었다. 부인이 내 원수를 갚았구려. 자, 이젠 우리 고향으로

돌아갑시다."

우리 어머니가 아닙니다

남 선비와 노일저대는 배를 놓아 남선고을로 향하였다. 배가 물마루를 넘어서니, 남 선비 아들 일곱 형제는 부모님을 마중하여 선창가로 나왔다.

배가 선창에 닿았다. 아들들은 부모를 맞는 정성으로 각각 제만큼씩 다리를 놓아갔다. 큰아들은 망건을 벗어 다리를 놓고, 둘째는 두루마기를 벗어 다리를 놓고, 셋째는 적삼을 벗어 다리를 놓고, 넷째는 고의를 벗어 다리를 놓고, 다섯째는 행전을 벗어 다리를 놓고, 여섯째는 버선을 벗어 다리를 놓는다. 그런데 영리한 막내아들 녹디셍인은 칼날을 위로 세워 다리를 놓는 것이 아닌가.

"어째서 부모님이 오시는데 칼날을 세워 다리를 놓느냐?"

이상히 생각한 큰형이 물었다.

"형님, 아버지는 우리 아버지가 틀림없습니다만, 어머니는 우리 어머니 같지 않습니다."

"그게 무슨 말이냐?"

"우리 어머니인지 아닌지는, 우선 배에서 내려 집을 찾아가는 것을 보면 알 도리 있을 것입니다."

형들은 동생의 말대로 시험해 보기로 하였다.

남 선비와 노일저대가 배에서 내리자, 부모 자식이 그간에 밀린 이야기들을 나누었다.

"아버지 어머니, 어서 집으로 가십시다."

일부러 부모를 앞세우고 일곱 형제는 그 뒤를 따랐다. 눈이 멀어버린 남 선비는 길을 찾지 못했다. 노일저대가 앞장을 서서 집을 찾아가는데 그 또한 길을 알 리 없었다. 이 골목으로도 쑥 들어가려 하고 저 골목으로도 쑥 들어가려 하는 것이었다.

"어머니는 어째 벌써 길도 잊었습니까?"

"애들아, 말도 말아라. 너희 아버지 찾아오느라고 하도 고생을 해서 머릿속이 헝클어졌다."

형제들은 확실히 석연치 않은 데가 있구나 생각했다. 겨우 집을 찾아들어갔다.

녹디셍인이 또 형님들에게 말한다.

"이젠 우리 밥상을 차려놓는 것을 자세히 보십시오."

노일저대가 저녁을 하여 밥상을 보는데, 아버지한테 놓던 상은 자식에게, 자식에게 놓던 상은 아버지께 가는 등 뒤죽박죽이었다.

"어머니는 어째 밥상도 벌써 잊었습니까?"

"아이고 애들아, 너희 아버지 찾느라 너무 고생해서 정신이 다 나가버린 모양이구나."

형재들은 의심이 더욱 굳어졌다.

'우리 어머니는 어디서 무얼 하고 계실까?'

간악한 노일저대의 계략

그날부터 일곱 형제는 어머니 여산 부인을 그리워하며 눈물로 세월을 보냈

다. 노일저대도 이 눈치를 알아차렸다. 적이 걱정이 되었다. 이 아들들이 왈칵 일어서는 날에는 무슨 변을 당할지 모를 일이다. 어떻게 하든 이 아들들을 없애버리는 게 상책이다. 여기까지 생각이 미친 노일저대는 계략을 생각하기 시작했다.

어느 날, 노일저대는 갑자기 배가 아프다며 방 네 귀를 팽팽 돌기 시작했다.

"아이구 배야! 나 죽는다!"

사경에 이른 듯이 비명을 질러대자, 아직도 노일저대를 여산 부인으로 아는 남 선비는 몹시 당황했다.

"야단났구나. 이를 어찌하면 좋으리!"

"절 살릴 마음이 있으십니까?"

"있다뿐이겠소!"

"지금 밖에 나가면 대로변에 멱서리를 쓰고 앉은 문복(問卜)쟁이가 있을 테니, 거기 가서 문복이나 보아 주십시오."

"그러리다."

남 선비가 점을 치러 지팡이를 짚고 바깥으로 나가니, 노일저대는 얼른 일어나 울타리를 뛰어넘고 지름길을 잡아 달려갔다. 대로변에 이르자 급히 멱서리를 써 얼굴을 가리고 점쟁이인 체하며 남 선비를 기다렸다. 얼마 후, 눈먼 남 선비가 지팡이 소리를 내며 다가왔다.

"빨리 문복 하나 보아 주시오."

"어떤 문복입니까?"

"내 부인이 삽시에 신병이 일어나 사경에 이르렀소. 어떤 신령에 걸린 죄목이나 아닌지 짚어 주시구려."

노일저대는 손가락을 오므렸다 폈다 하며 짚어보는 척하다가,

"선비님, 혹시 아들 일곱 형제 있습니까?"

“예, 있소.”

“말씀드리기 뭣하오나, 그 일곱 형제의 간을 내어 먹어야 부인 신병에 좋으리다.”

“원 저런…… 쯧쯧.”

남 선비가 혀를 차며 집에 왔을 때, 노일저대가 이미 지름길로 먼저 와 방안을 뒹굴고 있었다.

“아이구 배야! 아이구 배야!”

신음소리가 더욱 요란한 것이 곧 죽어버릴 것만 같았다.

“점 보고 왔소.”

“무, 무엇이라 합디까?”

“아들 일곱 형제 간을 내어 먹어야 신병이 낫겠다고 하는구려.”

“아이고 여보, 그게 무슨 말입니까? 어찌 그럴 수 있습니까 아이구, 배야! 나 죽는다!”

“그래도 부인이 병이 이리 깊은데…….”

남 선비가 우물쭈물하자 노일저대는 다시 요구한다.

“한번 더 밖에 나가보세요. 아까와 반대방향으로 가다보면, 이번에 바구니를 둘러쓰고 앉은 문복쟁이가 있을 것입니다. 거기 가서 다시 물어봐 주십시오. 아이구 배야!”

남 선비가 문을 나가니, 노일저대는 다시 울타리를 뛰어넘고 지름길로 달려가 바구니를 쓰고 앉아 있었다. 남 선비가 달려가서 문복 지어달라 부탁했다. 이번에도 점쟁이는 손가락을 오므렸다 폈다 하다가,

“아들 일곱 형제의 간을 내어 먹어야 신병 좋으리다.”

같은 소리를 하는 것이었다.

남 선비가 터벅터벅 집으로 돌아가는 걸 본 노일저대는 지름길로 달려와 더

욱 죽어가는 체하고 있었다. 남 선비가 들어왔다.

"아이구 배야! 가니 무어라고 합디까?"

"역시 일곱 형제 간을 내어 먹어야 좋겠다고 하오."

"아이고 할 수 없구나. 여보 서방님. 정 그렇거든 아들 일곱 형제 간을 내어 주십시오. 내 살아나서 한꺼번에 세 쌍둥이씩 세 번만 낳으면 아홉 형제가 될 터이니, 형제가 지금보다 더 불어나지 않겠습니까?"

남 선비는 부인의 말이 그럴싸했다. 부인만 살아 있다면 아들이야 다시 낳으면 그뿐인 것. 남 선비는 식도를 꺼내 슬근슬근 갈기 시작했다.

영리한 녹디셍인

때마침 뒷집의 불찍할망이 불을 빌리러 왔다가 이 광경을 목격했다.

"남 선비님, 어인 일로 칼을 가십니까?"

"우리 집 부인이 삽시에 신병이 나 사경에 이르렀소. 한두 군데 문복을 하고 보니, 아들 입곱 형제 간을 내어 먹어야 낫겠다 하지 않겠소. 그래 아들들 간을 내려고 칼을 갑니다."

남 선비의 태연한 말을 듣고 불찍할망은 혼겁이 났다. 불 빌리는 것도 잊은 채 밖으로 내달았다. 네거리에 이르러 보니 남 선비 아들 일곱 형제가 한데 모여 있었다.

"설운 아기들아, 이리들 오너라."

일곱 형제가 다가오자 불찍할망은 숨이 넘어갈 듯이 말했다.

"방금 너희 집에 다녀오는 길이다. 네 아버지는 너희들 일곱 형제 간을 내려고 칼을 갈고 있더구나!"

사정을 전해들은 일곱 형제는 대성통곡을 하기 시작했다.

"우린 악독한 다슴어멍(계모) 때문에 다 죽게 되었다!"

얼마나 울었을까. 울음에도 지쳐가자, 영리한 막냇동생 녹디셍인이 의견을 내놓았다.

"형님들, 이제 그만들 우세요. 제가 어떻게 하든 아버지가 가는 칼을 뺏어오리다."

형들을 네거리에서 기다리게 하고 막내동생 녹디셍인은 집으로 들어갔다. 역시 아버지는 칼을 슬근슬근 갈고 있었다.

"아버지, 어인 일로 손수 칼을 가십니까?"

"너희 어머니가 갑자기 죽을 지경에 이르렀구나. 몇 군데 문복을 하였더니, 너희 일곱 형제 간을 내어 먹어야 낫겠다 하지 않겠느냐."

'정말 무심한 아비로다!'

하지만 녹디셍인은 전혀 내색하지 않고,

"그거 좋은 일입니다, 아버지. 마땅히 어머니 병을 고쳐야 하옵지요. 그런데 아버지, 아버지 손수 우리 일곱 형제 간을 내면 송장 일곱을 묻어야 할 게 아닙니까? 흙 한 삼태기씩만 덮어주려 해도 일곱 삼태기가 아닙니까?"

"그건 그렇구나마는……."

"그 칼을 이리 주십시오. 제가 형님들을 아야산 깊은 곳에 데리고 가서 여섯 형님 간을 내어 오겠습니다. 어머니가 먹어봐서 효과가 있거든, 그때 저 하나는 아버지 손으로 간을 내옵소서."

"듣고 보니, 그리 하는 것도 좋겠구나."

남 선비가 갈던 칼을 내어주니, 녹디셍인은 형님들을 데리고 눈물을 흘리며 아야산 깊은 곳으로 향하였다.

가가가다 몸도 지치고 시장기에 몰린 일곱 형제는 길가에 털석 주저앉았다가 깜박 잠이 들었다. 저승길을 가던 어머니 여산 부인이 아들들 꿈에 나타났다.

"설운 내 아기들아, 어서 눈을 떠보아라. 산중에서 노루 한 마리가 내려올 것이다. 그 노루를 붙잡아라."

'아, 어머니!'

일곱 형제들이 울부짖으며 눈을 번쩍 뜨고 보니, 과연 노루 한 마리가 뛰어 내려오고 있었다. 형제들은 와르르 몰려들어 그 노루를 잡고 금방 죽일 판으로 둘러쌌다. 노루는 당황하는 기색도 없이 차근차근 이야기했다.

"도령님들, 절 죽이지 마세요. 나 하나 죽어봐야 간은 하나뿐이지 않습니까. 제 뒤를 보면 산돼지 일곱 마리가 내려오고 있으니 그걸 잡으시오. 어미는 씨전종할 것으로 남겨 두고 새끼 여섯 마리를 잡아 간을 내어가면 될 게 아니겠습니까?"

들고보니 그럴 듯하긴 했다.

"그게 정말이냐? 만일 거짓이면 용서하지 않으리!"

"제 몸에 어떤 표시를 해두면, 나중에라도 잡혀 응분의 죗값을 치를 수 있으리다."

노루는 역시 의연하게 제의했다. 일곱 형제들은 이 노루를 나중에라도 식별하기 위해 꼬리를 짧막하게 끊고, 형제들이 돌아가며 엉덩이를 때려 손자국을 남겼다. 그후 노루의 몸뚱이는 아리롱다리롱하고 꼬리가 짧아지게 되었다.

노루를 놓아주고 잠시 있으니 과연 산돼지 일곱 마리가 산쪽에서 내려오는 것이었다. 노루 말대로 어미는 씨 전할 것으로 살려주고, 새끼 여섯 마리를 잡아 간을 내었다. 일곱 형제는 산돼지 간을 돌돌 싸서 마을로 돌아왔다.

네거리에 이르자 녹디생인이 말했다.

"형님들일랑 동서남북중앙, 오방으로 벌려 서십시오. 대기해 있다가 내 큰
소리가 들리거든 왈칵 집안으로 달려드십시오."

다슴어멍을 조심하십시오

녹디셍인은 형들을 집 주위에 둘러 세운 후 산돼지 간을 들고 안으로 들어
갔다. 노일저대는 여전히 '아이구 배야, 아이구 배야' 죽어가고 있었다.

"어머니, 이걸 잡숴보십시오. 여섯 형님들 간을 내어 왔습니다."

"아이고 아이고, 설운 아기야. 진짜 효자로구나. 하지만, 중병든 데 약 먹는
거 보는 법 아니다. 너는 밖에 나가 있거라."

녹디셍인은 바깥으로 나오면서 집게손가락에 침을 발라 창구멍을 뚫었다.
창구멍으로 노일저대의 거동을 살폈다. 아니나 다를까 노일저대는 간 여섯 개
를 먹는 체하며 자리 밑으로 소롱소롱 숨겨놓고, 피만 입술과 입가에 바르고
있었다. 녹디셍인이 문을 열고 짓쳐들어갔다.

"어머니, 약 다 잡수셨습니까?"

"다 먹었다."

"어머니, 약 자시니 신병이 어떻습니까?"

"조금 나아 뵌다마는, 하나만 더 먹었으면 아주 활짝 나아질 듯하구나."

"어머니, 그러면 마지막으로 어머니 머리에 이나 잡아드리겠습니다."

"그 효심 고맙지만, 중병든 데 이 잡는 법 아니다."

"그러면 마지막으로 방안이나 치워 드리겠습니다."

"그건 또 무슨 말이냐? 중병든 데 방안 치우는 법 아니다."

"예라, 이 다슴어멍!"

녹디셍인은 화를 벌컥 내며 노일저대에게 달려들어 쉰댓 자 머리를 잡아 좌우로 핑핑 돌리다 엎질러버렸다. 그리고는 자리 밑에 숨겨놓은 간 여섯 개를 한 손에 세 개씩 들고 지붕 높은 곳에 올라갔다.

"이 동네 어르신네! 저 동네 의붓자식들! 이것 보고 다슴어멍 조심하십시오! 형님들, 어서 사방으로 달려드십시오!"

큰 소리로 외쳐댔다. 대기하고 있던 형들이 와라치라 달려들었다. 집안이 발칵 뒤집혔다.

"이게 무슨 일인가?"

남 선비는 겁결에 올래로 내닫다가 거기에 걸려 있는 정낭에 목이 걸려 죽었다. 그래서 올래를 지키는 주목지신이 되었다.

노일저대는 아들들이 달려드는 바람에 바깥으로 내달을 수도 없어, 벽을 허위뜯어 구멍을 내고 변소로 도망친 다음 쉰댓 자 머리털로 목을 매 죽었다. 변소의 신인 측도(厠道)부인이 된 것이다.

일곱 형제가 달려들어 다슴어멍 죽은 위에 다시 복수하려고 두 다리를 찢어 발겨 드딜팡(용변 볼 때 디디는 납작돌)을 마련하고, 대가리는 끊어 돗도고리(돼지먹이통)를 마련하고, 머리털은 끊어 던지니 바다에 가 폐(해조류)가 되었다. 입은 끊어 던지니 바다의 솔치가 되고, 손톱 발톱은 끊어 던져 버리니 괴굼벗 돌굼벗이 되고, 배꼽은 끊어 던져 버리니 굼벵이가 되고, 하문과 항문을 끊어 던져 버리니 대전복 소전복이 되고, 육신은 폭폭 빻아서 바람에 날려버리니 각다귀 모기가 되었다.

'이만하면 시원하다.'

죽은 어머니를 살려내다

　분풀이를 해놓은 일곱 형제는 궉새들을 불러 타고 서천꽃밭에 올라갔다. 이 꽃밭에 자라는 뼈살꽃, 살살꽃, 도환생꽃 등 가지가지 꽃들을 가져오려는 것이다. 일곱 형제가 꽃감관 할락궁이한테 전후사정을 아뢰자, 꽃감관은 흔쾌히 도환생꽃을 여러 송이 따다 주었다. 그 길로 다시 궉새를 타고 오동 나라 오동 고을로 날아간 일곱 형제는 어머니가 다슴어멍 조일저대에 떠밀려 빠져죽은 연못으로 달려갔다. 연못은 아무 일도 없었다는 듯 잔잔하기만 했다.

　"소별왕이시여! 연못물이나 마르게 해주소서. 우리 어머니 시체나 찾으리다."

　일곱 형제가 간절히 축수를 올리니 소별왕이 알아들었다.

　'이제 때가 되었다. 과연 일곱 형제의 효심이 갸륵하고나.'

　소별왕이 명하자 삽시에 연못물이 잦아들었다. 바닥에 어머니 뼈가 살그랑이 놓여 있었다. 녹디생인과 형제들은 이 뼈 저 뼈 도리도리 모아 도환생꽃을 놓고 금봉채로 한번 후려쳤다. 곧 어머니가 살아났다.

　"아이고 봄잠이라 오래도 잤구나!"

　일곱 형제는 어머니 여산 부인을 얼싸안고 감격의 눈물을 흘렸다.

　'어머니가 누웠던 자린들 내버리랴.'

　일곱 형제는 어머니 뼈가 놓였던 자리의 흙을 주섬주섬 모아놓고 시루를 만들었다. 여섯 형제가 돌아가며 한 번씩 주먹으로 찍으니 여섯 구멍이 터지고, 녹디생인이 불끈 힘을 내며 발뒤꿈치로 탁 찍으니 큰구멍이 가운데 터졌다. 그 후 시루구멍은 일곱 개 뚫리게 되었다.

따뜻한 부엌에 조왕할망으로 들어서십시오

어머니를 살려낸 일곱 형제는 배를 타고 집으로 돌아왔다.

'이제 나머지 신들을 앉힐 차례로다.'

소별왕이 녹디생인의 입을 빌어 말한다.

"어머니, 춘하추동 사시절을 물 속에서만 살았으니 몸인들 안 추울 리 있겠습니까? 이제부터 어머니는 하루 세 번 더운 불을 쬐며 음식을 받아먹을 수 있는 조왕할망(부엌신)으로 좌정하십시오."

어머니 여산 부인은 조왕할망으로 들어서게 하고, 일곱 형제는 집안 오방에 각각 자기의 직분을 차지하며 신들이 되었다.

큰형은 동방청대장군, 둘째형은 서방백대장군, 셋째형은 남방적대장군, 넷째형은 북방흑대장군, 다섯째형은 중앙황대장군. 여섯째형은 뒤쪽 문신(門神)인 뒷문전, 마지막으로 영리한 녹디생인은 일문전(앞쪽 문신)이 되어 들어섰다.

이후로 사람들은 명절, 기일, 제사 때 문전제를 지내고, 그 젯상의 제물을 조금씩 떠서 지붕 위에 올린 후, 다시 조금씩 떠서 어머니신인 조왕에게 올리게 되었다. 또한, 변소의 신인 측도부인과 조왕할망은 처첩 관계였기 때문에 부엌과 변소는 마주 서면 좋지 않을 게 뻔했다. 부엌과 변소는 서로 멀어야 하고, 변소의 것은 돌 하나 나무 막대기 하나라도 부엌으로 가져오면 좋지 못하다는 것은 이 때문에 생겨난 말이다.

8. 강님차사

상마르를 비워두다

소별왕은 집안 구석구석을 지키는 가신(家神)들을 만들었지만 한군데는 빼놓았다. 용마루의 가장 높은 곳, 상마르를 비워둔 것이다. 이곳으로는 죽음의 사자, 차사들이 드나들어야 한다.

'사람은 느구나 때 되면 죽는 것, 죽은 이후에는 저승을 다스리는 대별왕 형님께 그 넋을 보내 드려야지.'

죽은 자의 넋을 안내할 차사는 대별왕으로부터 적패지(赤牌旨)를 받아 이승으로 온다. 적패지는 붉은 천으로 돼 있는데 저승으로 가야 할 자의 이름이 흰색으로 씌어 있다.

차사는 남색바지에 백색저고리, 자주색 행전을 차고 백릉버선에 미투리를 신고 있다. 거리에는 까만 쇠털 전립, 모시 겹두루마기 위에 남색 쾌자를 걸친다. 옆구리에는 붉은 오랏줄을 매달았으며 옷고름에는 적패지를 단단히 묶고 팔뚝에는 자신의 신분을 상징하는 석 자 오 치 팔찌걸이를 맨다. 가슴에는 용

(勇)자, 등에는 왕(王)자가 새겨져 있고 상여의 용두머리를 매어 끌고 갈 행자베를 짊어졌다. 구리쇠 같은 팔뚝에, 삼각수염을 휘날리며 부릅뜬 눈은 봉황의 눈매처럼 날카롭다.

차사는 적패지를 들고 그 마을 사람들의 생명을 관장하는 본향당신에게 가서 호적 장적을 맞춰본다. 죽을 때가 된 사람이 확실하면 그 사람의 집으로 찾아가는 것이다. 그러나, 망자의 신심이 깊어 집안의 신들이 지켜줄 경우 넋을 잡아가는 데 번거로움을 겪는다. 문앞에는 일문전신이 있어 못 들어가고, 뒷문으로 들어가려 하면 뒷문전신, 부엌으로 들어가려면 조왕할망이 가로막는다.

그래서 차사는 지붕 상마르로 들어간다. 집을 지키는 신들이 많지만 상마르를 지키는 신은 없기에 차사가 상마르로 들어가면 막을 길이 없다. 일단 집안에 들어서면 평소에 덕이 많아 가속을 지켜주던 조왕할망일지라도 어떻게 손을 쓰지 못한다. 차사가 한 발로 할망을 밟고 '죽을 자가 누운 방을 이르라' 고 호통을 치면 아무리 조왕할망이라도 꼼짝없이 일러바치지 않을 수 없다.

차사는 죽을 자가 누운 방문을 활짝 열고 그 이름을 세 차례 부른다. 죽을 나이가 됐음을 선고하는 것이다. 초혼, 이혼, 삼혼……. 산 사람에게는 아무것도 안 들리지만 죽을 자의 귀에는 우레인 듯 벼락인 듯 어마어마하다. 세 번을 다 부르는 사이 몸은 차갑게 굳어지고, 영혼은 오래 깃들었던 몸을 떠나야 하는 것이다.

차사는 망자의 손을 오랏줄로 꽁꽁 묶고 발에는 족쇄를 채운다.

"차사님, 한 배만 늦여주십시오. 처자식 불러앉혀 일러놓고 갈 말이 있습니다."

비정한 차사가 허용할 리 없다.

"행차길이 바쁘니 어서 가자!"

오랏줄을 다시 옥죄면 손톱 발톱에는 검은 피가 맺힌다.

"차사님, 마지막으로 냉수나 한 모금 마시고 가오리다."

해보지만 이 역시 허사다. 망자의 눈동자는 사색이 완연해진다.

망자는 차사를 따라 멀고 먼 저승길을 걸어 마침내 저승문에 도착한다. 초군문, 이군문, 삼사도군문을 지나면 저승의 열두 대문이 나타난다. 죽은 자는 자기가 태어난 생갑(生甲)에 해당되는 지옥부터 시작하여 열 지옥과 두 대문을 더 돌아야 하는 것이다.

저승 열두 대문

첫번째 군을 열면 제1지옥인 진강왕의 도산지옥이다. 이 지옥은 깊고 험한 물을 만난 사람들에게 다리를 놓아 건네준 공덕도 없고, 배고픈 자에게 밥을 준 공덕도 없는 죄인이 들어간다. 칼을 심어놓은 험한 산으로 돼 있어 그 위를 걸어다녀야 한다.

제2지옥은 목마른 사람에게 물을 주거나 헐벗은 사람에게 옷을 준 공덕이 없는 자가 가는 화탕지옥이며, 소간왕이 관장하고 있다. 활활 타는 불로 가마솥에 물을 끓이면서 죄인을 들이쳤다 내쳤다 하는 형벌을 씌운다.

제3지옥은 손계왕이 관장하는데, 부모에 효심이 없고 가정에 화목하지 못하고 동네 어른을 존경하지 않은 죄인이 간다. 백 년이고 천 년이고 차가운 얼음 속에 갇혀 지내야 하는 한빙지옥이다.

제4지옥은 오간왕이 차지한 검수지옥. 함정에 빠진 사람을 그냥 둔 이, 길막힌 사람에게 길 뚫어준 공덕을 못 쌓은 이들이 가는 곳이다. 나무가 다 시퍼런

칼로 돼 있어서 걸어갈 때마다 한 걸음에 살이 한 점씩 떨어진다.

제5지옥은 염여왕 차지다. 부모조상 말에 불손한 대꾸를 한 자, 입으로 일가 화목을 깨뜨린 자, 동네 어른을 박대한 자가 가는 곳으로 집게로 혀를 뽑아버리는 발설지옥이다.

제6지옥은 살인, 강도, 고문, 도독질한 자가 가는 곳인데 우글거리는 독사, 지네, 독다귀들이 죄인의 몸을 감아 물어뜯는 독사지옥으로 빙신왕이 관장한다.

제7지옥은 테산왕의 거해지옥. 돈을 듬뿍 받고도 나쁜 음식을 대접한 자, 쌀을 팔아도 되를 속여 적게 준 자가 가는 곳으로 큰톱 작은톱으로 죄인의 열 두 뼈를 썰어낸다.

제8지옥은 펭등왕이 관장하는데, 이승살이 중 남의 등을 쳐 얻어낸 재물로 떵떵거리던 이들을 쇠못을 빼곡하게 박은 침대에 눕혀 죄를 다스리는 철상지옥이다.

제9지옥인 도시왕의 풍도지옥은 살을 에는 바람이 부는 곳이다. 자기 남편 놓아두고 남의 남편 우러른 여자, 자기 아내 놔두고 남의 아내 넘본 남자가 가는 곳이다.

열번째 제10지옥은 절룬왕이 차지한 흑감지옥. 낮도 깜깜 밤도 깜깜 아무것도 보이지 않는 지옥으로, 살았을 때 남녀부접을 못해서 자식 하나 보지 못한 죄인을 벌준다.

그 다음 열한번째 대문을 열면 갈데없이 헤매는 영혼을 구원하는 어진 보살 지장왕이 있고, 열두번째 대문에는 서천꽃밭의 생불대왕인 사라왕이 있어 열다섯 살 되기 전 죽은 어린 영혼을 다스린다.

이렇게 열 지옥과 지장왕 사라왕 등의 열두 대문을 다 지나면 좌두왕 우두왕이 앉았다가 공정하게 문적심사를 한다. 그 다음에 동자판관이 있는데, 동자판관은 사자를 최후로 심판하는 존재이다.

176

동자판관은 지은 죄가 많은 이들에겐 적합한 지옥으로 떨어뜨리고, 이승 살 때 선한 공덕을 쌓은 사람에겐 저승에 있는 극락마을인 상마을, 중마을, 하마을, 줄렴당, 말렴당, 색효산, 노상데, 죽성도, 상시당 등의 여러 마을에서 살게 해준다. 그러나 망자가 원하면 이승에서 청나비, 흑나비, 줄진나비 등 나비몸으로 환생시켜주기도 했다.

망자를 저승으로 인도하는 죽음의 사자들은 많지만, 대표적인 차사는 똑똑하고 용맹하여 대별왕도 오랏줄로 묶었다는 이승차사 강님이다.

강님은 어떻게 이승차사가 되었을까?

버무장자의 세 아들

옛날 동정국에 버무장자가 살았다. 풍경소리 울리는 기와집에 비복을 거느리며 살림이 유족했다. 아들을 낳다보니 하나, 둘, 셋, 넷…… 일곱 형제를 낳았다. 위로 네 형제는 사주팔자가 좋아 장가들어 잘살고, 밑으로 세 형제는 아직 어려 장가를 들이지 못하고 있었다.

그때, 동개남절에 백발이 펄펄 날리는 팔십 세의 노승이 대사로 있었다. 대사는 어느 날 자신의 사주를 짚어보았다. 딱 여든 살이 정명(正命)으로, 모레 사시가 되면 이 세상을 하직할 듯했다. 대사는 곧 상좌중을 불러 자세하게 지시했다.

"나는 곧 세상을 하직하게 될 것이다. 내가 죽거든 나무 천 바리를 들여 화장해 금법당에 안치하고, 너는 동정국으로 내려가거라. 동정국에 버무장자의 아들 일곱 형제가 있느니라. 위로 네 형제는 각자 장가들어 잘살지만, 밑으로 삼형제는 팔자가 기구하여 십오 세가 정명이다. 이 아이들 삼형제를 우리 법당에 데려다 명과 복을 이어줘라. 그래서 너는 대사가 되고, 삼형제는 소사로 삼아 우리 법당을 공양하여라."

과연 그날 사시가 되니 대사가 세상을 떠나는 것이었다. 상좌중은 대사의 유언대로 나무 천 바리를 들여 화장시켜 금법당에 모셨다.

장례를 치른 상좌중은 곧 동정국으로 내려가 번화한 네거리에 이르렀다. 버무장자의 어린 아들 삼형제가 팽나무 그늘에서 장기를 두고 있었다.

"애들아, 너희들 관상을 보건대 열다섯 십오 세가 정명인 듯하구나."

이 한마디를 던지고, 상좌중은 어디론가 훌훌 가버렸다.

어린 삼형제는 이 말을 듣자, 두던 장기를 던져두고 집으로 달려갔다.

"아버지, 어머니! 어찌 우리 삼형제 명과 복을 짧게 낳으셨습니까?"

"그게 무슨 말이냐?"

사연을 들은 버무장자는 곧 하인들을 불러 그 중을 찾아오라 재촉하는데, 상좌중은 그럴 줄 알고 벌써 문밖에 당도해 있었다.

"소승 뵈옵니다."

"어느 절 스님이오?"

"동개남 은중절 상좌이옵니다."

"어찌하여 이곳에 당도하였소?"

"헌 절을 수리하기 위해 권재 받으러 내려섰습니다."

"들자니 스님이 우리 아들 삼형제한테 정명이 십오 세라 말했다면서요?"

"그러하외다."

"남의 자식 명과 복이 떨어질 줄을 알면, 명과 복을 이을 방법도 아시지 않겠소?"

"물론이외다. 이 아이들 삼형제가 중의 차림새를 하고, 우리 법당에 와 연

삼 년 법당공양을 한다면 명과 복이 이어질 듯합니다."

장자집 자식들이 중이 되어야 한다니……. 그러나, 버무장자는 곰곰이 따져보았다. 양반 체면이고 뭐고 죽음과 삶이 맞서랴 하는 생각이 들었다. 중으로 보내더라도 목숨만은 살려놓고 보자 했다.

버무장자는 아들 삼형제를 불러놓고 우선 머리를 박박 깎았다. 장삼을 입히고 가사를 걸쳐놓았다. 염주와 목탁을 쥐어서 마당에 내세우니 중의 모습이 완연했다. 버무장자는 아들들을 떠나보내려 하니 기가 막혔지만 어쩔 수 없었다. 급히 비단 스무 필을 마련해 삼형제에 딸려보내기로 했다. 목이 메어 말이 나오지 않아 버무장자 부부는 손짓으로 어서 가라고 했다. 삼형제는 염주 같은 눈물을 흘리며,

"아버지, 어머니! 무슨 날에 우리 삼형제를 낳아 명과 복을 이리 짧게 하셨습니까. 아버지, 안녕히 계십시오. 어머니, 안녕히 계십시오."

부모 형제를 작별한 삼형제는 상좌중을 따라 동개남절로 올라갔다. 가는 날부터 삼형제는 목욕재계하고 불공을 드리기 시작했다. 부디 명을 잇게 해줍소사. 부디 명을 잇게 해줍소사.

과양땅을 조심하라

달이 가고 해가 가고 삼 년이란 세월이 흘렀다. 삼형제는 이제 중의 형색이 완연했다. 법방 안에서만 꼬박 삼 년을 보낸 삼형제는 바깥바람도 쐴 겸 부모님을 찾아뵙기로 했다. 대사는 선선히 허락해 주었다.

"하지만 집에 가는 도중, 과양땅을 지날 때 특히 조심해야 하느니라. 만일

방심하다간 삼 년간의 법당공양이 자칫 허사가 될 우려가 있느니.”

대사가 내주는 비단 아홉 필과 값진 그릇들을 짊어지고 삼형제는 절을 떠났다. 오랜만에 가보는 고향, 동정국으로 향하는 발걸음은 가벼웠다. 삼형제는 부푼 가슴을 누르며 걸음을 재촉했다. 과양땅이 눈앞에 보였다.

그런데 이상한 일이었다. 과양땅에 들어서면서부터 갑자기 시장기가 일어나는 것이다. 앞으로 한 발짝 나아간다 싶으면 뒤로 두 발짝 처지곤 했다. 도저히 더 걸을 수가 없었다. 삼형제는 노변에 앉아 한참 허기에 울다가 의논을 했다. 등에 진 비단을 어느 집에 갖다 주고, 식은 밥이라도 얻어먹고 가는 게 낫지 않겠느냐는 것이다. 배가 이리 고픈데 비단이 다 무엇이랴. 길 건너 기와집이 부잣집 같아서, 먼저 이 집에 들어가 보기로 했다. 공교롭게도 이 집이 바로 과양생이의 집이었는데, 과양생이는 간특하기로 소문난 여자였다.

큰형이 먼저 과양생이의 집 문간으로 들어서면서 인사를 했다.

“소승 뵈옵니다.”

과양생이는 이마에 팔을 얹고 누웠다가 ‘소승’ 소리에 와들랑 일어나며,

“괘씸한 중놈, 천한 것이 양반집을 몰라 왔구나. 수별감아, 어서 나가 저 중놈 귀잡아 엎질러 놓고 멍석말이나 해라.”

큰형이 욕을 보고 나왔다. 다음 둘째형이 들어가 역시 멍석말이를 당해 나오고, 마지막에 막내동생이 들어갔다.

과양생이는 이번엔 생각이 좀 달라졌다.

“호, 이게 무슨 노릇인고? 중이 연거푸 셋씩이나 오다니, 무슨 일이 되자는 건가 말자는 건가?”

이 말 끝에 막내동생은 애원하듯 말했다.

“너무 그리 마옵소서. 우리도 본래 중이 아니외다. 원명이 짧다 하여 동개남 절에 가서 명과 복을 이어오는 길이온데, 시장기가 한이 없어 식은 밥이라도

얻어먹으려고 댁에 들렀습니다."

과양생이는 뭔가 예삿일은 아닌 성싶었다. 곧 부엌으로 가더니, 개밥 주는 바가지에 식은 밥을 물 말아 내주었다. 삼형제는 부엌문 앞에 앉아 두세 술씩 나눠 먹으니, 눈이 배롱해지고 산도 넘고저라 물도 넘고저라 했다.

"남의 음식 공으로 먹어 목 걸리는 법이니, 비단 아홉 자만 끊어 밥값으로 들여두고 가자."

큰형의 의견에 따라 아홉 자를 끊어 과양생이한테 가져갔다. 과양생이는 비단을 보고 눈이 휘둥그레졌다.

'흠, 역시 예삿일이 아니로구나.'

과양생이는 얼른 안으로 들어가더니, 청너울을 쓰고 공손히 걸어나왔다.

"마음씨 좋은 도령님들, 어서어서 들어오소서. 우리 사랑방에서 아픈 다리나 쉬었다가 내일 떠나는 게 어찌하옵니까?."

따뜻한 영접에 삼형제는 그만 사랑방에서 피로라도 풀고 가고 싶어졌다. 과양땅을 조심하라는 대사의 말은 잊고 말았던 것이다.

잠시 쉬노라니, 과양생이는 주안상을 직접 차려 들고 들어왔다. 귀한 약주와 제육안주를 먹음직하게 차려놓았다.

"이 술 드세요. 한 잔을 먹으며 천 년을 살고, 두 잔을 먹으며 만년을 산답니다, 호호."

간드러진 음성으로 술을 권하며 원명 짧은 삼형제에게 덕담을 하자, 삼형제는 그예 서너 잔씩 마셔버렸다. 술기가 금세 돌아 삼형제는 동으로 비실 서로 비실 쓰러지더니, 머리 간 데 발 가고 발 간 데 머리 가서 깊은 잠이 들어버렸다.

과양생이는 이때를 놓칠세라, 얼른 광으로 달려가 오래 묵은 참기름을 꺼내왔다. 청동 화롯불에 기름을 올려놓고 오송오송 끓여다가, 삼형제의 왼쪽 귀로부터 오른쪽 귀로 소로록 부어넣었다. 삼형제는 구름 산에 얼음 녹듯 어머니 아버지 말도 못하고 죽어버렸다.

"귀한 물건들이로구나!"

과양생이는 삼형제의 짐에서 비단이며 그릇들을 모두 풀어내어 궤짝에다 단단히 들어놓았다.

그날 밤 고양이 잠잘 때쯤 되니, 과양생이는 주정뱅이 남편과 함께 시체를 처리하러 나섰다. 주정뱅이 남편은 양어깨 하나씩 둘을 둘러메고, 과양생이는 한 어깨에 하나를 둘러메어 연못에 수장해 버렸다.

쥐도 새도 모를 일이었다. 하루, 이틀, 사흘…… 이레가 지나갔다. 과양생이는 동정이나 살펴보려고 대바구니에 빨랫감을 주섬주섬 담아 연못에 가 보았다. 물은 아무 일도 없었다는 듯 청청하기만 했다. 하나 다른 점이 있다면 물 위에 고운 꽃 세 송이가 두둥실 떠 있는 것뿐이었다. 과양생이는 꽃을 유심히 바라보았다. 앞에 있는 꽃은 벙실벙실 웃는 듯, 가운데 꽃은 서럽게 우는 듯, 맨 뒤에 떠 있는 꽃은 팔죽처럼 화를 내는 듯한 것이 다들 표정이 살아있는 게 아닌가. 아무튼 생전 처음 보는 묘한 꽃이요 고운 꽃이라 욕심이 났다. 과양생 이는 빨랫방망이를 꺼내 연못물을 슥슥 앞으로 당겼다.

"이 꽃들아, 내 앞으로 어서 오라."

꽃이 물결에 흐늘거리며 앞으로 다가오자, 빨래바구니에 오독독 꺾어놓아 집으로 가져왔다. 앞문에 하나 걸고, 뒷문에 하나 걸고, 또 하나는 대청 기둥 에 걸어놓았다. 여기 가나 저기 가나 골고루 구경하기 좋게 해놓은 것이다.

그런데 꽃은 생긴 모양과는 달랐다. 앞문에 걸어놓은 꽃은 과양생이가 마당 으로 나갈 때마다 머리를 박박 매고, 뒷문에 걸어놓은 꽃은 과양생이가 장독 대에 나갈 때마다 머리를 박박 맨다. 대청 기둥에 걸어놓은 꽃은 과양생이가 밥상을 받고 앉을 때마다 머리를 박박 매는 것이다.

"이 꽃들이 곱기는 곱다마는 행실이 괘씸하구나!"

과양생이는 화를 내며 꽃들을 복복 비벼 청동 화롯불에 넣어버렸다. 꽃들은
바스스 타버리고 말았다.

그건 내 구슬이야요

조금 있으니, 뒷집 쉐마구할망이 불을 빌리러 왔다. 과양생이는 사랑방에
놓인 청동화로를 헤쳐보라고 했다. 쉐마구할망이 청동화로를 헤쳐보니 불씨
는 없고 색색 구슬이 세 개 나오는 것이었다.
"과양생이야, 불은 없고 이런 삼색 구슬만 나오는구나."
난데없는 구슬 말에 과양생이는 또 욕심이 불쑥 솟았다.
"아이고, 그거 내 구슬이야요."
과양생이는 이런 횡재가 어디 있느냐 속으로 웃으며 구슬을 냉큼 빼앗았다.
구슬은 곱기도 고왔다. 방바닥에 놓아 이리 굴리고 저리 굴리고 한참을 놀았
다. 그게 재미가 떨어지자, 이번엔 구슬을 입에 물어 이리 도골 저리 도골 한
참 굴리다 보니, 구슬들이 목 아래로 소로록 내려가 버리는 것이었다. 조금 서
운했지만 아무 일도 없으려니 했다.
하루, 이틀…… 석 달이 지나가니, 과양생이는 몸이 이상해졌다. 태기가 완
연히 나타나는 것이다.
'아니 이게 무슨 일이람?'
곰곰 따져보니, 삼형제를 연못에 수장하던 날 밤, 주정뱅이 남편이 제 몸위
에서 버르적거린 기억이 나긴 났다.
'허, 그 주정뱅이도 꼴에 사내라고, 이제야 노릇을 하네그려.'

과양생이는 이렇게만 여기며 만삭이 되길 기다렸다. 산날이 되자, 과양생이는 방 네귀를 팽팽 돌며 "어이구 배야, 나 죽네!" 야단이었다.

쉐마구할망을 불러들였다. 쉐마구할망은 과양생이의 허리를 내리쓸어보았다. 아이는 벌써 거리를 돌려 있었다.

"한 맥을 써라."

한 번 맥을 쓰니 아들이 태어나고, 두 번 맥을 쓰니 둘째아들이 태어나고, 세 번 맥을 쓰니 막내아들이 태어난다. 하루에 아들이 셋씩이나 태어나다니 이런 경사가 어디 있으랴. 과양생이는 하도 반갑고 기쁜 김에 관가에다 서둘러 보고했다. 이만하면 두둑한 상급이라도 내리려니 해서였다. 관가에서는 하루 자식 셋씩 낳는 삼신은 개삼신이라 하여 한 달에 겨 석 섬씩 환상(還上)을 내리는 것이었다.

삼형제는 자랄수록 머리가 영특했다. 일곱 살이 되어 서당에 글공부를 보냈더니, 훈장이 '하늘 천' 하면 곧 '따 지' 하며 선생보다 한걸음 앞서 나아간다. 학동들 가운데 이 삼형제를 따를 자가 없었다.

열다섯 나는 해에 선비들과 더불어 과거를 보러 올라갔다. 동학들은 모두 낙방하는데 삼형제만 당당히 급제했다. 어사화 비사화 받아든 삼형제는 청일산 높이 띄우고 흑일산 낮추 띄워 육방하인 거느리며 위풍당당하게 고향으로 돌아왔다. 사또에게 인사하고 남문 밖 동산을 치달아 집으로 향하였다.

과거하고 오는 놈은 내 앞에서 뒈져라

이때 과양생이는 망측스럽게 베치마를 입고 나서서 동헌 마당쪽을 바라보고 있었다. 동헌 마당에 과거기가 둥둥 떠 있는 것이 보였다.

"어따, 어떤 놈의 집안은 산천 좋아 과거를 하고 오는구면. 우리 집 아들들을 어디서 남의 손등에나 죽었는지 발등에나 죽었는지, 원. 저기, 과거 급제하고 오는 놈일랑 내 앞에서 모가지나 세 도막에 부러져 뒤어져라!."

욕소리가 떨어지기 전에 "과거 기별이오!" 하며 길보가 날아들었다.

"오잉? 우리 아들들이 급제했다고? 얼씨구나 좋다. 절씨구 좋다. 우리 아기들 과거 띠어 오는데 아니 놀아 어쩌리. 일문전에 고사하고, 산에 가 염불하고, 재물 풀어 잔치나 한판 벌이자꾸나."

과양생이 부부가 덩실덩실 춤을 추노라니, 아들 일행이 당도했다. 급히 문 앞에 제상을 차려놓아 삼형제더러 일문전신에게 배례하도록 하고, 부부는 대청 상좌에 앉아 지켜 보았다. 삼형제는 제상을 향하여 한 번, 두 번, 세 번 절을 하곤 그만 머리를 들지 아니한다. 과양생이 부부는 언제면 아들들한테 급제 인사를 받을까, 아무리 기다려 봐도 엎드린 삼형제는 머리를 들 줄 모르는 것이다.

'이게 어쩐 일일런고?'

과양생이가 화급히 달려내려가 큰아들 머리를 들어보니 눈동자가 저승으로 돌아갔고, 둘째아들 머리를 들어보니 입에 거품을 물고 있고, 막내아들 몸을 살피니 손톱 발톱에 검은 핏살이 서 있는 게 아닌가. 제가 뱉은 욕대로 과거급제한 놈들이 제 앞에서 뒤어져버린 것이었다.

삼형제가 한날 한시에 태어나고, 한날 한시에 과거하고, 한날 한시에 죽고 보니 어처구니가 없었다.

"아이고 내 일이여! 데이고 내 일이여!"

과양생이 부부는 대성통곡하다가, 어쩔 수 없이 육방하인 다 돌려보내고 앞밭에 임시장사를 지냈다. 아들 삼형제의 무덤 앞에 퍼질러앉아 생각하니, 이런 황당하고 억울한 노릇이 없었다. 관가에 신원을 해서라도 이 억울함을 꼭 풀어놓고 말겠다는 생각이 들었다.

과양생이는 이튿날 아침부터 그 고을 원인 김치 사또에게 소지(所志)를 올리기 시작했다. 아침이면 아침 소지, 낮이면 낮 소지, 저녁이며 저녁 소지, 하루 세 번의 소지를 날마다 올려댔다. 석 달 열흘이 되어 가니, 소지가 아홉 상자 반을 넘어섰다.

김치 사또는 과양생이의 처지를 딱하게 여기긴 했다. 세상에 이런 황당한 사건을 당해보기는 처음이었던 것이다. 그러나, 한날 한시에 태어나고, 한날 한시에 과거급제하고, 한날 한시에 죽어 간 그 원인을 어떻게 알아내고 풀어 줄 수 있단 말인가. 소지가 올라올 때마다 한숨만 푹푹 내쉬고 있는데, 어느 날 아침엔 기다리다 못한 과양생이가 동헌 마당에 나타나 욕설을 퍼붓기 시작하는 게 아닌가.

"개 같은 김치 사또야, 봉고파직이다! 어서 이 고을을 떠나거라. 다른 원님 놓아서 우리 아들 죽은 소지를 결처하겠다."

이렇게 막무가내 욕을 해대니, 김치 사또야 말할 것도 없으려니와 사또 부인이 더 창피스러웠다. 사또 부인은 어떻게든 이 소지 사태를 처리해야겠다고 나섰다.

"사또, 우리 관아에 제일 똑똑한 관장이 누구이옵니까?"

"제일 똑똑한 관장? 그야 강님이지."

"강님이라……."

"그렇소, 부인. 강님은 영걸이라 할 만하오. 열다섯에 사령방에 입참하여 열여덟 나던 해에 관장패를 등에 졌는데, 글쎄 문 안에도 아홉 각시, 문 밖에도 아홉 각시라 하지 않소, 허허."

김치 사또는 그 경황 중에도 너털웃음을 웃었다.

'이구 십팔 열여덟 각시를 거느릴 정도라면 과연 영걸이라 할 만하군.'

그만하면 자기가 생각하는 방안을 해낼 수 있는 사람이라고 사또 부인은 생각했다

저승 대별왕을 잡아올 테냐

"그러거든 사또, 내일부터 급히 영을 내려 이레 동안만 이른 새벽에 소집을 해보십시오. 어느 관장 하나가 떨어져도 떨어지는 날이 있을 것입니다. 그때 미참한 관장을 죽일 판으로 몰아세우면서, 저승에 가서 대별왕을 잡아올 테냐 목숨을 바칠 테냐, 호통을 치면 수가 생길 것입니다."

사또 부인의 의견은, 대별왕을 잡아다가 이 사건을 판결하게 하자는 것이었다. 사람이 나고 죽고 하는 일이야 인간인 사또가 어찌 알 수 있겠느냐, 대별왕만이 이 사태를 처결할 수 있지 않겠느냐는 것이다.

"강님은 부인을 열여덟씩이나 데리고 있으므로 새벽잠이 깊어 미참할 게 분명하지 않겠습니까. 그를 몰아대면 원체 영걸이라 하온즉 저승 대별왕일지언정 능히 잡아올 수 있을 것입니다."

부인의 의견은 그럴싸했다. 사정이 급한 김치 사또는 더 따져보고 말고 할 것도 없이 다음날부터 열 관장에게 새벽 소집의 영을 내렸다. 첫날 새벽 동헌 마당에는 열 관장이 빠짐없이 모여들었다. 이튿날도 틀림이 없고, 사흘, 나흘, 닷새째도 틀림이 없었다. 엿새, 이레째 되는 마지막 날이 왔다. 동헌 마당에 모인 것을 보니 관장은 모두 아홉, 아나나 다를까 강님이 불참하고 있는 것이었다. 강님은 이날 남문 밖에 사는 열여덟째 각시에게 흠뻑 빠져 늦잠을 자고 있었다.

"강님, 궐(闕)이오!"

불출석자 명단을 외치는 소리에 벌떡 깨고 보니 벌써 창문이 훤하게 밝은 때였다. 강님이 부랴부랴 동헌 마당에 달려가니, 이미 형틀이 준비돼 있었다. 강님의 목에는 큰칼이 씌어지고 곧 때려죽일 험악한 형세였다. 강님이 목이 메어 소리친다.

"사또, 강님이 죽을 죄를 지었습니다만, 혹 살아날 방도는 없겠습니까?"

이 질문이야 김치 사또가 기다리던 것이었다.

"살아날 방도? 강님아, 그렇다면 네 저승에 가서 대별왕을 잡아올 테냐, 이승에서 목숨을 버릴 테냐?"

사또의 호통소리에 그저 얼른 대답하고 본다는 것이,

"저승에 가서 대별왕을 잡아오겠소이다."

이 말 한마디에 큰칼이 벗겨지고 강님은 풀려났다.

'이 일을 어찌하면 좋으리오?'

우선 목숨이 아까워 대별왕을 잡아오겠다고 했지만 무슨 수로 저승대왕 대별왕을 잡아온단 말인가. 눈앞이 캄캄해졌다. 어쩔 수 없이 사랑을 주던 열여덟 호첩들이나 찾아가보기로 했다. 그런데 약삭빠른 게 인심인지라 첩마다 자초지종을 듣고는 핵핵 돌아서버리는 것이었다. 아무도 살려주겠다는 첩은 없었다.

상심한 강님은 남문 바깥에 쭈그리고 앉아 앞으로의 일을 근심하는데, 그제서야 번쩍 큰부인 생각이 나는 것이었다. 세 가닥 머리를 여섯 가닥으로 갈라 땋아 시집올 때 한 번 본 후, 다시 돌아본 일이 없는 큰부인! 오늘의 이 곤경이 혹 큰부인을 박대한 죄 때문은 아닌가. 강님은 어찌 됐든 큰부인이나 찾아가 보기로 하였다.

강님의 큰부인

큰부인 집에 들어가며 보니, 부인은 보리를 물 말아 놓고 방아를 찧고 있었다. 강님이 들어오는 걸 보자, 큰부인은 방아노래에 인사말을 섞어가며 노래를 불렀다.

이어 방애, 이어 방애
매정한 낭군님아
오늘은 저 먼 올래 문이 열렸습니까
가시나무도 걷었습니까
어인 일로 오옵니까
설운 낭군님아
이어 방애, 이어 방애

강님은 아무 말 없이 방에 들어가 이불을 덮어쓰고 누웠다.

남편이라고 이제껏 얼굴 한 번 비치지 아니한 게 섭섭하긴 하지만, 그래도 제 발로 내 집에 든 님을 박대할 수 있으랴.'

큰부인은 밥상을 차려 들고 들어가 보려 했다. 그러나 강님이 든 방문은 단단히 잠겨 있었다. 아까 한 노래에 노했나 싶었다.

"문 여세요! 남아대장부가 그까짓 말에 노해서 문 닫고 누웠습니까?"

아무리 사정해도 문을 열어주지 않는 것이다. 할 수 없이 문을 잡아뜯어 들어가보니 강님의 얼굴은 온통 눈물로 바다를 이루었다.

"서방님, 이게 어인 일입니까? 죽을 일이든 살 일이든 한마디만 일러 주십시오."

강님은 그제야 자초지종을 이야기하고, 어찌하면 대별왕을 잡아올 수 있겠느냐며 다시 울음을 터뜨리는 것이었다.

"서방님, 풍채에 어울리지 않게 그깟 일을 놓고 장탄식을 하십니다그려. 그건 내 해결할 테니 염려말고 진지나 드십시오."

큰부인의 그 말에 강님은 얼른 울음을 그치고 이를 드러내며 웃었다.

'역시 큰마누라가 큰마누라로고!'

강님의 큰부인은 은옥미를 방아에 찧어 가루로 만들었다. 그리고는 잘 갈무리해둔 시루를 가져다 떡을 찌기 시작했다. 첫째 시루는 문전신 시루, 둘째 시루는 조왕할망 시루, 셋째 시루는 강님이 저승 가며 먹을 시루였다. 시루떡을 다 쪄 놓고 목욕재계하여 새 옷을 갈아입었다. 일문전에 제사한 후, 부엌에 들어가 정결히 청소한 큰부인은 다시 제를 올려 조왕할망께 축원을 드렸다.

"강님의 저승 가는 길을 인도하여 주옵소서."

그렇게 주야장천 축원을 올리기를 이레 동안이나 계속했다.

축원이 끝나자 큰부인은 강님의 방으로 들어갔다.

"서방님, 어서 잠을 깨세요. 저승행차 날이 밝았습니다."

강님은 눈을 뜨자마자 울상부터 지었다. 진작 각오야 하고 있었으나 막상 떠날 시간이 임박하니 모두 소용없는 짓이었다.

"오, 저승행차라니 이게 무슨 말일러냐! 기어야 가야 한단 말이냐! 도대체 저승은 어디로 가며, 어떻게 가야 하리오!"

강님은 퍼질러 대성통곡을 할 태세였다. 큰부인이 다정하게 말했다.

"서방님, 아무 염려말고 일어나 우선 은대야에 세수나 하옵소서."

세수를 끝내자 큰부인은 강님에게 저승의복을 입혔다. 남방사주 바지에 백방사주 저고리, 백릉버선 미투리, 모시 두루마기에 흑두전립을 쓰고, 관장패는 등에 지고, 앞에는 날랠 용 자, 뒤에는 임금 왕 자 새기고, 적패지는 옷고름에 채워 문 앞에 내세우니 저승 차림이 완연하다.

강님이 저승의복을 입고 보니 부인이 어느 새 이렇게 잘 차려놓았는가 감탄이 앞섰다.

"이 의복은 언제 이렇게 차렸소?"

"이런 일을 당할 줄 알고 진작에 지어놓았습니다."

사람이 죽기 전에 미리 수의(壽衣)를 갖춰놓는다는 뜻이니, 이는 강님의 큰부인으로부터 시작된 관습이다.

큰부인은 명주 전대를 남편 허리에 감아주며,

"저승 초군문을 들어가기 전에 사정이 여의치 않거든, 이 명주 전대를 풀어 헤쳐보십시오."

단단히 당부하면서, 큰부인은 슬쩍 귀 없는 바늘 한 쌈을 강님 장옷 앞섶에 솝솝히 찔러놓았다.

"서방님, 이제 떠나십시오. 마음 약해지기 전에 어서 가옵소서."

강님이 떠나려고 하니, 큰부인은 그래도 섭섭한지 버선과 행전과 대님과 신발을 선물했다. 그러나 신발이나 버선이나 새것을 신을 때는 좋지만, 벗어던져 버리면 다시 돌아보지 않는 것. 대저 부부간의 보람이란 이러한 것임을 큰부인은 알면서도, 새삼 새기면서 선물한 것이었다.

강님의 큰부인은 남문 밖 동산에 올라 떠나가는 남편을 눈물로 전송했다. 집으로 돌아와 문을 들어서려 하니, 때마침 지나가는 바람에 앞섶이 헤쳐지는 것이었다.

'바야흐로 서방님과 이별하니, 옷 앞섶이 가로삭산 흐트러지는구나.'

큰부인은 탄식하며 옷섶을 단단히 여몄다. 진실한 마음으로 절개를 지켜나가려는 듯.

강님은 부모한테 작별인사를 하러갔다. 아버지가 대성통곡한다.

"설운 아기 저승 가는데, 무엇으로 다리를 놓으리?"

강님의 아버지는 큰어른의 마음이라 망건을 벗어줬다. 어머니한테 인사를 드리니 역시 하염없이 눈물을 쏟아내며,

"설운 아기 저승 가는데, 무엇으로 다리를 놓을꼬?"

속옷을 벗어주었다. 평생 자식의 밑을 감싸주려는 게 어머니의 마음이다.

저승길이 어디인가

강님은 마지막으로 김치 사또에게 작별을 아뢰고 터벅터벅 저승길로 향했다. 길을 나서긴 했으나, 대관절 어느 곳이 저승으로 가는 길인지 알 수가 없었다. 한참을 가다 멈추고, 다시 한참을 가다 멈추고 할 수밖에 없었다.

'저승길이 어디인가.'

알 수 없는 저승길을 찾아 강님은 걷고 또 걷기만 했다. 해가 중천에 걸리자 온몸에 땀이 솟기 시작했다. 앞길도 막막하고 다리도 아프고 해서 강님은 길가에 털석 주저앉았다. 손부채를 부치며 앞을 보니 어떤 할머니가 지나고 있었다. 불붙다 만 듯한 남루한 치마를 걸치고 꼬부랑 막대기를 짚고서 강님의 앞을 허울허울 스쳐가는 것이었다.

'대장부 행차길에 여자가 지나가다니. 여자라는 것은 꿈에만 보여도 사물인데 어찌 내 앞을 서슴없이 지나가는가! 저 할망을 따라가서 길옆으로 비켜서라 해야겠다.'

강님은 자리에서 일어나 그 할머니를 따라갔다. 그러나 쉽게 따라잡을 수가

없었다. 주먹을 불끈 쥐고 걸음에 힘을 내면, 할머니도 그만큼 걸음이 빨라지는 것이다. 한참을 뛰듯이 걸어봐도 거리는 꼭 그만큼이었다. 강님은 지치고 말았다.

'이제 좀 쉴 겸 점심이나 먹고 가리라.'

강님이 이렇게 생각하며 걸음을 멈추자, 할머니도 긴 한숨을 쉬며 길가에 앉는 것이었다.

'저 할망이 필연코 예삿사람은 아니로고.'

강님은 할머니 앞으로 가 너붓이 절을 했다. 젊은 미남자의 절을 받으니 할머니는 흡족하다는 표정을 지었다.

"어디로 가는 도령이시오?"

"저는 저승에 대별왕을 잡으러 가는 길입니다만."

"아이고, 저승이라. 정말 머나먼 길을 가는구려. 마침 배가 고프니 점심이나 서로 나눠 먹읍시다."

할머니가 점심을 내놓고 강님도 점심을 내놓았다. 둘이 똑같은 시루떡이라 강님은 이상한 생각이 들었다.

"할머니, 제 점심과 할머니 점심이 한솜씨인 듯 맛이 똑같으니 어찌된 일이온지요?"

그제야 할머니가 화를 벌컥 내면서,

"이놈아, 나를 모르겠느냐? 나는 네 큰부인 집 조왕할망이니라. 네 하는 일은 괘씸하나 큰부인 정성이 갸륵하여 저승길 인도해 주러 왔다."

강님은 황송하여 머리를 숙였다. 할머니는 다시 말을 이었다.

"강님아, 이리 가고 저리 가다 보면 일흔여덟 갈림길이 나올 것이다. 거기 앉아 있으면 어떤 노인이 올 터인즉, 그 노인께 아까처럼 공손히 인사를 드리면 알 도리가 있으리."

"고맙습니다."

인사하고 고개를 들어보니 할머니는 온데간데없었다.

강님은 조왕할망이 가르쳐 준 대로 한없이 걸어갔다. 길은 멀고 험했다. 드디어 일흔여덟 갈림길이 나타났다. 강님은 어느 길로 가야 할지 몰라 길가에 주저앉았다. 얼마 후 백발이 성성한 할아버지가 걸어왔다. 강님은 벌떡 일어나서 할아버지에게 공손히 절을 했다.

"어인 일로 젊은 도령이 낯선 늙은이에게 절을 하오?"

"할아버지, 그런 말씀 마십시오. 저의 집에도 늙은 부모 조상이 있습니다."

"어디로 가는 도령이시오?"

"저승 대별왕을 잡으러 가옵니다."

"멀고 먼 길 가는구려. 점심이나 나눠 먹기 어떻소?"

강님이 점심을 내놓고 할아버지도 점심을 내놓았다. 둘다 시루떡 점심에 한 솜씨였다.

"어인 일로 할아버지 점심하고 제 점심하고 한솜씨인 듯 맛이 똑같습니까?"

"이놈아, 나를 모르겠느냐? 나는 네 큰부인 집 일문전이니라. 네 하는 일은 괘씸하나 큰부인 정성이 갸륵하여 저승 길 인도하러 왔다."

강님은 새삼 큰부인의 정성에 감복했다. 저승길 떠나기 전 이레 동안이나 일문전신에 제사하고 조왕할망에 축원 올리던 부인이 아니었던가. 할아버지는 말을 이었다.

"강님아, 여기가 일흔여덟 갈림길이다. 이 길을 다 알아야만 저승에 갈 수 있느니라. 이 길을 하나씩 셀 테니 들어보아라."

일문전이 일흔여덟 갈림길을 차례차례 세어가기 시작한다.

"이 길은 천지혼합시 들어간 길, 이 길은 천지개벽시 들어간 길, 이 길은 인황도읍시 들어간 길, 이 길은 천지천황 들어간 길, 이 길은 산배포 들어간 길,

이 길은 물배포 들어간 길……이 길은 물로용왕국대방황수 들어간 길, 이 길은 단물용궁차사 들어간 길, 이 길은 대로객사차사 들어간 길, 이 길은 비명차사 들어간 길……이 길은 노불법노차사 들어간 길, 이 길은 명도명관삼차사 들어간 길……."

일문전신은 길을 일일이 가리키며 다 세어보고는 하나 남은 길을 손으로 가리켰다.

"이 길이 바로 네가 들어갈 길이다."

길을 보니 개미 왼쪽 뿔만큼이나 좁아 보였다. 어틀비틀 구부러진 데다 가시덤불이 뒤얽히고 돌멩이가 가득 깔려 있는 험로였다.

"강님아, 이 길을 허위허위 가다 보면, 길토래비가 길을 닦다가 시장기에 몰려 양지바른 데 앉아 졸고 있을 게다. 네 전대에 있는 떡을 그 길토래비 앞에 놓아라. 그리하면 알 도리 있으리라."

강님이 인사하고 보니 일문전신은 자취 없이 사라졌다.

팔자 궂은 동관이시구려

강님은 팔을 걷어붙이고 그 험한 길을 헤쳐 들어갔다. 한참을 가다보니 과연 길토래비가 길가에 앉아 꾸벅꾸벅 졸고 있었다. 전대에서 떡을 꺼내어 길토래비 앞에 놓아 주었다. 길토래비는 떡을 보자, 시장한 김에 허겁지겁 삼세 번을 끊어 먹는다. 그제야 눈이 번쩍 뜨이는 모양이었다. 주위를 두리번거리다가 뒤에 서 있는 강님을 보자 깜짝 놀라 일어나는 것이었다.

"어디 관장이십니까?"

"이승 동정국 김치 원님을 모시고 있는 강님이오."

"이승 관장이 여기에 오다니, 팔자 궂은 동관이시구려. 그래, 이승 동관님, 어딜 가시는 길이시오?"

길토래비는 저승의 차사 이원사자였다.

"나는 저승대왕 대별왕을 잡으러 갑니다."

"아이고, 이승 동관님, 그게 무슨 말입니까? 저승을 어떻게 갈 수 있습니까? 검은 머리가 백발이 되도록 걸어보시오, 갈 수 있나. 살아서는 아무도 못 가는 법이외다."

그러나 강님은 몇 번이고 애원했다. 끈질긴 부탁에, 이원사자는 남의 음식 공으로 먹으면 목 걸리는 법이기도 해서 도와주어야겠다는 생각이 들었다.

"이승 동관님, 혹시 적삼을 가졌습니까?"

"예, 있습니다."

"그러면 삼혼을 불러들이거든 혼정으로나 저승 초군문에 가 보십시오. 모레 사시면 대별왕이 아랫녘 자부장자 집 외딸아기 신병 들어 시왕맞이굿을 하는 데 내려올 것입니다. 초군문에 적패지 붙였다가, 대별왕의 행차가 지나가게 되거든 다섯번째 가마를 놓치지 마십시오. 그 가마에 대별왕이 탔으니, 다음 은 이승 동관이 알아서 해보시구려, 허허."

이원사자는 의외로 자상한 설명을 해주었다. 저승대왕을 잡아가려는 어리 석은 이승 동관이 어찌 성공할 수 있으랴, 하는 방심 때문이었다. 이원사자는 계속해서 저승 초군문에 이르는 길을 알려 주었다.

"이승 동관님, 저승 초군문 가기 전에 행기못이 있습니다. 이승에서 비명에 죽은 사람들이, 저승에도 못 가고 이승에도 돌아가지 못해 울고 있을 것입니 다. 동관님이 못가에 이르면 그 사람들이 나도 데리고 가 주시오, 나도 데리고 가 주시오, 동관님 쾌자자락을 붙잡고 놓지 않으리다. 그러거든 전대의 떡을 자잘하게 부수어서 동서로 뿌리십시오.”

“알겠습니다.”

“그리고 동관님, 저승에 갔다 올 본매를 가졌습니까?”

이승과 저승을 오갈 수 있는 증물이 있느냐는 질문이었다.

“글쎄요, 그게…….”

생각지 못한 일이라 강님은 더듬거렸다.

“저승 본매가 없으면 저승을 가도 다시 돌아올 수 없습니다.”

“아아, 이 일을 어찌하리!”

강님은 탄식하다가, 불현듯 무슨 생각이 떠올라 손뼉을 딱 쳤다. 큰부인과 작별하고 나올 때 ‘저승 초군문에 가기 전 사정이 여의치 않으면 명주 전대를 풀어보라’ 고 한 말이 생각난 것이다. 이것도 여의치 않은 사정이로구나 해서 강님은 급히 전대를 풀어보았다. 동심결(同心結), 운삽(雲翣), 불삽(敝翣)이 나왔다. 이원사자가 보고,

“바로 그것이 저승 본매입니다”

라고 하는 것이다. 이후 사람이 죽으면 동심결, 운삽, 불삽을 만들어 매장하게 된 것이니 역시 강님의 큰부인으로부터 시작된 일이다.

이원사자는 저승 가는 길을 다 가르쳐 준 후에 강님의 적삼을 들어 혼을 불렀다.

“강님이 혼 보오! 강님이 혼 보오!”

삼혼을 불러주니, 강님의 삼혼은 저승 포도리청, 호안성을 지나 행기못가에 순식간에 이르렀다. 못가에는 이원사자 말대로 저승에도 못가고 이승에도 돌아가지 못하는 영혼들이 들끓고 있었다. 강님이 가까이 가자 영혼들은 우르르 몰려들었다.

“관장님, 절 데리고 가주십시오!”

"오라버님, 절 데려가주세요!"
"형님, 저도 데려가주십시오!."
"조카야, 나도 데려가거라!"
"동생, 난 꼭좀 데려가줘!"

사방에서 옷자락을 잡아끄는 것이었다. 이 광경을 본 강님은 슬픔과 연민 때문에 콧날이 시큰해졌다. 그러나 사사로운 감정이 휘둘릴 때가 아니었다. 강님은 전대의 떡을 꺼내 자잘하게 끊어서 사방에 뿌렸다. 모여든 군중은 배고픈 김에 떡을 주워 먹으려고 옷자락을 놓고 흩어졌다. 이때 강님은 눈을 질끈 감고 행기못 속으로 텀벙 뛰어들었다. 깊고 아득한 우물 속으로 한없이 미끄러지는 듯하더니, 얼마 후 뭔가에 덜컥 걸리는 듯 멈추었다. 정신을 차려보니 저승 초군문에 닿아 있었다.

대별왕을 잡으러 왔다

강님은 안도의 숨을 내쉬었다. 그렇게 멀고도 험한 길을 걸어 드디어 저승에 도착한 것이다. 이제 저승 안에까지 들어갈 필요는 없다. 여기서 대별왕 행차가 나올 때까지 기다리고 있으면 되는 것이다. 강님은 적패지를 풀어 초군문에 떡 붙여두고, 팔을 벤 채 한잠 늘어지게 잤다.

이원사자가 말해준 날이 밝았다. 강님이 이제 슬슬 준비를 해야겠구나 생각하던 차, 초군문 안에서 하늘이 요동치는 듯한 소리가 들려왔다. 강님은 벌떡 일어났다. 영기(令旗)를 선두로 갖가지 기가 하늘을 온통 가리고, 숱한 하인들이 와라치라 호통을 지르는 어마어마한 행차가 초군문 쪽으로 다가오는 것이었다.

'옳거니. 드디어 대별왕 행차가 당도하는구나.'

강님은 단단히 마음을 잡고 기다렸다. 첫번째 가마가 지나갔다. 두번째, 세번째 가마가 지나갔다. 네번째 가마가 지나가고 다섯번째 가마가 오더니, 멈칫 서면서 가마 안에서 누가 소리를 지른다.

"통인아, 저기 초군문에 붙은 적패지가 웬 것이냐?"

통인이 확인해 본 후,

"이승 강님이 저승 대별왕을 잡으러 왔다는 패지입니다."

대별왕의 호탕한 웃음소리가 높았다.

"어떤 놈이 나를 잡겠다는 말이냐!"

강님은 순간 '이때다!' 싶어 봉황새 같은 눈을 부릅뜨고 우레같이 소리지르며 행렬에 달려들었다.

"대별왕을 잡으러 왔다!"

구리쇠 같은 팔뚝을 걷어붙이고 삼각수염을 휘날리며 펄쩍 뛰어 몇놈을 메다치니 숱한 하인들이 뿔뿔이 흩어진다. 강님은 두 번, 세 번 펄쩍펄쩍 뛰며 가마채를 힘껏 잡아 흔들어대었다. 워낙 창졸간의 일이라 행렬에선 대처할 엄두를 내지 못했다. 강님은 가마 문을 왈칵 열어젖혔다. 대별왕이 두 주먹을 불끈 쥐고 앉아 시끈거리고 있었다.

"내가 강님이다!"

강님의 호통 소리가 또 한번 울리더니, 대별왕의 손목엔 수갑이 채워지고, 발엔 차꼬가 끼워지고, 몸에는 밧줄이 감겼다. 강님의 억센 발길이 대별왕의 잔등이에 떨어졌다. 그 서슬에 대별왕의 가마는 형편없이 부서지고 말았다. 실로 순식간의 일이었다.

나중에 강님이 이승차사가 되어 죽은 사람을 잡아갈 때 우왁스레 밧줄로 결

박하여 데려가는 것도 이처럼 대별왕을 붙잡는 행위에서 시작된 것이다.

밧줄이 몸을 옥죄자 대별왕이 사정을 한다.

"강님아, 이 밧줄을 조금만 늦추어 다오. '인정' 많이 걸어주리라."

강님은 대별왕을 묶은 밧줄을 조금 늦춰 주고 재물을 많이 받았다. 사람이든 신이든 무릇 올리는 재화가 많으면 어찌 감복하지 않으리.

대별왕은 한숨을 내쉬고 강님에게 차근차근 말했다.

"이승동관 강님아, 그리 조급하게 몰아대지 말고 숨을 좀 돌리자꾸나. 우선 나와 같이 아랫녘 자부장자 집에 가서 시왕맞이굿을 받아먹은 후 이승에 가면 어찌겠느냐?"

이미 대별왕을 결박한 처지라 강님은 선선히 대답했다.

"그리 하십시다."

강님은 대별왕 일행과 함께 아랫녘으로 건드러지게 내려갔다. 자부장자 집에 이르러 보니 과연 굿이 시작되고 있었다.

심방이 홍포관대를 차리고 신들을 청해 들인다. 그런데 가만히 본즉 다른 모든 신들은 오십사고 다 청하는데, 강님더러는 오십사고 청하지 않는 것이었다. 강님은 괘씸하게 여겨 심방을 밧줄로 꽁꽁 묶어 엎질러놓았다. 심방이 갑자기 새파랗게 죽어가는 것이다. 외딸아기를 살리려고 하는 굿에 심방이 먼저 죽어가니 굿은 엉망이 되어 갔다. 이것을 본 소무(小巫)가 신을 청해 들이는 대령상(待令床)을 화급히 앞에 내놓았다. 소무는 영리하여 강님을 청하지 않은 때문임을 안 것이다.

"살아있는 차사도 차사이옵니다. 인간 강님차사도 저승대왕 대별왕과 함께 내려오신 듯하옵니다. 부디 강님차사도 이리 오소서."

이렇게 청해 들이니, 심방이 파릇파릇 살아났다. 기분 좋아진 강님이 묶었던 밧줄을 풀어준 것이다. 그 후로 시왕맞이 때는 시왕의 제상 밑에 사자상(使

者床)을 놓고 큰 시루떡을 쪄 올리게 되었다.

갑일 오시에 내려가마

강님은 권하는 대로 술을 여러 잔 하다보니 흠뻑 취해 버렸다. 만사가 태평이라 사자상 밑에 쓰러졌다. 얼마나 잤을까, 눈을 뜨고 보니 대별왕이 그새 사라져버린 게 아닌가. 겁이 덜컥 난 강님은 문 바깥으로 치달았다. 문밖에도 대별왕은 모습은 흔적도 없었다. 초조한 마음이 이는 중, 멀리서 누군가 손짓을 하고 있는 게 보였다. 가까이 다가가 보니 큰부인집 조왕할망이었다.

"강님아, 대별왕은 새 몸으로 변신하여 굿판의 큰 대 꼭대기에 앉았으니, 톱으로 대를 끊어버리거라."

"조왕할망, 고맙수다!"

할망의 말을 듣고 큰 대를 바라보니, 과연 꼭대기에 새가 한 마리 앉아 있었다. 강님이 톱을 들고 달려들어 큰 대를 끊으려 하자, 대별왕은 훌쩍 내려오면서 강님의 팔목을 잡는 것이었다.

"허허, 강님의 눈은 속일 수 없고나. 네가 먼저 이승에 가 있으면 갑일 오시에 틀림없이 동헌 마당으로 내려가리라."

"그러시다면 증물을 남겨주십시오."

대별왕은 강님의 적삼 등짝에 저승 글자 셋을 써주었다. 강님은 증물을 얻어놓고 생각해 보니, 어떻게 이승으로 가야 하는지 알 수 없었다.

"대별왕이시여, 올 때는 내 마음대로 왔으나 갈 때는 내 마음대로 갈 수가 없습니다. 길 인도를 해 주옵소서."

대별왕은 하얀 개 한 마리를 내어주고 돌래떡(동그란 쌀떡) 셋을 겨드랑이
에 품게 해주었다.

"이 떡을 조금씩 끊어 하얀 개를 달래면서 뒤를 따라가라."

강님은 하얀 개를 앞세워 뒤를 따랐다. 하얀 개가 싫증난 듯 보일 때마다 겨
드랑이의 떡을 조금씩 끊어주며 한참을 따라갔다. 행기못이 보였다. 앞장서던
하얀 개는 행기못가에 이르자 강님에게 달려들어 목덜미를 물고 행기못으로
풍덩 빠지는 것이었다. 강님은 정신이 아찔했다. 마치 꿈을 꾸다가 깨듯이 눈
을 번쩍 뜨고 보니, 바로 이승길에 내려와 있었다.

강님 큰부인의 수절

강님이 이승에 도착한 때는 캄캄한 밤이었다. 이승임엔 틀림없는데, 어느
지경인지는 알 수 없었다. 강님은 사방을 자세히 살펴보았다. 북쪽에 희미한
불빛이 하나 보였다. 사람 사는 집이 있는 것이 틀림없었다. 강님은 불빛을 향
해 어두운 길을 더듬더듬 찾아갔다. 오늘밤은 저 집에서 지내고 가리라 생각
하며 문앞어 이르렀다. 때마침 집안에서 한 여인이 나오더니,

"설운 서방님, 살아계시거든 하루바삐 돌아오고, 죽었거든 제사 재물 많이
받아 가옵소서."

음식물을 뿌린 후 들어가는 것이었다. 어두운 밤이라 어떤 여인인지는 모르
되, 남편의 제사를 지내고 제물을 바깥에 뿌리는 걸명을 한 것이었다. 강님은
얼른 뒤따라가며 문밖에서 목소리를 높였다.

"길손이은데, 하룻밤만 머물러 가게 해 주십시오."

"오늘밤은 우리 집에 손님 재울 수 없습니다."

"무슨 까닭입니까?"

"우리 서방님 저승 가서 삼년상 치른 후 첫 제삿날이기에 그렇습니다."

"실례지만, 서방님 함자가……."

"강님이라 하옵니다."

미상불 큰부인임에 틀림없었다. 저승 갈 때 그렇게 정성껏 보내준 큰부인이 삼년상을 치르고 첫제사를 했다니 우선 감격이 앞섰다.

"내가 강님이오."

강님이 문을 열며 들어가려 하나 부인은 믿어주지 않았다.

"우리 서방님일 리 없습니다. 뒷집 김서방이거든 내일 아침 오십시오. 제사 음식 많이 대접하리다."

뒷집의 김서방은 또 누구인가. 강님은 무슨 곡절이 있는 게로구나 생각하며,

"여보 부인, 내가 바로 강님이오!"

다시 거세게 문을 두들겼다. 하도 집요하게 강님이라 우기니 큰부인은,

"그러거든, 문구멍으로 앞섶 한 자락만 내밀어 주십시오."

강님이 앞섶을 내미니, 큰부인은 조심스레 만져보는 것이었다. 강님이 저승 갈 때 증거로 삼으려고 귀 없는 바늘 한 쌈을 꽂아둔 것이 삭아 바스락 부서졌다.

"아이고, 서방님이 분명하고나!"

큰부인은 문을 열고 강님의 두 손을 잡아 방안으로 들어갔다.

"제사를 지내다니, 대체 어찌 된 일이오?"

"서방님 저승 가시고 삼년상 치른 후 첫 제사입니다."

"나는 저승 가서 사흘을 살았을 뿐인데, 이승은 그새 삼 년이 되었구나."

부부는 오랜만에 마주 앉아 만단정화를 나누었다.

"부인은 내 없으니 어떤 생각이 났소?"

"서방님 돌아가신 줄 알고, 초하루 보름 삭망만 넘겨서 남의 말 듣고 가자고 했는데, 인간 정의를 생각하는 게 열두 달 소기까지 앉았습니다. 소기만 넘겨 남의 말 듣고 가려 했지만, 정의를 생각하여 스물넉 달 대기(大朞)까지 앉았습니다. 대기 넘어 남의 말 듣고 가려 했는데, 첫제사까지 앉고 보니 설운 서방님이 오셨습니다."

큰부인은 바람에 흐트러진 앞섶을 여미듯 수절하며 지낸 것이었다. 그날 밤 강님은 제사 음식으로 푸짐하게 음복하고, 오랜만에 큰부인과 사랑을 풀어 누웠다.

날이 밝자, 강님은 부모님께 인사를 갔다.

"아버지, 제가 없으니 어떤 생각이 나옵디까?"

"설운 아기 없어지니 마디마디 생각나더라."

"아버지 돌아가시면 여섯 마디 왕대로 상장대를 마련하여 대 마디마디 아버지 생각하겠습니다. 아버지의 자식에 대한 마음, 모든 것을 풀어 너그러이 해 주시니, 옷자락 밑을 풀어 상복을 입고 연삼 년 공을 갚아 드리리다. 어머니는 제가 없으니 어떤 생각이 나옵디까?"

"설운 아기 없으니 먹먹하여지더라. 저 길을 걷다가도, 물을 긷다가도, 음식을 먹다가도 자주자주 생각나더라."

"어머니 돌아가시면 동으로 뻗은 머구나무로 상장대를 만들고, 머구나무 가시마다 자주자주 생각하겠습니다. 어머니의 자식에 대한 마음, 밑을 감추어 주시니, 밑을 감친 상복을 입어 어머니 공 갚아 드리리다."

강님은 다음에 형제간, 친족들에게 인사를 갔다.

"형님들은 제가 없으니 어떤 생각이 납디까?"

“형제가 없어지니, 열두 달까지 생각나다가 열두 달이 넘어가니 차차 잊혀
지더구나.”

“형제간은 ‘옷 위의 바람’이라는 말이 떠오르는군요. 형제간은 열두 달 소
기까지 상복 입도록 하겠습니다. 친족들은 제가 없으니 어찌 생각되옵디까?”

“친족이 죽으니 큰일에 떡할 때만 생각나더군.”

“그리하면, 친족이 죽으면 의무적으로 떡 부조하는 고적법을 마련해야겠습
니다.”

강님은 문 안, 문 밖에 사는 여남은 첩들도 찾아갔다.

“너희는 내 없으니 어찌 생각되더냐?”

“호호, 길을 걷다가 미끈하게 생긴 놈만 보이면 언뜻언뜻 생각납디다.”

“이년들 다 쓸데없구나!”

강님은 차제에 살림을 갈라 모두 동서로 보내버렸다. 그리고는 새로 신혼살
림 하듯 큰부인과 아기자기한 나날을 보내는 재미에 흠뻑 빠져버렸다. 그러는
사이 사또를 만나 저간의 사정을 아뢰는 일을 깜빡 잊고 말았다.

강님을 하옥하라

며칠 후, 뒷집 김서방이 강님의 큰부인 집으로 찾아왔다. 지금까지 이 핑계
저 핑계 삼년상, 첫제사만 넘으면 개가하겠다고 미루어 왔으니, 오늘은 꼭 허
락을 받고야 말겠다며 온 것이다. 김서방은 문을 들어서다 흠칫 놀랐다. 난간
기둥에 갓이 걸리고 관대가 매달려 있지 않은가.

‘죽은 강님이 살아왔나? 설마 그럴 리는 없고……’

퍼뜩 떠오르는 생각이 있어 김서방은 부리나케 사또 앞으로 달려갔다.

"사또, 강님은 저승에 가서 대별왕을 잡아오겠다고 해 놓고, 이제 보니 낮에는 병풍 뒤에 숨어 살고 밤이면 병풍 밖에 나와 부부살림하고 있습니다."

"그게 정말이냐?"

강님은 곧 김치 사또 앞에 끌려갔다. 사또는 노발대발했다.

"어느 것이 네가 잡은 대별왕이냐?"

"제 적삼 뒤에 대별왕이 써준 저승 글자가 있으니 확인해 보소서."

사또가 강님의 등을 보니, 갑일 오시면 대별왕이 온다고 씌어 있었다.

"갑일 오시에 대별왕이 올 때까지 강님을 하옥하라!"

곧 강님은 하옥되고, 얼마 후 갑일이 다가왔다. 그날 오시 무렵, 쾌청하게 맑던 하늘에 시커먼 구름이 일기 시작하더니 순식간에 하늘을 덮었다. 그리고는 영롱한 무지개가 갑자기 동헌 마당에 걸리고, 좁은 목에 벼락치듯 천지가 진동하는 소리와 함께 대별왕의 행차가 들어서는 것이었다. 실로 무시무시한 순간이었다.

"저승대왕 대별왕 행차시오!"

행렬에서 터지는 우렁찬 외침에 놀라 동헌 관원들은 다들 어디론가 몸을 숨겨버렸다. 김치 사또도 도망할 길을 못 찾아 허둥지둥하다가 동헌 기둥 뒤에 숨었다.

동헌 마당에 내려온 대별왕은 사방을 둘러봐도 아무도 없으니 의아했다. 일행에게 샅샅이 뒤져보게 하니 옥안에 강님 혼자 가두어진 걸 알았다. 대별왕은 강님을 옥에서 풀어주었다.

"사또는 어디 갔느냐?"

"모르겠습니다."

"청해놓고 주인이 없으니 이 무슨 결례인고?"

대별왕은 주위를 찬찬히 살피다가 동헌 기둥 뒤에 숨은 사또의 옷자락을 발견했다.

"목수를 불러라."

목수가 대령하자 대별왕은 슬쩍 미소를 띠며 말했다.

"저 기둥을 톱으로 잘라버려라."

기둥에 톱을 갖다대자, 선혈이 불끗 솟는다. 기둥에서 빠져나온 사또가 발발 떨며 댓돌 아래로 내려섰다. 대별왕의 고성이 떨어졌다.

"어인 일로 나를 청하였느냐?"

사또가 대답을 못하고 떨고만 있으니, 강님이 나서서 말한다.

"대별왕이시여, 저승왕도 으뜸이요, 이승 원님도 고을의 으뜸이신데 으뜸끼리 청하지 못할 바 있사오리까?"

그 말을 듣고 대별왕은 껄껄 웃으며 어성을 낮추었다.

"역시 강님이 똑똑하고 영절스럽구나. 이승 원님, 어인 일로 나를 청하였습니까?"

그제야 김치 사또가 정신을 수습하고 전후사정을 이야기했다.

"다름 아니오라, 과양땅에 사는 과양생이라는 여인이 있사온데 아들 삼형제를 한날 한시에 낳고, 그 아들들이 한날 한시에 과거 급제하고, 또 한날 한시에 죽는 변고가 있었습니다. 이에 과양생이가 오랫동안 소지를 올렸사온즉 불초한 제가 감당할 수 없는 일이라, 이를 결처해주십사 대별왕을 청하였사옵니다."

"흠, 들고보니 해괴한 일이로고. 그러나 이런 일엔 반드시 어두운 내막이 있는 법, 우선 그 과양생이 부부를 동헌 마당으로 데려오시오."

당장 과양생이 브부가 동헌 마당에 불려왔다. 부부의 면면을 살피자마자 대별왕은 그 모든 전후를 꿰뚫어 보았다.

“너희는 아들들을 어디 매장하였느냐?”

“앞밭에 묻었습니다.”

“그래? 그렇다면 누구의 도움도 받지 말고, 너희 부부 손으로 파보아라.”

부부가 힘들여 파고 보니, 무덤 속에는 아무것도 없이 칠성판만 놓여 있었다.

“어느 것이 너희 아들 삼형제냐?”

과양생이 부부는 말문이 막혔다. 대별왕은 곧 연못으로 행차했다. 금봉채를 내놓고 연못물을 세 번 때리니 못물이 순식간에 말라 들어갔다. 연못 밑바닥에는 버무장자 아들 삼형제의 뼈가 살그랑이 남아 있었다. 대별왕은 뼈들을 차례차례 모아놓고 역시 금봉채로 세 번 때렸다. 삼형제의 몸에 살이 오르더니,

“아, 봄잠이라 너무 잤습니다.”

삼형제가 와들랑 일어나며 기지개를 켜는 것이었다.

대별왕은 과양생이 부부에게 물었다.

“이들이 너희 아들 삼형제냐?”

“……”

“너희 아들 삼형제인지 묻고 있지 않느냐!”

과양생이 부부는 덜덜 떨리는 음성으로 말했다.

“아, 예예, 우리 아들 삼형제와 똑같긴 합니다만……”

이 광경을 본 버무장자 아들 삼형제는 과양생이 부부를 곧 죽여버릴 듯이 설쳤다. 대별왕은 이들을 만류했다.

“삼형제야, 너희 원수는 내 갚아주마. 어서 부모님을 찾아가거라.”

삼형제를 보내놓고 대별왕은 소 아홉 마리를 끌어오도록 했다. 과양생이 부부의 팔다리 아홉에 각각 소 한 마리씩을 묶게 하고, 목자를 시켜 사방으로 몰

았다. 육체가 아홉 조각으로 찢겨나갔다. 찢어지다 남은 것은 방아에 독독 빻아 바람에 날려버리니, 각다귀, 모기가 되어 날아갔다. 과양생이 부부는 살아 있을 때도 남의 피만 빨아먹으려고 하더니, 죽어서도 남의 피를 빨아먹으려고 달겨드는 것이다.

육신을 갖겠소, 정혼을 갖겠소

김치 사또는 대별왕이 사건을 처리하는 것을 지켜보며 '과연!' 하고 머리를 끄덕이고 있었다. 대별왕은 처형을 끝내고 사또에게 다가왔다.

"김치 사또, 강님을 조금만 빌립시다. 저승에 데려가 일 시키다가 보내드리겠습니다."

강님이 워낙 똑똑하니 욕심이 나서 하는 말이었다. 김치 사또는 두말없이 거절했다.

"강님처럼 영절스러운 관장이라도 있어야 이 고을이 평화롭지 아니하겠습니까?"

"그럼, 우리 반조각씩 나눠 가지면 어떻습니까?"

강님을 반씩 나눈다니 어떻게? 김치 사또는 궁금했지만 그것마저 거절하기는 곤란할 듯했다.

"정 원하신다면 그리 하십시오."

"사또는 육신을 갖겠소이까, 정혼(精魂)을 갖겠소이까?"

"그야 육신을 가지고말고요."

김치 사또는 어리석게도 육체를 가지고 있어야 일을 시킬 수 있다고 생각한 것이다.

대별왕은 즉시 강님의 삼혼을 뽑아 저승으로 가져가버렸다. 순간 강님은 동헌 마당을 걸어가다가 우두커니 서는 것이었다.

김치 사또는 마음이 흐뭇했다. 대별왕까지 모셔다 그 어려운 사건을 처결했으니, 얼마나 통쾌하고 상쾌한가. 사또는 기쁜 김에 술상을 차리라 하고 강님을 청했다.

"강님아, 이 술 한잔 받고 저승 갔다 온 얘기나 자세히 들려 다오."

큰 역할을 한 강님에게 상찬 겸 위로 겸 술을 권하는데, 강님은 여전히 마당에 우두커니 선 채 대답도 않는 것이다.

'저놈 봐라. 대별왕 잡아왔노라고 큰 체해서 말대답도 아니 한다?'

옆에 있는 막대기로 툭 건드렸더니, 강님은 수숫단처럼 픽 자빠지는 것이었다. 가만 보니 강님은 입에 거품을 물고 죽어가고 있었다. 지켜보던 강님의 큰부인이 깜짝 놀라 달려들었다.

"사또, 우리 서방님이 무슨 잘못한 일이 있소!"

억울하고 원통한 김에 사또를 마구 쥐어뜯다 보니 이젠 사또마저 죽을 판이었다. 주위 관원들이 겨우 뜯어말렸다.

강님의 큰부인은 섭섭하기 이를 데 없었다. 염습, 성복, 일포제, 동관을 해도 섭섭한 마음 누를 수 없고, 역군을 모아다 상여를 매게 하고 '어거넝청' 상여소리를 불러봐도 섭섭하기 마찬가지였다. 좋은 땅에 감장하고, 초우 · 재우 · 삼우제를 지내고, 초하루 · 보름 · 삭망제를 지내도 섭섭했다. 소기 · 대기를 지낸 후에도 섭섭함이 남아, 일년에 한두 번 잊어버리지나 않으려고 삼명절과 기일 제사법을 마련했다.

어리석은 까마귀

한편 강님은 저승에 가서 대별왕의 사자로서 일을 하게 되었다. 하루는 대별왕의 분부를 받았다. 이승에 가서 여자는 칠십, 남자는 팔십이 되거든 차례차례 저승으로 오도록 전갈을 하라는 것이다. 강님은 분부대로 적패지를 등에 지고 이승으로 향했다. 길이 하도 먼지라 몇 번이고 쉬어야 했다. 반쯤은 왔을까. 강님이 길가에 앉아 다리를 뻗고 쉬노라니, 까마귀가 한 마리 까옥까옥 날아왔다.

"차사 형님, 그 적패지 내 날개에 끼워 놓으십시오. 내 이승에 가서 붙여두고 오리다."

"굳이 그 일을 하겠다는 이유가 뭐냐?"

"차사 형님, 내 시시한 까마귀 노릇에 신물이 났소이다. 소원인즉 이승과 저승을 오가는 궉새가 되고자 하는데, 그러려면 공을 세워야 하지 않겠습니까?"

그렇잖아도 다리가 아픈데, 대신 가지고 가서 붙여준다니 반가운 일이긴 했다. 더구나 까마귀가 공을 세워 소원인 궉새가 된다면 모두에게 좋은 노릇이 아닌가. 강님은 미심쩍은 면이 있으면서도 에라, 적패지를 까마귀 날개에 끼워 넣었다.

까마귀는 이승을 향해 파딱파딱 날았다. 한참 날다 보니 말 죽은 밭에서 말을 잡는 것이 보였다. 저기 들러 말고기나 한 점 얻어먹고 갈까 하고 까마귀는 나뭇가지에 앉았다. 그런데 아무리 기다려도 작업이 쉽게 끝나지 않는다. 까마귀는 기다리기에 지쳐 재촉하듯 '까옥까옥' 울었다. 때마침 말을 잡던 백정이 말발굽을 끊어서 휙 던졌다. 까마귀는 저를 맞히려는가 겁이 나서 퍼뜩 날아올랐다. 그런데 그만 활짝 벌린 날갯죽지에서 적패지가 도록 떨어져 버리는 것이었다. 담 언저리를 기어가던 뱀이 그 적패지를 꿀꺽 삼키고는 구멍으로 들어가버렸다. 뱀이 아홉 번 죽었다가도 열 번 살아나듯 오래 사는 이유는 다 이 적패지를 삼킨 때문이다.

까마귀는 적패지를 아무리 찾아봐도 찾을 수가 없었다. 방금 떨어뜨린 적패지가 감쪽같이 사라지다니 이상한 일이 아닌가. 앞을 보니 솔개가 한 마리 앉아 있었다. 능청스러운 모양새가 요놈이 훔친 게 틀림없다고 까마귀는 생각했다. 까마귀는 날쌔게 솔개한테 달려들며 외쳤다.

"내 적패지 달라, 까옥."

솔개도 펄쩍 날아올라 까마귀와 접전을 불사한다.

"아니 보았노라, 뺑고로록."

까마귀와 솔개는 한참 격렬하게 다투었다. 피가 튀기고 두 새의 깃털들이 공중에 분분했다. 그러나 좀처럼 승부는 나지 않았다. 아무리 다투어 봐도 소용이 없자, 까마귀는 아무렇게라도 전갈하고 오는 수밖에 없다고 생각했다. 솔개와의 싸움을 멈추고 이승으로 날아간 까마귀는 되는 대로 외쳐댔다.

아이 갈 데 어른 가십시오, 까옥.
어른 갈 데 아이 가십시오, 까옥.
부모 갈 데 자식 가십시오, 까옥.
자손 갈 데 조상 가십시오, 까옥.
조상 갈 데 자손 가십시오, 까옥.

까마귀가 되는 대로 전달하는 바람에 사람들은 어른 아이 할 것 없이 자꾸만 죽어갔다. 며칠 새에 저승 초군문이 가득하게 망자들이 몰려드는 것이다. 동자판관은 판결을 하다가, 아무래도 이상해 강님을 불러들였다.

“차례차례 오라고 했는데 아이 어른 할 것 없이 한꺼번에, 더구나 순서도 없이 몰려드는 이유가 무엇이오?”

강님은 대답할 길이 없어 까마귀를 불러다 문초했다. 까마귀는 말 죽은 밭에 들렀다가 적패지를 잃어버린 전말을 아뢰었다.

“어리석은 까마귀야, 그래놓고 궉새가 될 꿈을 꾼단 말이냐!”

화가 치민 강님은 까마귀를 보릿대 형틀에 묶어놓고 밀대 곤장으로 아랫도리를 후려갈겼다. 그 때문에 까마귀는 바로 걷지 못하고 아장아장 걷게 되었다.

명감 사마니를 잡아들이라

한편 대별왕은 정명이 다 되어도 ‘사마니’라는 인간을 잡아오지 못해 곤경에 빠져 있었다. 하루는 강님을 불러들였다.

“사마니를 잡고자 그간 아이 차사를 보내면 어른이 되고, 어른 차사를 보내면 아이가 되어도 잡아오지를 못하니 어인 일인가? 네가 가서 사마니를 잡아온다면 후히 상급을 내리리라.”

대별왕을 곤경에 빠뜨린 사마니는 저승에도 그 이름이 높았다. 목숨 연장에 관한 한 신적 경지에 달했다고 해서 명감(命監)이라 했는데, 이른바 죽음을 초월한 대감이라는 뜻이다.

“분부 받들어 뫼시오리다.”

강님은 까마귀 사건으로 실추된 명예를 회복하려고 별렀다. 우선 동자판관에게 가서 사마니에 대한 자세한 이야기를 들어보기로 했다.

“이 명감 사마니는 지금 주년국에 살고 있소이다.”

동자판관은 사마니의 내력을 죽 풀어놓았다.

사마니는 가난한 집안에서 태어난 데다 세 살에 어머니를 여의고 다섯 살에 아버지를 여의어 의지할 곳이 없었다. 하릴없이 집집마다 돌아다니며 문전걸식을 하며 자라났다. 비록 거지 생활을 하여도 행실이 얌전하여 사마니는 동네 사람들의 칭찬을 받았다. 열다섯 살이 되니, 동네 어른들이 돈을 조금씩 모아 장가를 보내주었기에 사마니도 그럭저럭 살림을 차릴 수 있었다. 다행히 사마니 부인은 바느질 솜씨가 좋았다. 이 집 저 집 바느질 품팔이를 해주며 푼푼이 모은 돈으로 부부는 끼니를 이어갔다.

세월이 지나자 자식도 하나 둘 생겨났다. 자식이 늘어나니 살림이 힘에 겨웠다. 하루는 부인이 가위로 치렁치렁한 머리를 잘라놓고 남편 사마니를 불렀다.

"이 머리 장에 가지고 가서 돈 석 냥 받고, 그 돈으로 아기들 먹일 곡식이나 사 오십시오."

"그리 하리다."

사마니는 장에 가 부인의 머리카락 판 돈 석 냥을 쥐고 보니 이만저만 큰 돈이 아닌 걸로 여겨졌다. 이걸로 집을 살까, 밭을 살까 하면서 장판을 돌아다니는데, 사람들이 웅성웅성 모인 곳을 지나게 되었다. 목을 늘여 바라보니 부지깽이처럼 길쭉한 것을 팔고 있었다. 사마니가 처음 보는 물건이었다.

"이건 뭡니까?"

"조총이라는 거외다. 이것만 가지면 얼마든지 먹고 입고 할 수 있소."

"얼마나 받습니까?"

"많이도 말고 돈 석 냥만 내시오."

사마니는 돈 석 냥으로 조총을 사들고 돌아왔다. 부인은 언제면 쌀을 사와서 아이들 밥을 해줄까 눈이 빠지게 기다리는데, 남편은 부지깽이 같은 이상한 것을 사들고 오는 것이다.

"그게 쌀입니까?."

"모른 말 마오. 이것만 가지면 먹고 살아갈 도리가 있다고 하더구먼."

그날부터 사마니는 총을 메고 사냥에 나섰다. 깊은 산중으로 들어가 높은 언덕 낮은 구렁 곳곳마다 헤매어도 노루 한 마리 걸리지 않았다. 매일처럼 허 허빈손으로 돌아오는 수밖에 없었다.

"서방님, 어느 게 노루며 어느 게 사슴입니까? 이 불쌍한 아기들을 어떻게 먹여 살리렵니까?"

"좀 기다려 보시오. 고기도 한 더미, 가죽도 한 더미, 더미더미 쌓아먹을 때가 있으리다."

부인의 성화가 대단했으나 사마니는 그때그때 잘 넘겼다. 오늘이나 잡힐까 내일이나 잡힐까 사마니는 매일 산중을 헤맸다.

어느 날이었다. 짐승은 한 마리도 잡지 못한 채 황혼이 지는 산길을 걸어 집으로 향하고 있었다. 우연히 왼쪽 발에 무엇이 툭 채었다. '어처!' 다시 발걸음을 옮겨 놓으려 하니 또 왼쪽 발에 툭 챈다. 세 번을 거듭 왼쪽 발에 무엇인가 채는 것이었다.

'왼발을 차면 재수가 좋다는데, 여기 무엇이 있는가 보다.'

사마니는 막대기로 주위의 풀섶을 여기저기 두들겨 봤다. 쨍그렁 하고 이상한 소리가 났다.

'이게 무슨 소린가?'

풀섶을 헤쳐보니 백 년쯤 묵은 듯한 해골이 뒹굴고 있는 게 아닌가.

'에에, 더럽다.'

사마니는 못 본 체 지나가려고 발걸음을 옮기니, 이상하게도 다시 왼쪽 발이 툭 채는 것이었라

'이상하다. 필시 곡절이 있는 게다.'

사마니는 한참 서서 생각에 잠겼다. 아무래도 예삿것은 아니었다. 이렇게 왼발이 연달아 챌 수가 있는가. 혹시 이 해골이 우리 집안을 지켜줄 조상인 것은 아닐까. 소마니는 백 년 해골을 곱게 모셔 집으로 돌아왔다. 동네 사람이 눈치 못 채도록 고방의 큰독 속에 모셔 조상님으로 위했다. 집안에 제사 명절이나 대사가 있을 때마다 맨먼저 음식을 올려 흠향하며 복을 빌곤 했다.

그 후 사마니는 재수가 대통하기 시작했다. 사냥을 나가기만 하면 노루며 사슴이 뭇으로 잡히는 것이다. 가죽도 더미로, 살코기도 더미로 마당 가득하게 쌓아올려 놓았다. 동네 마소란 마소는 다 동원하다시피 하며 매일같이 장판으로 실어날라 팔았다. 사마니는 삽시에 부자가 되었다.

이대로 죽을 수는 없다

몇 년이 흘렀다. 어느 날 사마니가 곤히 잠들었는데, 백발노인 하나가 고방에서 나오는 게 보였다. 모셔 놓은 백 년 해골 조상이 현몽한 것이다. 백발노인은 사마니 부부를 불렀다.

"사마니야. 어찌 그리 무심히도 잠을 자느냐? 잘 들어두어라. 사마니 네 정명이 서른, 이제 만기가 되어 저승 대별왕한테 너를 잡아가려는 삼차사가 곧 내릴 것이다. 사마니야, 죽고 싶지 않거든 어서 일어나 전조단발(剪爪斷髮)하고, 저 삼거리에 가서 정성을 드려라. 삼거리 길에 족자 병풍을 두르고 비자나무 겹상에다 맑은 음식을 단정히 차려 향촉을 돋우고, 네 성명 석 자를 써서 제상 밑에 붙어 놓아라. 그 후 너는 백 보 바깥에 엎드려 조용히 기다리되, 누가 불러도 얼른 대답을 말았다가, 세번째 부르거든 머리를 들어 대답을 하여라."

노인은 사마니어 이어서 그의 부인에게도 분부했다.

"사마니 부인일랑 날이 새거든 심방을 청해다 마당에 염랫대를 세우고 시왕맞이굿을 하라. 관대 세 벌, 띠 세 개, 신발 세 켤레를 마련하고, 큰 주석 동이에 좋은 쌀을 담아 가득 올리고, 또 황소 아홉 필을 대령하여 액을 막도록 하라."

벌떡 깨고 보니 꿈이었다.

'정명 삼십이라니, 지금 살 만한데 이대로 죽을 수는 없다!'

사마니는 식은땀이 흘렀다. 사마니 부부는 즉시 심방을 청해다 마당에 염랫대를 세우고 시왕맞이굿을 시작했다. 날이 저물자, 사마니는 삼거리 길로 나가 조용한 곳에 족자병풍을 둘러치고, 비자나무 겹상에다 말발굽 같은 흰시루떡에 계란 안주, 청감주, 갖가지 음식을 단정히 차려놓았다. 백발노인 분부대로 '사마니' 이름 석 자를 써 제상 밑에 붙여두고 백 보 바깥에 가 조용히 엎드리고 있었다.

초경, 이경 넘어 삼경이 박두하니, 과연 대별왕의 분부를 받은 삼차사가 내려섰다. 사마니는 엎드린 채로 동정을 살폈다. 삼거리로 가까이 다가오며 차사들이 말을 나누고 있었다.

"이상하게도 시장기가 한이 없네."

"나도 그렇소."

"어디서 좋은 향내가 그윽하네그려."

"저기 불이 켜져 있구면. 저기를 가봅시다."

삼차사는 삼거리에 오더니, 음식상을 발견하고는 청감주며 계란 안주며 닥치는 대로 먹기 시작했다. 시장기에 몰려 앞뒤를 생각할 여유가 없었던 것이다.

"허, 이젠 얼마든지 산이라도 넘고 물이라도 건너겠구나."

배가 부른 차사들은 그제야 정신이 나서 제상 밑을 보는 것이었다. '사마니' 라는 이름이 써붙여 있는 게 아닌가.

"이거 큰일났구나."

"무슨 일이 있소?"

"이거 보으. 여기 우리가 데려갈 사마니 이름이 씌어 있소."

삼차사는 주저앉아 걱정을 하기 시작했다.

"이것 참. 사마니가 차린 음식을 먹어버렸으니, 이 일을 어찌하면 좋을꼬?"

"그리 말그 우선 사마니 이름을 한번씩 불러보는 게 어떨까? 대답이 없으면 다른 사람이 차린 음식일 수도 있고 하니……."

"그리 해봅시다."

천황차사가 "사마니야!" 불렀다. 대답이 없다. 지황차사가 "사마니야!" 하고 불러도 대답이 없었다. 인황차사가 "사마니야!" 하고 이름을 불렀더니, 백 보 바깥에서 "예!" 하며 얼굴을 드는 것을 보니 사마니가 틀림없었다. 삼차사는 다시 앉아 의논하기 시작했다. 남의 음식을 공짜로 먹어 목 걸리는 법인데, 이 렇게 푸짐히 잘 먹어놓고 사마니를 잡아갈 수도 없는 노릇이다. 나중이야 어 떻게 되든 으선 사마니의 집에나 가보자고 의논이 되었다.

사마니를 앞세워 집에 가 보았다. 염랫대를 세워놓고 시왕맞이를 하는데, 그 차림새가 정성이 지극할 뿐 아니라, 관디 세 벌, 띠 세 벌, 신발 세 켤레에 황소 아홉 필까지 대령하여 액을 막고 있는 것이었다.

'이러고 보니 더욱 잡아갈 수 없겠구나.'

에라, 모르겠다 하는 심정으로 삼차사는 권유하는 음식을 받아먹고, 쌀동이 며 황소며 주는 대로 받아 놓았다. 먼길을 오느라 신발도 떨어지고 관대도 떨어진 판이라, 신발이며 관대며 새것으로 갈았더니 기분이 몹시 상쾌해졌다. 후한 대접을 받은 삼차사는 사후대책을 의논했다. 궁즉통이라, 곧 묘안이 떠올랐다. 저승으로 돌아가서 동자판관실의 장적에 사마니의 정명을 고쳐 버리자는 것이다. 삼차사는 사마니를 잡지 않고 그대로 돌아갔다.

대별왕 이하 동자판관이 시왕맞이굿을 받으러 인간세계로 내려가 버린 틈에 삼차사는 슬쩍 동자판관실로 들어가 장적을 펴놓았다. 장적에는 물론 사마니의 정명이 삼십(三十)이라 씌어 있었다. 차사들은 붓 한 자루를 꺼내어 벼루에다 적셨다. 장적 삼십의 열 십(十)자 위에다 눈을 딱 감고 한 획을 싹 비껴 그어버렸다. 십 자는 천(千) 자가 되고 소만이의 정명은 삼천 년이 된 것이었다.

"자, 이만하면 됐다."

장적을 들여놓고 삼차사는 동자판관실을 나왔다. 얼마 있더니 대별왕 이하 동자판관이 시왕맞이굿을 마치고 들어와 삼차사를 불렀다.

"어째서 사마니를 잡아오지 않았느냐?"

"대별왕이시여, 동자판관에게 확인해 보옵소서. 사마니는 아직 정명이 아닌데 어찌 잡아들이라 했사옵니까?"

"뭐라고? 그게 무슨 말이냐?"

동자판관이 장적을 싹싹 걷어놓더니,

"하, 이거 오착이 되었소이다. 삼십 년인 줄 알았는데, 십 자 위에 한 획이 더 있는 걸 몰랐사옵니다."

동자판관은 대별왕에게 죄송한 듯이 아뢰었다.

이렇게 하여 주년국 땅 사마니는 삼차사에게 액을 막아 삼천 년을 살게 되었다는 것이다.

결국 강님이 손에 잡히는구나

사마니의 내력을 듣고 강님은 미소를 지었다.

'딴은 영리한 사마니로군.'

그러나 사마니를 잡아오라는 대별왕의 분부를 받들 자신감은 있었다. 사마니 이야기를 들으며 묘책을 이미 떠올린 탓이다. 강님은 곧 이승으로 내려와 숯을 몇 말 얻었다. 그리고는 사람의 왕래가 많은 길가 시냇물에 숯을 담그고 바드득바드득 씻기 시작했다. 며칠간을 계속 씻고 있었더니, 어떤 건장한 사내가 지나다가 보고 묻는 것이었다.

"어째서 시냇물에다 숯을 씻고 있으시오?"

"검은 숯을 백 일만 씻으면 백탄이 되는데 그것이 백가지 약이 된다 하길래 씻고 있습니다."

사내가 껄껄 웃었다.

"이보시오, 이 사마니가 삼천 년을 살아도 그런 말은 듣기가 처음이오."

'옳지 요놈이로구나!'

강님은 날쌔게 달려들어 사내를 밧줄로 꽁꽁 묶어놓았다.

"사마니야, 내가 너를 잡아갈 강님이다!"

"어떤 차사가 와도 나를 잡는 이 없더라마는, 삼천 년을 살다보니 결국 강님이 손에 잡히는구나."

사마니는 체념하고 순순히 강님을 따라 저승으로 갔다. 대별왕에게 잡아다 바쳤더니 대별왕은 크게 칭찬하고 약속한 상급을 내렸다.

"과연 강님이 영절스럽도다. 제아무리 명감인들 강님한테는 어쩔 수 없는 일이로구나. 이제부터 사람 잡아오는 이승차사로는 천상천하 오직 강님이 있을 뿐이다!"

9. 부신(富神) 칠성아기

칠성제를 올리다

송핏골 짓너븐밭에 장설룡과 송설룡이 부부가 되어 살고 있었다. 살림은 가난하고 나이 오십을 먹도록 자식도 없었다. 하루는 용한 점쟁이가 옆마을에 났다는 소문을 듣고, 부부는 그 점쟁이한테 남은 운세나 물어보고자 허위허위 찾아갔다. 점쟁이는 부부의 이름을 묻고 그 면면을 살펴 보더니,

"이름에 용(龍)자가 들어있으니 길조요. 칠성단을 만들어 칠성제를 지내면, 없던 돈도 생기고 없는 자식도 나고 부귀영화를 누리겠쇠다."

하는 것이었다.

"칠성제는 어떻게 지내면 되겠습니까?"

"장독대 뒤에 칠성단을 만들고 촛불을 일곱 개 켜 놓으시오. 밥 일곱 사발, 떡도 일곱 쟁반, 미녕(천)도 일곱 필, 잔도 일곱 개를 올려 칠월 칠석날까지 일주일간 기도를 올리면 될 것이외다."

장설룡·송설룡 부부가 정성을 들여 칠성제를 지내자, 과연 칠석날 아침에

는 북두칠성의 일곱 성군이 송핏골로 내려오는 것이었다. 원성군, 목성군, 계성군, 명성군, 복성군, 연성군 등 여섯 성군이 다 내려와 상을 받았으나, 넷째 동성군만은 늦게 도착했다.

동성군은 천상에서 죄를 지어 인간세상에 귀양 와 있는 신세였는데, 아이들을 모아놓고 글을 가르치며 먹고살고 있었다. 날이 저물 무렵 마당에 내려서서 천기를 짚어보니 여섯 성군이 모두 송핏골 짓너븐밭 장설룡·송설룡 집으로 가려고 하는 게 보였다.

'오랜만에 동기들이나 만나보자.'

동성군은 글공부하던 아이들을 일찍 돌려보낸 후 의복을 차려입고 떠날 채비를 했다. 아이들이 모두 기뻐하여 돌아갔는데, 똑똑한 수제자 하나만은 군복을 차려입고 몰래 동성군을 뒤따라갔다.

동성군이 송핏골에 늦게 도착해 보니, 여섯 성군은 이미 음식대접을 받고 문을 나오고 있었다. 동성군은 대접 받을 시간이 없어 솔내송(떡) 두 덩어리만 주머니 속에 슬쩍 숨겨가지고 나왔다. 뒤쫓아온 수제자는 대문 앞 팽나무 위에서 동성군이 하는 양을 모두 지켜보고 있었다.

일곱 성군이 문밖에서 의논을 했다.

"남의 것을 공짜로 먹으면 목에 걸리고, 남의 옷 공짜로 입으면 등이 시러운 법입니다. 장씨·송씨가 우리를 잘 대접했으니 어떻게 치사하면 좋겠습니까?"

"나는 부부 명이나 길게 해주리다."

첫째 성군이 말했다.

"난 가보전답을 내려주겠소."

둘째 성군이 이어 말했다.

"오랫동안 자식이 없었으니, 난 생불꽃을 내어 자식을 선물하겠소."

셋째 성군이 약속했다. 이제, 넷째 성군인 동성군 차례였다.

"난 맨 나중에 상을 받았으니 맨 나중에 말하리다."

동성군이 차례를 미루자, 다섯째가 말했다.

"난 하늘로부터 오는 액을 막아주겠소."

그러자 여섯째는,

"땅으로부터 오는 액은 내가 막아주려오."

했고, 곧이어 일곱째 성군도 말했다.

"나는 사람으로부터 오는 액을 다 막아주리다."

마지막으로 순서를 미뤘던 넷째 동성군 차례가 되었는데, 그 표정이 심상치 않았다.

"난 저것들 봉사나 만들어주고 가겠소."

말이 떨어지자마자, 다른 성군들이 펄쩍 뛰었다.

"아니, 그런 말이 어디 있습니까?"

"정성을 악으로 갚으시려요?"

그래도 동성군은 굽히지 않았다.

"내게 생각이 있으니 나중에 알게 될 것이오."

동성군의 엉뚱한 말에 왈가왈부하던 일곱 성군은 하늘에 돌아갈 시간에 쫓겨 모두 송핏골을 떠나버렸다.

봉사가 된 장설룡 · 송설룡

동성군이 다음날 제자들을 모아놓고 글을 가르치는데 수제자가 물었다.

"선생님, 어젯밤에 어디 갔다 오셨습니까?"

"송핏골에 제사상 받으러 갔다 왔느니라."

"상은 받으셨습니까?"

"받았다."

"늦게 가시는 바람에 상은 못 받았잖습니까?"

수제자는 빤히 스승을 쳐다보았다. '옳은 것을 가르쳐야 할 스승이 떡을 훔친데다 거짓말까지 하시면 되겠습니까' 하는 표정이었다. 동성군이 끄응 신음 소리를 낸다.

"괘씸한 녀석, 네 놈이 따라왔던 게로구나. 아무도 오지 말라 했거늘, 왜 내 말을 어겼느냐?"

"소생, 선생님 가시다가 도적이나 만날까 걱정이 돼서 군복을 차려입고 따라갔었습니다."

"가서 무엇을 봤느냐?"

"떡 두 개를 주머니에 담고 오시는 걸 봤습니다."

"허허허!"

동성군은 너털웃음을 웃은 후 물었다.

"예리한 눈썰미가 과연 내 수제자답구나. 그렇다면 돌려주지 않을 수 없게 됐는데, 네가 내 옷을 입고 가 이 떡을 되돌려줄 수 있겠느냐?"

"하명하신 대로 따르겠습니다."

수제자가 솔내송 두 개를 가지고 송핏골로 가보니, 장설룡의 집에는 금줄이 쳐 있었다. 금줄 아래로 들어간 수제자는,

"먹을 것 좀 주시오!"

소리를 질렀다.

하인이 나오더니 대뜸 욕부터 했다.

"식사 시간이 지났으니 걸인은 나가오."

"어젯밤 제사를 지낸 것 같은데, 퇴물이라도 좀 주시구려."

"아무것도 없어!"

"허, 인심 한번 고약하군."

하인과 수제자가 서로 실랑이를 하다가 싸움으로 번졌다. 마당이 시끄러워지자 장설룡 내외가 나왔다.

"왜 이리 소란한고?"

"주인님네, 혹시 어젯밤 뭐 잃어버린 거나 없소?"

수제자가 물었다.

"하긴, 어제 제사 지내다가 솔내송 두 개를 잃었소만."

"이게 그것 아닙니까?"

수제자가 손 위에 떡 두 개를 꺼내놓으니 장설룡이 보고 호통을 친다.

"네놈이 바로 도둑놈이었구나! 이 놈을 잡아라."

고마워 해야 할 주인이 오히려 화를 내자 수제자도 화가 났다. 떡 두 개로 냅다 장설룡 내외를 맞혀버리고 도망쳤다. 떡에 눈을 맞은 장설룡·송설룡 내외는 봉사가 돼버렸다.

칠성아기의 탄생

얼마 후 온나라가 뒤집어지는 병란이 났다. 정치에 불만을 품은 수만 군사들이 봉기한 것이었다. 군사들은 장설룡의 집으로도 몰려왔다.

"이 늙은 연놈들, 예전 벼슬 살 때 남의 돈도 많이 털어먹었을 터이니, 배때기나 밟아버리고 가자."

그러나 두 내외는 봉사인데다, 몸에는 물비리, 강비리 등 허물이 창궐하여 오래 살 것 같지 않았다.

"그냥 두어도 곪어 죽겠구먼."

군사들이 침을 찍찍 뱉으며 그냥 가버리는 통에 다행히 두 내외는 목숨을 건지게 되었다.

"우리가 잘못하여 그 죄로 봉사가 됐지만, 죽지 않고 살아있는 것만은 성군님네 덕이로구나."

내외는 고마운 마음에 다시 정성스레 칠성제를 올렸다. 이번에는 일곱 성군들이 약속한 대로 각각 복을 내려줬다. 두 내외는 이전처럼 눈을 뜨고, 가보전답들이 숱하게 생겨나 일거에 천하거부가 되었다. 또한 송설룡 부인은 오래 기다리던 아기를 잉태했고, 달이 차자 어여쁜 딸을 순산했다. 장설룡 내외는 칠성제를 지내 얻은 아이라는 뜻에서 이름을 '칠성아기'로 지었다.

칠성아기가 일곱 살 나는 해, 장설룡 내외는 천지왕의 부름을 받아 하늘궁전에 벼슬살이를 떠나야 했다. 하늘궁전에 벼슬살이 갈 적엔 아무도 데리고 가지 못하는 법이다. 그래서 칠성아기는 하인에게 맡겨둘 수밖에 없었다.

떠나는 날 아침 붉은 독교를 타고 장설룡·송설룡 부부가 하늘로 오르려 하자, 칠성아기는 울며불며 가마를 따라가려 했다.

"어머니 아버지, 저도 같이 가렵니다!"

그러나 부부는 이를 뿌리치지 않을 수 없었다. 부부는 눈물을 흘리며 가마를 재촉하여 하늘로 향했다. 칠성아기는 부모 몰래 펄쩍 뛰어 가마의 뒤를 붙잡았다. 가마는 하늘을 향해 오르고, 뒤에 매달린 칠성아기도 동동 떠서 부모가는 길을 따르고 있었다.

얼마나 매달렸을까, 태양이 몹시 따갑게 느껴질 만큼 높이 올라갔을 때 힘이 부친 칠성아기는 그만 가마를 놓치고 말았다.

"아아!"

땅을 향해 하늘하늘 낙하하는 칠성아기의 몸은 허물을 벗듯이 꿈틀거리며 서서히 하얀 뱀으로 변해갔다. 하늘 중간쯤에 이르자 난데없이 바람이 불고 안개가 자욱해졌다. 멀리서 바라보면 마치 하얀 용 한 마리가 구름 속에서 호풍환우하는 듯한 모습이었다.

중천에서 완전히 하얀 뱀으로 변한 칠성아기는 마침내 바람 잔 잔소낭밭에 사뿐 내려앉았다. 칠성아기는 잔소낭밭을 스륵스륵 기어가다 돌담을 만났다. 그 틈새로 빠져나오는데, 마침 하늘에서 뭔가 툭 떨어지는 것이었다. 차사가 저승으로 데려갈 사람들 이름이 가득 씌어진 적패지였다.

위를 보니, 강남차사의 심부름을 가던 까마귀가 말고기에 정신을 팔다 실수로 떨어뜨린 것임을 알 수 있었다. 칠성아기는 그 적패지를 냉큼 삼겨버렸다. 그리하여 하얀 뱀 칠성아기는 아홉 번 죽었다가도 아홉 번 환생하는 불멸의 존재가 된 것이다.

적패지를 삼킨 칠성아기

스륵스륵 땅위를 움직이던 칠성아기는 저녁이 되자, 어느 바닷가에 이르게 되었다. 날씨는 춥고 몸을 가릴 곳은 없었다. 바닷가에는 파도 따라 먼 데서 밀려온 무쇠상자가 있었다. 칠성아기는 그 상자 안에 들어가 밤을 새리라 마음 먹었다. 칠성아기가 상자 속으로 들어가자 상자는 저절로 잠겨버렸다.

다음날 아침, 마침 이곳에서 물질을 하던 잠수(潛嫂) 일곱 명이 상자를 발견했다. 상자 주위로 영롱한 빛이 발산되고 있어 무척 귀한 물건인 것처럼 보였다. 일곱 잠수들은 서로 상자를 차지하기 위해 머리끄덩이를 매며 싸웠다.

"내가 처음 보았다!"

"무슨 소리! 내 손이 맨 먼저 닿았어!"

잠수들은 서로 밀치며 상자를 먼저 열려고 했다. 그러나 상자는 쉽사리 열리지 않았다. 마침 고기 낚으러 가던 어부 영감이 잠수들이 싸우는 것을 보고 뜯어말렸다.

"허어, 아침부터 싸우지들 말게. 내가 상자를 열어볼 테니, 금이 나오든 옥이 나오든 안에 있는 것은 너희가 똑같이 갈라 가지고 상자는 나를 주면 담뱃갑으로나 쓰겠네."

잠수들은 그 말에 따르기로 했다.

어부 영감이 주먹에 기를 모아 상자를 세 번 치자 문이 설캉 열렸다. 상자 속에는 커다란 하얀 뱀이 곱게 또아리를 틀고 있었다. 잠수들은 놀라 입을 다물지 못했다.

"웬 하얀 구렁이가 상자 속에!"

어부 영감이 기침을 두어 차례 하고 정색하며 말했다.

"이는 어느 한스러운 영혼이 흰 뱀으로 변해 앉아 있는 것이네. 잘 모시면 영검을 줄 것이요, 그렇지 않으면 화가 있을지라."

그 말을 들은 잠수들은 흰 뱀을 위로하기 위해 큰굿을 열기로 했다. 굿에 쓸 해산물을 구하려고 바다에 들어갔는데, 얼마 전까지만 해도 좀체 안 보이던 전복, 소라가 부지기수로 잡히는 것이었다.

"과연 신령이시로세."

굿을 마치고 집으로 돌아온 사람들은 그때부터 이 흰 뱀을 신으로 모시게 됐는데, 갈수록 재산이 불어나고 자손이 번창했다. 이 소식을 들은 마을 주민

들도 모두 같은 신을 모시기 시작했다.

고방 안 칠성신으로 자리하다

하루는 칠성아기가 바닷가를 벗어나 마을로 나들이를 했다. 칠성아기는 가락쿳물의 물 내려가는 구멍을 타고 하류에 자리잡은 산지물까지 내려왔다. 마침 이곳에 빨래하러 왔던 송 대감집 따님아기의 자태가 아름다워 칠성아기는 그의 물구덕(바구니)에 슬쩍 들어갔다.

송 대감집 따님아기는 집에 가서 물항아리를 꺼내려다가 흰 뱀을 발견하고 몹시 놀랐다. 따님아기의 비명을 듣고 달려온 송대감 부부는 이 흰 뱀이 보통 뱀이 아니라는 것을 금방 알아챘다.

"우리를 살리려고 온 초상(神)이시어든 집 안으로 들어오십시오."

송 대감네는 칠성아기를 고방(庫房) 안으로 정중히 모셨다.

그래서 칠성아기는 송 대감집에서 살게 되었는데, 송 대감네는 이때부터 재산이 크게 늘고 일가에 벼슬아치도 많이 나오는 등 집안이 흥성했다. 송 대감집이 있는 거리는 자연스레 '칠성골'이라 불리게 되었다.

칠성제로 태어난 칠성아기는 이처럼 집안을 천하거부로 만들어주는 고방 안의 '칠성신'이 되어 사람들의 섬김을 받게 되었다.

보리농사 가을추곡

시만국(新萬穀) 만발시켜,

대독 소독 검은독 노린독 대두지 소두지
동창궤 서창궤 남창궤 북창궤 차지하곡,
섬지기 말지기 되지기 홉지기 거느리어,
자손대대에 먹을
오곡풍년 시켜줍서.
오곡풍년 시켜줍서.

10. 할로영산 궤네깃도

천지왕, 천하를 굽어보다

천상천하가 정돈되자 천지왕은 평안했다. 사람들은 부지런히 태어나고 성장하고 서로 사랑하고 다투고 화해하면서 살다가 죽었다. 그간에 생겨난 여러 신들은 각자의 직능에 따라 숱한 사람들의 삶에 일일이 간여했다. 신들은 사람들이 겪는 심신의 고통을 치유해주고 복을 내렸으며, 때로 악한 행위에는 징벌을 가했다. 하늘의 뜻은 땅에 잘 전달이 됐고, 땅의 일은 하늘과 저승, 서천꽃밭의 법칙에 따라 알맞게 처리되고 있었다. 어제와 같은 오늘이요, 오늘과 같을 내일이었다.

그러나 그 모든 것이 너무나 자연스러워져서 사람들은 오히려 하늘의 존재를 조금씩 잊어가지 않을 수 없었다.

"모든 것이 이루어졌으나, 어딘지 허전하구나."

천지왕은 중얼거렸다.

"아버님의 뜻을 땅 위에 직접 구현하심이 어떻겠습니까?"

아버지 천지왕을 모시고 있던 대별왕이 조심스레 제안했다.

"그게 무슨 뜻이냐?"

"영기 좋은 땅을 골라, 하늘궁전을 닮은 아버님의 나라를 세우는 것입니다."

천지왕은 무릎을 쳤다.

"그 좋은 생각이로다! 땅에 작은 하늘이 있게 한다면 사람들에게 이롭고, 또한 하늘의 존재도 쉬 잊혀지지 않으리."

"그렇습니다."

천지왕과 대별왕은 소별왕까지 급히 불러 셋이 함께 천하를 굽어보았다. 오래지 않아 한 곳이 지목되었다.

"저 너른 바다 한가운데 우뚝 솟은 산이 과연 신비롭구나."

"그곳은 천상천하의 영기가 모여드는 곳으로 할로영산이라 하옵니다."

지상을 다스리는 소별왕이 즉시 아뢰었다.

"걸출한 인물이 출생할 만한 기운이 넘치는군요."

대별왕도 한몫 거들자, 천지왕은 흡족한 미소를 띠며 결정했다.

"내 저곳을 땅의 하늘궁전으로 정해, 영웅이 탄생하도록 하리라."

그리하여 세상에선 할로영산땅에 새로운 영웅이 탄생하기를 고대하게 되었다.

할로장사 소천국

소천국은 할로영산땅 가는머들 잔소낭밭 밑에서 솟아났다. 어려서부터 힘이 장사이고 식성이 좋았다. 소천국은 배가 고프면 사냥개 늬눈이반둥갱이를 데리고 영기(靈氣)가 천하제일인 할로영산에 올라 짐승을 사냥했다. 소와 말,

산돼지, 궁장노루, 대강록, 소강록, 꿩 등등 할로영산엔 짐승들이 많았다. 소천국은 잡아먹은 짐승 가죽으론 옷을 만들어 입었다. 상의는 청달피, 하의는 흑달피, 감투와 버선은 소록피로 마련했다. 모든 게 흡족했으나 단 한 가지, 아이를 낳아줄 여자가 없는 게 아쉬웠다.

흰 모래밭에서 태어난 백주또

백주또는 서울 남산 기슭 흰 모래밭에서 태어났다. 아버지는 백정승이요, 어머니는 바다 한켠에 있는 해송국에서 온 용부인이었다. 백주또는 어려서부터 성정이 거세더니 열일곱 살 나던 해에 그만 중의 아이를 배고 말았다.

"늘 요망한 짓을 일삼더니, 그예 중놈의 새끼까지 배었단 말이냐!"

화가 난 백정승 부부는 백주또를 무쇠상자에 넣어 바다로 띄워버렸다. 정처 없이 흘러가던 무쇠상자는 해송국을 거쳐가게 되었다.

해송국에는 백주또의 외삼촌이 열두 명이나 있었다. 그들은 부모한테 버림받은 조카딸을 불쌍히 여겼다. 그러나, 백주또의 배가 나날이 불러오는 바람에 해송국에 오래 머무르게 할 수도 없었다. 외삼촌들은 백주또에게 여러 가지 부술(符術)을 가르쳐주었다. 얼마 후 백주또가 해송국을 떠날 때는 파란 주머니에 파란 요술가루를 담아주었고, 만일에 대비해 바람을 다스릴 수 있는 백부채도 선물로 주었다. 그들은 눈물을 흘리며 백주또를 전송했다.

"할로영산땅을 찾아가거라. 풍문에 듣기로 거기 천지왕의 후손이 살고 있다 하니 그를 배필로 삼아 의지하거라."

백주또는 작은 배에 실려 어느 바닷가 모래밭에 부려졌다. 백주또는 부른 배를 안고 모래밭에 털썩 주저앉았다.

'할로영산땅이 어디인가.'

마침 나루터에는 할로영산땅으로 간다는 배가 한 척 정박해 있었다. 이제 곧 출항할 참인지 선원들이 분주히 움직이고 있었다. 백주또는 허위허위 달려가 외쳤다.

"저기 선주님, 사공님! 할로영산땅에 저도 함께 데려가 주십시오."

"아니, 여자란 꿈에만 실려도 사물(邪物)인 것인데 항차 함께 가자니……. 우리 가는 길을 훼방 놓을 참이란 말인가!"

배는 곧 돛을 올리고 떠나버리는 것이었다. 매정하게 거절당한 백주또는 바닷가에 앉아 백부채를 동쪽으로 한 번 서쪽으로 한 번 흔들었다. 동쪽으로 부치면 동풍이 일고 서쪽으로 부치면 서풍이 불어, 가던 배도 돌아오고 오던 배도 돌아갔다.

할로영산땅을 향해 가다가 바람에 불려 되돌아온 사공들은 그제서야 백주또 앞에 넙죽 엎드렸다.

"아이고, 아기씨. 몰라뵈었습니다. 부디 이 배에 올라타십시오."

"남정네 가는 길에 어찌 사물이 함께 올라 동티를 내겠습니까. 어서 사공님들 갈 길이나 재촉하십시오."

"아기씨, 정말 우리가 잘못했습니다. 어서 이 배에 오르십시오."

사공들이 엎디어 통사정을 하는 걸 한참 보고나서야 백주또는 못 이기는 척 배에 올랐다. 배는 오랫동안의 항해를 거쳐 드디어 할로영산땅 수진포로 들어왔다. 구름 속에 아득히 할로영산의 꼭대기가 솟아있었다.

'정녕 신비로운 산이로구나!'

그러나 막상 목적지에 도착하자 사공들의 생각이 달라졌다. 보아하니 홀몸도 아닌데다 의지할 곳도 없는 여자인데, 차후 처리가 난감했던 것이다. 한참

쑥덕쑥덕하던 그들은 백주또를 다시 무쇠상자에 넣어 바다에 흘려보내기로 의견을 모았다. 사공들이 한꺼번에 달려들자 백주또는 꼼짝없이 상자 속에 갇히고 말았다.

소천국과 백주또의 만남

어느 날 소천국이 할로영산에서 사냥을 마치고 내려오는데 온평 포구에 한 무쇠상자가 표류해 온 것을 발견했다. 무엇이 들었나 싶어 소천국은,

"안에 누가 있느냐?"

발로 툭툭 차며 물었다.

"구…… 해주십시오."

아니나다를까, 무슨 소리가 새어나오는 것이었다.

"네가 귀신이냐, 사람이냐?"

놀란 소천국이 다시 소리쳐 묻자, 상자 속에서 분명한 여자의 음성이 대답했다.

"사람이옵니다. 어서 상자를 열어주세요."

소천국이 무쇠상자를 여니, 과연 아리따운 여인이 품에 일곱 명의 갓난아이를 안고 있지 않은가. 백주또는 그 동안 상자 안에서 딸아이 일곱 쌍둥이를 낳은 것이었다. 갓난아이들이야 어쨌든 소천국은 상자 속의 미인에게 마음을 빼앗겼다.

'필시 영험한 할로영산이 내게 점지해 준 짝이로고.'

침을 꿀꺽 삼킨 소천국이 입을 열었다.

"어디서 오는 아기씨요?"

"서울 남산 기슭에서 온 백주또라 하옵니다."

"어떻게 할로영산땅엘 왔소?"

"할로영산땅에 천지왕의 후손이 살고 있다 하온즉, 그분과 배필을 맺을까 해서 왔습니다."

그 말을 듣자 소천국은 입맛이 썼다. 하늘이 점지한 짝인 줄만 알았더니 그게 아닌 듯한 것이다. 대체 천지왕 후손이란 자가 할로영산땅 어디에 살고 있단 말인가? 할로영산 구석구석을 소상히 알고 있지만, 그런 자에 대한 말은 들어본 적이 없었다. 소천국이 할 말을 잃고 우물쭈물하는 사이, 백주또가 당돌하게 물었다.

"어디로 가면 천지왕의 후손을 만날 수 있겠습니까?"

"허, 그게, 천지왕의 후손이라면……."

잠시 생각에 잠긴 척하던 소천국은,

"여기 있으면, 내가 가서 길 인도할 사람을 보내드리겠소."

백주또가 앉아 있는 사이 집으로 뛰어간 소천국은 더러운 사냥옷을 벗어버리고 운문대단 수놓은 옷에 남색 비단쾌자, 꽃무늬 전대를 차고 나타났다. 백주또의 환심을 끌어보려 한껏 차려입기는 했으나, 백주또는 소천국의 뽐낸 차림에 웃음부터 났다.

"소녀의 갈 길을 인도해주실 분인가요?"

"그렇소. 하지만 길이 머니, 아기씨를 일단 우리 집으로 모시겠소이다."

백주또는 소천국을 따라 웃멍둥이 알멍둥이지경을 내려와 소천국 집에 당도했다. 늬눈이반둥갱이가 컹컹 짖고 집 한구석에 소뼈, 말뼈가 산더미로 쌓여 있는 게 보였다.

'쇠도둑놈이요 말도둑놈로구나!'

마루에 두 사람이 마주보고 앉자 소천국은 대뜸 제의했다.

"아기씨, 이 소천국하고 배필을 맺어봅시다."

"싫어요!"

겁이난 백주또는 도망치려고 했지만 소천국에게 손목을 잡히고 말았다. 소천국이 겁탈하려 하자 백주또는 파란 주머니에서 파란 가루를 꺼내 푸 입으로 불었다. 가루를 뒤집어쓴 소천국이 노릇노릇 죽어가는 양하다가 이내 벌떡 일어났다. 천하장사 소천국한테는 요술도 통하지 않았다. 하지만 백주또는 여전히 버팅기었다.

"더러운 놈 잡았던 손목인들 남겨둘 수 있으랴."

백주또는 은장도를 꺼내 자기 손목을 깎아버리려 했다. 소천국이 황급히 달려들어 백주또의 은장도를 빼앗았다.

'힘이 과연 장사로구나!'

소천국은 다시 백주또의 손목을 부여잡고, 함께 사는 게 어떠냐는 것이다. 거듭되는 간절한 애원에 백주또는 그쯤에서 소천국의 제의를 받아들이기로 했다. 따지고보면 고립무원의 신세가 아닌가.

그들은 송당리에서 부부의 연을 맺었다. 청미래덩굴 밭의 무성한 억새를 베어 아이들의 이불로 삼았다.

살림을 가릅시다

소천국 부부는 그후 아들 다섯 형제를 낳고 여전히 늬눈이반둥갱이를 데리고 산짐승을 잡아먹으며 살았다. 그러나, 딸 쌍둥이 일곱에 아들 다섯 등 아이가 점점 많아지니 사냥으로만 살아가기가 힘들었다. 여섯째 아이를 뱄을 때, 백주또가 말했다.

"서방님, 아기들은 이렇게 많은데 사냥만으론 살 수 없잖습니까. 농사를 짓는 게 어떻습니까?"

소천국도 같은 생각을 하고 있었다. 백주또 말을 계기로 할로영산땅 여기저기를 돌아다니던 소천국은 오붕이굴왓 지경에 백섬지기 넓은 밭을 마련했다. 소천국은 당장 그날부터 소에 쟁기를 지워 밭 갈러 나갔다.

백주또는 남편 점심으로 국 아홉 동이, 밥 아홉 동이를 차려서 밭으로 지고 갔다. 열심히 밭 가는 소천국을 물끄러미 바라보다가 백주또는 점심을 길마 옆에 내려놓고 돌아갔다.

소천국이 계속 밭을 갈고 있는데 한 늙은 중이 지나가다가,

"여보, 내 배가 몹시 고프니 밥 좀 주시오. 나무관세음보살."

하고 청했다. 흘낏 중을 쳐다본 소천국은,

'늙은이가 먹으면 얼마나 먹으랴.'

소천국은 길마 옆에 밥이 있으니 먹고 가라고 말했다. 그러자 배가 몹시 고팠던 늙은 중은 염치고 뭐고 국 아홉 동이, 밥 아홉 동이 도합 열여덟 동이를 모조리 쓸어먹고는 도망가버렸다.

소천국이 점심을 먹으려고 보니 밥이 한 술도 없었다. 허기를 견딜 수 없는 소천국은 앞뒤 생각하지 않고 밭 갈던 소를 단매에 때려잡았다. 찔레나무에 소를 구워 익었는가 한 점, 설었는가 한 점 손톱으로 뜯어먹다 보니 소 한 마리가 순식간에 없어졌다. 그래도 배가 고프자, 소천국은 주위를 둘러봤다. 옆 밭에 검은 암소가 한 마리 풀을 뜯고 있었다.

'먹음직스럽구나.'

이 소까지 때려잡아 구워 먹으니 그제야 다소 요기가 된 듯했다. 쇠머리 두

개를 돌담에 올려놓아 둔 채, 소천국은 쟁기를 쇠가죽으로 묶어 배에 대고 밭을 갈기 시작했다.

"어여, 얼싸! 어여, 얼싸!"

백주또가 점심 그릇들을 가지러 왔다가 물었다.

"서방님, 어째서 배때기로 밭을 갑니까?"

"웬 늙은 중이 지나다가 국밥을 다 들어먹고 도망가 버리니, 할 수 없이 소를 잡아먹고 이렇게 되었소."

백주또는 돌담 위에 올려놓은 검은 소대가리를 발견했다.

"이보시오, 서방님. 우리 소는 그렇다치고, 남의 소는 왜 잡아먹었습니까?"

"너무 배가 고프니 어쩔 수 없었소."

백주또는 소천국의 변명을 받아들이지 않았다.

"이야말로 소도둑놈이 아니고 무엇입니까? 당장 살림을 가릅시다!"

발끈 화를 내며 돌아간 백주또는 바람 위로 올라가 그날부터 웃송당 당오름에서 살았다. 소천국은 바람 아래로 내려 알송당 고부니마를에서 살았다.

여섯째 아들 궤네깃도

소천국이 배운 것은 본래 사냥질이었다. 백주또와 갈라선 소천국은 마사총을 둘러메고 산야를 휘돌며 노루, 사슴, 산돼지를 잡아먹었다. 사냥을 다니다가 해낭곳 굴왓에서 오백 장군의 딸을 만나 첩으로 삼고 새 살림을 꾸렸다.

소천국과 헤어진 백주또는 여섯째 아들 궤네깃도를 낳았다. 이 아들이 세 살이 되자, 백주또는 제 애비를 찾아주려고 아이를 업고 소천국을 찾아왔다.

해낭곳 굴왓 움막에서 고기 삶는 연기가 모락모락 나는 것을 보고 찾아가보니 소천국이 있었다.

"옛소, 서방님 아들 궤네깃도요."

철없는 아이는 아버지를 만나 어리광을 부린다는 것이, 무릎에 앉아 제 애비의 삼각수를 뽑고 가슴팍을 치는가 하면 담배를 피우던 곰방대를 흔들어 귀찮게 했다. 아버지 소천국은 화를 냈다.

"이놈이 밴 때도 일이 글러서 살림이 분산되더니, 낳아서도 이런 불효한 행동을 하는구나. 죽여야 마땅할 것이로되, 차마 그럴 수는 없으니 집에서 내쫓으리라."

소천국은 세 살 난 아들을 무쇠상자에 담아 자물쇠로 잠그고 동해 바다로 띄워버렸다. 소천국과 백주또의 여섯째 아들 궤네깃도를 태운 무쇠상자는 오랫동안 바다를 이리저리 떠다녀야 했다.

세월이 흘러 궤네깃도는 상자 속에서 열다섯 살이 되었다. 상자는 어느날 동해 용궁으로 내려가 산호나무 가지에 걸렸다. 평화롭던 용왕국에 그날부터 이상한 변괴가 생겼다. 낮에는 웬 통소 소리가 크게 들리고 밤이 돼도 날이 어둡지를 않는 것이었다.

용왕이 이상히 여기고 세 딸들을 불렀다.

큰아이야 나가 보아라.
무엇이 보이느냐?
아무것도 없는데요.
둘째가 가 보아라.
아무것도 없네요.
셋째야 가 보아라.

아 뭐가 보이네요.

산호수 끝 가지에

안 보이던 상자 하나

외롭게 걸려 있어요.

용왕은 이번에도 딸들에게 시켰다.

"저 상자를 내려 보아라."

큰딸과 둘째딸이 차례로 상자를 내리려고 안간힘을 썼으나 꿈쩍도 하지 않았다. 그런데 막내딸이 상자에 손을 대니 가뿐하게 들렸다. 상자는 내렸는데 이번에는 여는 것이 문제였다. 큰딸과 둘째딸이 상자를 열려고 해봤지만 어림도 없었다. 작은딸이 꽃당혜를 신은 발로 돌아가며 세 번 툭툭 차자 무쇠상자가 스륵 열렸다.

상자 속에는 책들이 가득한 가운데, 옥 같은 도령이 붓과 벼루를 옆에 놓고 의연히 앉아 있는 것이었다. 용왕이 물었다.

"어디서 온 도령이냐?"

"조선 남방국 할로영산땅에서 왔습니다."

"어찌하여 왔느냐?"

"강남 천자국에 국난이 났다 하여, 그 세변을 막으러 가던 중 풍파에 밀려 이곳까지 오게 됐습니다."

궤네깃도는 거짓말을 했다. 그러나 용왕은 쉽사리 속아넘어갔다. 풍모로 보건대 이 자가 필시 천하의 명장이라는 판단이 들었기 때문이다. 내친 김에 용왕은 궤네깃도를 사위로 맞아들이기로 마음먹었다.

"우리 용궁을 찾아준 장수를 위해 잔치를 열겠노라."

주위에 명하여 연회를 베푼 용왕은 궤네깃도에게 딸들을 차례로 선보였다.

큰딸, 둘째딸을 선보일 때까지 아무 말이 없던 궤네깃도는 셋째딸이 나타나자 만면에 웃음을 머금었다. 셋째딸은 얼굴을 붉혔다.

"천생연분이로구나. 셋째는 오늘 장수를 뫼시어라."

용왕은 흡족한 얼굴로 말했다.

셋째딸 방으로 들어간 궤네깃도는 아기자기 잘 차린 상을 받았으나, 웬일인지 한 술도 입에 대지 않는 것이었다. 셋째딸이 근심어린 목소리로 물었다.

"할로영산 장수님은 무슨 음식을 즐겨 잡수십니까?"

"할로영산땅에선 돼지도 통째로 잡아먹고, 소를 잡아도 통째로 먹습니다."

이 말을 전해들은 용왕은 사위 하나 못 먹이랴! 싶은 생각에 그대로 대접하게 했다.

그러나 궤네깃도의 식성은 아버지 소천국을 그대로 물려받은 것이었다. 궤네깃도가 시도 때도 없이 소와 돼지를 잡아먹으니 하루에 75마리의 소, 돼지가 없어졌다. 그 왕성한 식성을 그대로 둔다면 아무리 풍족한 동해 용궁인들 견뎌낼 재간이 없었다. 곧 나라가 망할 판인 것이다.

보다 못한 용왕은 마침내 궤네깃도를 내쫓아버리기로 했다. 튼튼한 무쇠상자를 만든 용왕은 궤네깃도와 함께 자기 딸도 넣어 띄워버렸다.

"여자란 것은 출가외인인즉 남편 따라가거라."

궤네깃도, 천자국 난리를 평정하다

한동안 바다를 흘러다니던 무쇠상자는 강남 천자국 흰 모래사장으로 떠올랐다. 그날부터 강남 천자국에도 조화가 일기 시작했다. 낮에는 큰 소리로 글

읽는 소리가 들리고, 밤에는 바다 한켠이 불을 켠 듯 훤하게 밝아지는 것이다.
천자가 복술쟁이를 불러 점을 치도록 했다.

"천하명장이 우리 천자국을 도우러 온 듯합니다."

마침 천자국에서는 강성한 남북적(南北狄)이 국경을 자주 침범하는 바람에
골머리를 앓고 있었다. 복술쟁이의 말을 들은 천자는 이는 필시 하늘이 천자
국을 구원하러 보내신 장수라 여겼다. 의복을 정제한 천자는 하늘 향해 사배
하는 등 한껏 예한 후 상자의 문을 열었다.

"천자국을 구원하러 오신 장수시여, 어서 나오시오."

궤네깃도는 부인과 함께 상자에서 나왔다.

"천자국의 환난을 익히 아는 바이오니, 명하시면 남북적의 수괴들을 모조리
처단하여 근심의 뿌리를 없애오리다."

"과연, 과연! 천하명장의 풍모를 지니셨구려."

천자는 궤네깃도의 두 손을 부여잡으며 감격했다.

천자의 명을 받은 궤네깃도는 곧 황금 투구에 철갑옷을 차려입고 언월도를
치켜들며 싸움판으로 나갔다. 수만 군졸들이 기치창검을 앞세워 궤네깃도를
따랐다. 1차 출정어서 궤네깃도는 머리가 둘 달린 장수를 죽였고, 2차 출정에
서는 머리가 셋 달린 장수의 목을 베었다. 3차 출정에서 머리가 넷 달린 장수
의 목이 궤네깃도의 칼에 나가떨어지자 더 이상 대항할 적장이 없었다. 용맹
한 장수들이 모두 죽어버리니, 남북적의 오합지졸들은 사방으로 뿔뿔이 흩어
지고 말았다. 천자국은 다시 평온을 되찾게 되었다.

감격한 천자가 군신들을 모아놓고 궤네깃도에게 포상을 하려고 한다.

"궤네깃도여, 천하에 다시없는 장수로세. 황금 천 근의 상을 내리고 만호후
(萬戶侯)를 봉하리니 백성들한테 존경과 사랑을 받아 평안히 사시오."

그러나 궤네깃도는 이 제의를 정중히 거절했다.

“아니올습니다.”

“그렇다면 부디 원하는 바를 말씀해 주시오.”

“천자국의 난리를 평정했으니 소임은 다한 것, 소장은 본국 할로영산땅으로 돌아가기 원하옵니다.”

여러 차례 만류해도 궤네깃도의 결심은 굳었다. 천자가 탄식한다.

“내 오래 전부터 할로영산의 기운이 상서롭기 천하제일이라 들었소. 그 영기로 태어난 만고영웅 궤네깃도를 우리 천자국에 모실 수 없는 게 다만 한스러울 따름이오.”

천자는 궤네깃도의 두 손을 붙들고 눈물을 흘리며 이별을 아쉬워했다.

“부디 만수무강하소서.”

방포를 놓다

천자는 돌아갈 궤네깃도를 위해 급히 커다란 전선 한 척 지을 것을 명했다. 배가 다 만들어지자, 궤네깃도는 산호수와 양식, 수천 군졸을 거느리고 부인과 함께 고향 할로영산땅으로 향했다.

잔잔한 바다를 순조롭게 항해한 지 며칠이 지나 궤네깃도를 태운 배는 할로영산땅이 보이는 곳에 이르렀다. 그리던 할로영산 꼭대기는 여전히 하늘 깊숙이 솟아 있었다. 궤네깃도는 부인을 돌아보며 말했다.

“여기가 우리 머물 땅, 산수 좋은 데를 찾아 천년만세 누립시다.”

“서방님 계시는 곳이 제가 있을 곳이오니 어디든 좌정하십시오.”

할로영산땅에 오른 궤네깃도는 종달리에 발을 디뎠다. 소금이 가득하여 염

전이나 하기 알맞았다. 궤네깃도는 교래리 들판으로 산굼부리로, 새미오름을 거쳐 웃밤동산, 알밤동산, 안돌오름, 박똘오름 등등을 누비고 다니면서 좌정할 곳을 찾았다.

그간의 소문을 들으니, 오백 장군의 딸인 첩과도 헤어진 아버지 소천국은 해낭곳 굴왓을 나와 송당리로 다시 돌아왔다고 한다. 그러나 쌀쌀맞은 어머니 백주또는 여전히 소천국을 용납하지 않고 웃송당 당오름에서 자식들을 거느리며 혼자 살고 있었다. 어쩔 수 없이 소천국은 알송당 고부니마를에서 예전처럼 청달피 윗도리에 흑달피 바지를 입고 늬눈이반둥갱이를 데리고 다니며 꿩사냥이나 하고 있었다.

궤네깃도는 들판을 거슬러 비자림에 올라가서 대포를 쏘았다. 방포 소리가 천지를 진동하였다. 알송당 고부니마를에 있던 아버지 소천국과 웃송당 당오름의 어머니 백주또가 대포 소리에 화들짝 놀랐다. 사람들한테 사연을 물으니,

"세 살 때 죽으라고 무쇠상자에 담아 띄워버린 아드님이 수천 군사를 거느리고 아버지 어머니를 치러 들어옵니다."

하고 아뢰는 것이었다.

"그게 무슨 말이냐? 여섯째 아들놈, 무쇠상자에 갇힌 궤네깃도 그놈이 귀신이 아닌 한 살아올 리가 있겠느냐?"

말이 채 끝나기도 전에, 큰 소리를 내며 여섯째아들 궤네깃도가 송당리에 나타났다.

"아버지 어머니, 그간 안녕하셨습니까!"

그 위풍당당한 모습에 겁이 난 아버지는 황급히 도망치다 바위에 부딪쳐 팍 죽었고, 어머니 백주또 역시 얼떨결에 도망치다가 길가에 고꾸라져 꼴깍 숨이 넘어가버렸다.

궤네깃도는 할로영산의 짐승들을 잡아 부모에게 제를 지낸 후, 각각 웃송

당, 알송당의 당신(堂神)으로 좌정시켜 매해 정월 열사흘날 제사를 받아먹도
록 했다.

"이제 너희들을 쓸 일이 없구나."

궤네깃도는 강남 천자국에서 데려온 군사들을 타고온 배에 태워 모두 집으
로 돌려보냈다.

할로영산에 천지왕 뜻이 이루어지다

궤네깃도는 그후 부인과 함께 할로영산 구석구석을 돌아다니다 김녕 궤네
기굴에 들어 할로영산 수호신으로 좌정했다.

소천국과 백주또에게는 일곱 명의 딸과 여섯 아들이 있었다. 그들이 다시
자식들을 낳고 낳아 삼백일흔여덟으로 가지가 벌어졌다. 이 자손들이 크게 번
져 마침내 할로영산땅 모든 마을에 좌정하여 각각 수호신이 되었다. 할로영산
땅에 사는 이들은 많은 신들의 가호를 입어 평안하고 행복했으니, 이는 천지
왕의 뜻대로 소천국과 백주또, 그들의 아들인 영웅 궤네깃도로 말미암은 것이
다.

"다 이루었다."

지상을 굽어보던 천지왕은 마침내 흡족한 목소리로 말했다.

"저 할로영산 꼭대기를 땅의 하늘궁전으로 삼으리라."

천상천하를 관장하는 신들이 일 년에 한번씩 할로영산 꼭대기에 모여 인간
사의 모든 것을 논의하자는 것이다.

"모이는 시기는 언제면 좋겠습니까?"

대별왕이 묻자 천지왕은,

"소별왕이 정해 보아라."

지상을 관장하는 소별왕에게 주문했다.

"대한 후 닷새째부터 입춘 전 사흘까지 약 일곱날 동안이면 좋겠습니다. 이 때는 새로운 일 년이 시작되는 중요한 시기이고 농한기에 해당합니다. 바쁜 농사철에 일손을 뺏기지 않고 집수리나 이사를 하려면 이때가 가장 알맞은데, 때맞춰 신들이 자리를 비워주면 더욱 좋지 않겠습니까."

"그렇구나. 사람들이 신들에 정성을 쏟는 일도 가끔은 쉴 필요가 있으니. 허허."

천지왕은 무릎을 치며 웃었다. 그 말을 듣고 대별왕이 아뢴다.

"물론입니다. 사람들은 때로 신들의 간섭을 받지 않고 스스로 뭔가를 결정할 수 있기를 바라기도 하니까요."

그렇게 결정된 날을 사람들은 '신구간' 이라 불렀다. 새해에 걸맞게 묵은 신이 새로운 신과 교체되는 시기라 여긴 것이다.

궤네깃도는 일 년에 한번씩 이 신구간에 할로영산 꼭대기에 올랐다. 땅의 하늘궁전에 신들이 모여들려면 누군가 그 신들을 초청해야 하기 때문이다. 할로영산 영웅이요 할로영산 수호신인 궤네깃도가 기꺼이 그 임무를 맡았다.

신비한 구름에 싸인 할로영산 꼭대기에 오른 궤네깃도는 천지사방을 향해 힘껏 소리쳤다.

하늘과 땅을 가른 천지왕이시여,

저승 다스리는 대별왕이시여,

이승 다스리는 소별왕이시여,

생불꽃 주는 삼승할망이시여,

서천꽃밭 다스리는 할락궁이시여,
사라대왕이시여,
무조 잿부기 삼형제시여,
전상차지신 가믄장아기시여,
농경신 자청비시여,
문 도령이시여,
목축신 정수남이시여,
일문전신 녹디생인이시여,
이승차사 강님차사시여,
장수신 명감이시여,
고방 부신 칠성아기시여,
모두모두 오십시오,
할로영산 꼭대기
할로영산 궤네깃도 청하옵니다.
세상 모든 사람들의 존경과 사랑으로
청하옵니다.
신들이시여,
할로영산땅 구석구석 수호신들
일만팔천 신이시여
모두모두 오십시오.
할로영산 꼭대기
땅의 하늘궁전으로.

〈끝〉

■ 주요 참고 문헌

진성기, 『제주도 무가본풀이 사전』, 민속원, 1991.
진성기, 『신화와 전설』, 제주민속연구소, 2001.
현용준, 『제주도 신화』, 서문당, 1996.
현용준, 『무속신화와 문헌신화』, 집문당, 1992.
현용준, 『제주도 무속과 그 주변』, 집문당, 2002.
현길언, 『제주도 이야기』, 창작과비평사, 1997.
고대경, 『신들의 고향』, 중명, 1997.
김유정, 『제주의 무신도』, 파피루스, 2000.
장주근, 『풀어쓴 한국의 신화』, 집문당, 2000.
서대석, 『한국의 신화』, 집문당, 1997.
조동일, 『동아시아 구비서사시의 양상과 변천』, 문학과지성사, 1997.
황루시, 『팔도굿』, 대원사, 2001.
신동흔, 『살아있는 우리 신화』, 한겨레신문사, 2004.

제주전통문화연구소, 『제주도큰굿자료』, 각, 2001.
칠머리당굿보존희, 『제주도 무속신화』, 파피루스, 1998.
신화아카데미, 『세계의 창조신화』, 동방미디어, 2001.
신화아카데미, 『세계의 영웅신화』, 동방미디어, 2002.

이수자, 「제주도 무속과 신화 연구」, 이화여대대학원박사논문, 1989.
양영수, 「제주 신화에 나타난 공존과 사랑의 원리」, 제주도연구 제14집, 1997.
양영수, 「제주와 중국 및 그리스 신화의 비교」, 동아시아연구논총 11, 2000.
문무병, 「제주도 당신앙 연구」, 제주대대학원 박사논문, 1993.
김정숙, 「제주도신화 속의 여성원형 연구」, 제주대교육대학원 석사논문, 2000.

할로영산

-소설로 읽는 제주도 신화

초판발행일 | 2005년 5월 19일
2쇄 발행일 | 2012년 6월 30일

지은이 | 이석범
펴낸이 | 김영복
펴낸곳 | 도서출판 황금알
주 간 | 김영탁
디자인실장 | 조경숙
일러스트 | 박은희
주 소 | 110-510 서울시 종로구 동숭동 201-14 청기와빌라2차 104호
물류센타(직송 · 반품) | 100-272 서울시 중구 필동2가 124-6 1F
전 화 | 02)2275-9171
팩 스 | 02)2275-9172
이메일 | tibet21@hanmail.net
홈페이지 | http://goldegg21.com
출판등록 | 2003년 03월 26일(제300-2003-230호)

ⓒ2005 이석범 & Gold Egg Publishing Company Printed in Korea

값 10,000원

ISBN 89-91601-12-×-03810